DESCENTE AUX ENFERS

Née en 1919 de parents britanniques à Kermanshah (Perse), Doris Lessing passe son enfance en Rhodésie. En 1949, elle se rend pour la première fois en Angleterre avec, dans ses bagages, un premier roman, *The Grass is singing*, qui sera édité en 1950. Aujourd'hui mondialement connue, elle est l'auteur d'une œuvre considérable : plus de quarante titres, essentiellement des romans – parmi lesquels *Le Carnet d'or* (prix Médicis étranger 1976) et la série des *Enfants de la violence* –, mais aussi des nouvelles, des pièces de théâtre, des poèmes, des témoignages et souvenirs. Elle a reçu le prix Nobel de littérature en 2007.

Paru dans Le Livre de Poche :

LE CARNET D'OR

LES CARNETS DE JANE SOMERS
1. Journal d'une voisine
2. Si vieillesse pouvait

LE CINQUIÈME ENFANT

NOUVELLES AFRICAINES
1. Le soleil se lève sur le veld
2. L'Hiver en juillet
3. La Madone noire

DORIS LESSING

Descente aux enfers

ROMAN TRADUIT DE L'ANGLAIS PAR PIERRE ALIEN

ALBIN MICHEL

Titre original :

BRIEFING FOR A DESCENT INTO HELL

ISBN : 978-2-253-05677-5 – 1re publication LGF

Ceci pour mon fils John,
l'homme qui aime la mer

Si cette goutte de pluie dévoilait son cœur,
Lors on y verrait les cent mers en spectacle.
Dans chaque atome, si ton regard est juste,
Sont des milliers d'êtres doués de raison.
Le moustique, par ses membres, vaut l'éléphant.
Cette goutte égale, de nom, le flot du Nil.
Dans chaque grain se trouvent un millier de moissons.
Le monde s'est logé dans un grain de millet.
L'aile du moustique renferme l'univers.
Dans ce point de l'espace déferlent les nuées.
Sur une tache infime à l'intérieur du cœur
Demeure le Seigneur et Maître de ces mondes.
Et deux mondes mêlés peuvent y être vus…

Le Sage Mahmoud Shabistari, XIVe siècle *(Le Jardin secret).*

… le monde minuscule des grains de sable est aussi l'univers d'êtres incroyablement menus qui nagent dans la pellicule liquide entourant un grain de sable comme nagent les poissons dans l'océan qui recouvre la sphère terrestre. Parmi cette faune et cette flore des eaux capillaires se trouvent des animaux et des plantes unicellulaires, des hydrachnes, des crustacés comme des crevettes, des insectes, et les larves de vers infiniment petits – qui tous vivent, meurent, nagent, s'alimentent, respirent et se reproduisent dans un monde si petit que nos sens d'êtres humains ne peuvent en percevoir l'échelle, un monde où la micro-goutte d'eau séparant un grain de sable d'un autre est comme une vaste et sombre mer.

Rachel Carson, biologiste marine, XXe siècle *(La Lisière de la mer).*

Instructions
pour une descente aux enfers

Catégorie :

Science-fiction de l'espace intérieur
Car il n'y a jamais nulle part où aller qu'en dedans

ADMISSION HÔPITAL CENTRAL

Fiche d'entrée *Vendredi 15 avril 1969*

Nom… Inconnu
Sexe… Masculin
Âge… Inconnu
Adresse… Inconnue
Observations générales

… La police a trouvé le patient errant sur les quais près du pont de Waterloo. Le croyant ivre ou drogué, les policiers l'ont emmené au poste. Ils le décrivent comme étant divagant, confus et docile. Nous l'ont amené à dix heures du matin en ambulance. Pendant l'admission le patient a essayé plusieurs fois de s'allonger sur le bureau. Il semblait croire que c'était un bateau ou un radeau. La police vérifie les ports, les navires, etc. Le patient était bien habillé mais n'avait pas changé de vêtements depuis quelque temps. Il ne semblait pas avoir très faim ou soif. Il portait un pantalon et un chandail, mais n'avait ni papiers ni portefeuille ni argent ni marques d'identité. La police pense qu'il s'est fait voler. C'est un homme instruit. Il lui a été donné deux Librium mais il n'a pas dormi. Il parlait fort. Le patient a été transféré dans la petite salle d'observation, car il dérangeait les autres patients.

INFIRMIÈRE DE NUIT, *6 h.*

Le patient est resté éveillé toute la journée, divagant, halluciné, agité. Deux Librium toutes les trois heures. Pas d'informations de la police. Vêtements envoyés pour étude, mais peu de résultats à attendre : chandail de grand magasin avec chemise et sous-vêtements. Pantalon italien. Patient toujours dans l'idée qu'il fait une sorte de voyage. Peut-être un amateur ou un yachtman, dit la police.

DOCTEUR Y., *6 h.*

Il me faut du vent. Un bon vent fort. L'air stagne. Le courant doit talonner à bonne allure. Oui, mais je ne le sens pas. Où est ma boussole ? Ça, c'est parti il y a des jours, tu ne te souviens pas ? Il me faut du vent, un bon vent fort. Je vais en siffler un. J'en sifflerais un si j'avais payé le joueur de flûte. Un vent d'est, bien fort dans mon dos, oui. Peut-être suis-je encore trop près du rivage ? Après tant de jours en mer, trop près du rivage ? Mais qui sait, j'ai encore pu dériver vers la rive. Oh non, non, je vais essayer de ramer. Les rames ont disparu, tu ne te souviens pas ? il y a des jours de ça. Non, tu dois être plus près d'atterrir que tu ne le penses. Les îles du Cap-Vert étaient à tribord – quand ? La semaine dernière. La dernière quoi ? Ce n'était pas le même, c'était la mienne. Ici la mer est plus salée que près des côtes. Salé, sel, thé, la saumure éclabousse des mâchoires du cheval sur les miennes. Sur mon visage, de minces croûtes de sel. Je peux les goûter. Larmes, eau de mer. Je peux goûter le sel de la mer. Du désert. De la mer désertée. Chevaux de mer. Dunes. Le vent fouette le sable à la crête des dunes, fait tourbillonner la boucle des vagues. Le sable bouge et oscille et s'amasse en vagues, mais plus lent. Lentement, l'œil qui jaugerait l'allure des chevaux de sable comme j'observe le galop ondoyant des chevaux de la mer, quel œil ce serait. Aïe, que oui. Je. Je pourrais attraper un cheval, peut-être, et le monter, mais un cheval de mer, pour moi, pas un cheval de sable, car mon heure est mâle heure et c'est Dieu pour les déserts. Certains chevauchent des dauphins. Beaucoup l'ont attesté. Je pourrais quitter mon radeau naufragé et m'accrocher au cou d'un cheval de mer jusqu'à la Jamaïque et la Nancy du pauvre Charlie, ou bien, si enfin les courants m'éjectent vers le sud, jusqu'au rivage où attend l'oiseau blanc.

Je tourne et je tourne et je tourne en rond, la côte du Diamant, les îles Canaries, un plongeon sous le tropique du Cancer pour remonter et traverser avec un cri vers les Antilles à bâbord où Nancy attend son pauvre Charlie, tourner encore en évitant la mer des Sargasses par tribord, la florissante Floride à bâbord, et tourne et tourne dans le virage du Gulf Stream, et tourne avec les Açores juste hors de portée de mon coude, et plus bas devant les côtes portugaises où m'attend ma Conchita, dépassant Madère, dépassant les Canaries, toujours *en passant*, de nouveau vers la côte du Diamant, et ça tourne, et ça tourne encore et encore pour toujours et pour toujours à moins que le courant ne me balance au sud. Mais ce courant ne pourrait jamais m'emmener au sud, non. Un courant est en soi tracé, inexorable comme un trajet de bus. Dans le sens du cadran doit m'emporter le courant des mers nordiques, m'emporter, à moins que… oui. Ils peuvent me dévier un peu, oui, ils le feront, me guider d'une petite plume de leurs ailes blanches, me pousser au sud, m'affermir contre les courants contraires pour ne pas dire furieux près de l'équateur mais alors, gardé sain et sauf, je trouverais enfin le sud équatorial, enfin, à l'abri de toutes les Sargasses, des Scylla et des Charybde, je filerais, magnifique et léger, glissant parmi les suaves courants du sud le long des hauts plateaux brésiliens jusqu'aux Eaux de la Paix. Mais il me faut un vent. Le sel crevasse les poutres et le vieux radeau se vautre dans les creux et je suis malade. Malade à en mourir. Alors hissez, mes braves, hissez – non, ils sont tous partis, morts et disparus, ils m'ont attaché à un mât et une grande vague les a balayés loin de moi, et je suis seul, pris et piégé dans le courant équatorial du nord sans atterrissage que je puisse jamais désirer dans les routes marines de toute cette mer mouvante.

Rien de la police. Aucun bateau léger yacht ou nageur signalé manquant. Patient continue à parler tout haut, à chanter, à se balancer d'avant en arrière dans son lit. Il est excessivement fatigué. Demain : Amytal de sodium. Je suggère une semaine de narcose.

17 août DOCTEUR Y.

Désaccord. Je suggère une thérapie de choc.

18 août DOCTEUR X.

Très chaud. Ballotté, secoué par le courant. Très vite. Il fait si chaud que l'eau fond. L'eau est plus fluide que d'habitude, alors ça secoue vite et fluide. Comme des vagues de chaleur. Ça miroite fort. Lumière. Diverses textures de lumière. Il y a la lumière que nous connaissons. Disons la lumière ordinaire d'un jour sans nuages. Et le soleil, qui est une danse jaune en plus. Et puis les vagues étincelantes de chaleur, les ondes de chaleur, donnant de la lumière quand la lumière les touche. Et la lumière intérieure, ce frémissement comme une neige en suspension dans l'air. Ça miroite même la nuit sans lune sans soleil et sans lumière. Miroitement du vent solaire. Oui, c'est ça. Oh, vent solaire, pousse pousse pousse mon amour vers moi. Il fait très chaud. J'ai le visage encroûté de sel. Si je me frotte, je me racle le visage avec du sel marin pur. Je suis déventé sur une mer légère, lumineuse, remuante, délicieusement délirante, car la chaleur rend l'eau plus fluide et glissante, de l'eau légère au lieu d'eau lourde. Il me faut un vent. Oh, vent solaire, vent du soleil. Soleil. A la fin de *Spectres* il disait le Soleil, le Soleil, le Soleil, le Soleil, et à la fin de *Quand les morts se lèvent*, le Soleil, dans les bras du Soleil via le vent solaire, tourne, tourne, tourne, tourne…

Patient très agité. Demandé son nom : Jason. Il est sur un radeau dans l'Atlantique. Trois comp. Amytal de sodium ce soir. Sera vu demain.

DOCTEUR Y.

DOCTEUR Y. Avez-vous bien dormi ?

PATIENT. Je n'arrête pas de retomber, mais il ne faut pas. Il ne faut pas.

DOCTEUR Y. Mais pourquoi pas ? C'est ce qu'il vous faut.

PATIENT. Je glisserais dans les grands creux marins.

DOCTEUR Y. Non, certainement pas. C'est un lit très confortable, et vous avez une chambre tranquille et agréable.

PATIENT. Lit de la mer. Lit profond de la mer.

DOCTEUR Y. Vous n'êtes pas sur un radeau. Vous n'êtes pas en mer. Vous n'êtes pas un marin.

PATIENT. Je ne suis pas un marin ?

DOCTEUR Y. Vous êtes à l'Hôpital Central, au lit, et on s'occupe de vous. Il faut vous reposer. Nous voulons vous voir dormir.

PATIENT. Si je dors je meurs.

DOCTEUR Y. Quel est votre nom ? Voulez-vous me le dire ?

PATIENT. Jonas.

DOCTEUR Y. Hier, c'était Jason. Vous ne pouvez pas être les deux, vous savez ?

PATIENT. Nous sommes tous des marins.

DOCTEUR Y. Pas moi. Je suis un médecin de cet hôpital.

PATIENT. Si je ne suis pas un marin, vous n'êtes pas un médecin.

DOCTEUR Y. Bon. Mais vous vous fatiguez énormément, à vous balancer de cette façon. Étendez-vous. Reposez-vous. Essayez de ne pas tant parler.

PATIENT. Je ne vous parle pas, n'est-ce pas ? Tourne et tourne et tourne et tourne et tourne et tourne et tourne et tourne et tourne et tourne et tourne et tourne…

INFIRMIÈRE. Vous devez avoir le vertige. Vous tournez et tournez et tournez depuis des heures maintenant, vous savez cela ?

PATIENT. Des heures ?

INFIRMIÈRE. Je suis de service depuis huit heures, et chaque fois que je passe vous voir vous tournez et tournez.

PATIENT. Le service de quart.

INFIRMIÈRE. Autour et autour de quoi ? Où ? Voilà maintenant, retournez-vous.

PATIENT. Il fait très chaud. Je ne suis pas loin de l'équateur.

INFIRMIÈRE. Vous êtes toujours sur le radeau, alors ?

PATIENT. Vous, vous n'y êtes pas !

INFIRMIÈRE. Je ne peux pas dire que j'y suis.

PATIENT. Alors comment pouvez-vous me parler ?

INFIRMIÈRE. Essayez vraiment de vous étendre gentiment. Nous ne voulons pas vous voir si affreusement fatigué. Nous sommes inquiets pour vous, vous savez cela ?

PATIENT. Eh bien, c'est entre vos mains, n'est-ce pas ?

INFIRMIÈRE. Mes mains ? Comment ça ?

PATIENT. *Vous*. Vous avez dit *nous*. Je connais ce « nous ». C'est le collectif catégorique. Cela vous serait si facile de le faire.

INFIRMIÈRE. Mais que voulez-vous que je fasse ?

PATIENT. *Vous* en tant que *nous*. Pas vous vous. Levez-moi, levez-moi, levez-moi. Cela doit vous être facile. Évidemment. Servez-vous simplement de votre *force*, ou de ce que vous voudrez. Propulsez-moi là-bas.

INFIRMIÈRE. Où ça ?

PATIENT. Vous le savez très bien. Virez-moi au sud avec votre aile blanche.

INFIRMIÈRE. Mon aile blanche ! J'aime le son de ces mots.

PATIENT. Vous ne pouvez pas être l'une d'entre eux. Si vous l'étiez, vous sauriez. Vous me faites marcher.

INFIRMIÈRE. Je regrette que vous ayez cette impression.

PATIENT. Ou peut-être me mettez-vous à l'épreuve. Oui, c'est une possibilité.

INFIRMIÈRE. Peut-être bien.

PATIENT. C'est juste la question de passer du courant équatorial du nord au courant équatorial du sud, du sens des aiguilles d'une montre au sens inverse. Sages aiguilles inverses.

INFIRMIÈRE. Je vois.

PATIENT. Alors, pourquoi ne le faites-vous pas ?

INFIRMIÈRE. Je ne sais pas comment.

PATIENT. Est-ce une question ou une sorte de mot de passe ? Qui était cet homme qui était là hier ?

INFIRMIÈRE. Voulez-vous parler du Dr Y. ? Il est venu vous voir.

PATIENT. Il est derrière tout ça. Il sait. Un homme très aimable et entêté.

INFIRMIÈRE. Aimable, oui. Mais je ne le dirais pas entêté.

PATIENT. Je le dis, pourquoi pas vous ?

INFIRMIÈRE. Et le Dr X. est venu le jour d'avant.

PATIENT. Je ne me souviens d'aucun X.

INFIRMIÈRE. Le Dr X. sera là plus tard dans l'après-midi.

PATIENT. Là où ?

INFIRMIÈRE. Essayez donc de rester tranquille. Allongez-vous et dormez.

PATIENT. Si je le fais, je suis mort, foutu. Vous devez sûrement le savoir, ou vous n'êtes pas une marinière.

INFIRMIÈRE. Je suis Alice Kincaid. Je vous l'ai déjà dit. Vous vous souvenez ? La nuit où vous êtes arrivé ?

PATIENT. Quel que soit votre nom, si on dort on meurt.

INFIRMIÈRE. Bon, peu importe, chut. Voilà, pauvre petit, vous êtes dans un état. Allongez-vous et – voilà, voilà. Chhhhut, chut. Non, restez tranquille. Chut... voilà, c'est ça, c'est ça, dormez. Dooooooormez. Dor-mez.

Patient angoissé, fatigué, inquiet, désorienté, halluciné.
Essayer Tofronil ? Marpla ? Tryptazol ? Ou bien les chocs.

21 août DOCTEUR X.

DOCTEUR Y. Eh bien, voyons, l'infirmière me dit qu'on s'appelle Sindbad le marin aujourd'hui ?

PATIENT. Main basse le radin. Mal, malin.

DOCTEUR Y. Parlez-moi de ça ? De quoi s'agit-il dans tout ça ?

PATIENT. Je ne vous le dirai pas.

DOCTEUR Y. Pourquoi pas ?

PATIENT. Vous n'êtes pas l'un d'entre Eux.

DOCTEUR Y. Qui ?

PATIENT. Les Grands.

DOCTEUR Y. Non, je ne suis que d'une taille très ordinaire, j'en ai peur.

PATIENT. Pourquoi avez-vous peur ?

DOCTEUR Y. Qui sont-ils, les Grands ?

PATIENT. En ce temps-là c'étaient des géants.

DOCTEUR Y. Le leur diriez-vous, à eux ?

PATIENT. Je n'aurais pas besoin de le Leur dire.

DOCTEUR Y. Ils le savent déjà ?

PATIENT. Bien sûr.

DOCTEUR Y. Je vois. Eh bien, le diriez-vous au Dr X. ?

PATIENT. Qui est le Dr X. ?

DOCTEUR Y. Il était là hier.

PATIENT. Entre et sort. Entre et sort. Entre et sort.

DOCTEUR Y. D'après nous il vous serait salutaire de parler à quelqu'un. Si je ne vous suis pas utile, il y a le Dr X., si vous le préférez.

PATIENT. Si ? Si quoi ? Je ne le connais pas. Je ne le vois pas.

DOCTEUR Y. Me voyez-vous ?

PATIENT. Bien sûr, vous êtes là.

DOCTEUR Y. Et le Dr X. n'est pas là ?

PATIENT. Je n'arrête pas de vous le dire. Je ne sais pas de qui vous voulez parler.

DOCTEUR Y. Bon, très bien. Et l'infirmière ? Voudriez-vous lui parler ? Nous pensons que vous devriez essayer de parler. Voyez-vous, nous devons en savoir plus sur vous. Vous pourriez nous aider en parlant. Mais essayer de parler plus distinctement et plus lentement, que nous puissions mieux vous entendre.

PATIENT. Êtes-vous de la police secrète ?

DOCTEUR Y. Non, je suis médecin. Nous sommes à l'Hôpital Central. Vous êtes ici depuis près d'une semaine. Vous n'avez pas su nous dire votre nom ni votre domicile. Nous voulons vous aider à vous souvenir.

PATIENT. Ce n'est pas la peine. Je n'ai pas besoin de vous. J'ai besoin d'Eux. Quand je les trouverai, ils sauront ce dont j'ai besoin et il sera inutile de leur dire. Vous n'êtes pas mon besoin. Je ne sais pas qui vous êtes. Une illusion, je pense. Sur ce radeau depuis si longtemps sans vraie nourriture et sans dormir du tout, j'ai forcément des hallucinations. Des voix. Des visions.

DOCTEUR Y. Vous sentez ça – là. C'est ma main. Est-ce une illusion ? C'est une vraie main bien tangible.

PATIENT. Les choses ne sont pas ce qu'elles paraissent. Il y a déjà eu des mains surgies du noir et disparues ensuite. Pourquoi pas la vôtre ?

DOCTEUR Y. Maintenant, écoutez-moi bien. L'infirmière va venir s'asseoir près de vous. Elle va rester avec vous. Elle va écouter ce que vous direz. Et je veux que vous parliez, que vous lui disiez qui vous êtes et où vous êtes et ce qu'il en est du radeau et de la mer et des géants. Mais vous devez parler plus fort et plus distinctement. Quand vous marmonnez de cette façon, nous ne pouvons pas comprendre. Et il est très important que nous comprenions ce que vous dites.

PATIENT. Important pour vous.

DOCTEUR Y. Allez-vous essayer ?

PATIENT. Si je m'en souviens.

DOCTEUR Y. Bien. Voilà l'infirmière Kincaid qui arrive.

PATIENT. Oui. Je sais. Je la connais très bien. Elle me remplit de noir. Elle me noircit. Elle m'enlève mon cerveau.

DOCTEUR Y. Absurde. Je suis sûr que non. Mais si vous ne voulez pas non plus de l'infirmière Kincaid, nous allons simplement laisser un magnétophone avec vous. Vous savez ce qu'est un magnétophone, n'est-ce pas ?

PATIENT. J'ai bien essayé de m'en servir un jour, mais j'ai trouvé cela inhibant.

DOCTEUR Y. Vraiment ? Pour quoi faire ?

PATIENT. Oh, pour une idiotie de cours ou autre.

DOCTEUR Y. Vous donnez des cours, n'est-ce pas ? Quelle sorte de cours ? Des cours de quoi ?

PATIENT. Sindbad le marin des mers. Les aveugles conduisent les aveugles. Tourne et tourne et tourne et tourne et tourne et…

DOCTEUR Y. Arrêtez-ça ! Je vous en prie. Ne recommencez pas cela. Je vous en prie.

PATIENT. Tourne et tourne et tourne et tourne et…

DOCTEUR Y. Autour de quoi ? Vous tournez autour de quoi ? Où ?

PATIENT. Je ne vais pas. Je suis pris. Le courant. L'équatorial du nord, depuis la côte nord-africaine, traverse, passe les Antilles et le courant de Floride, passe la Floride, autour de la mer des Sargasses jusque dans le Gulf Stream et tourne sur la route du vent d'ouest jusqu'aux Canaries et passe les îles du Cap-Vert et tourne et tourne et tourne et tourne…

DOCTEUR Y. Bon, très bien. Mais comment allez-vous en sortir ?

PATIENT. Eux. Ils le feront.

DOCTEUR Y. Continuez, maintenant. Dites-nous. Que se passe-t-il quand vous les rencontrez ? Essayez de nous le dire.

Il donne des cours. Écoles, universités, radio, télévision, politique ? Sociétés savantes ? L'exploration, l'archéologie, la zoologie ? Sindbad. « Main Basse ». Suggère l'hypothèse hasardeuse que cette unique fois le patient a pu commettre un crime, que ce n'est pas seulement de la culpabilité ordinaire.

DOCTEUR Y.

Hypothèse acceptée. Quel crime ?

DOCTEUR X.

En partant de la côte du Diamant, il faut d'abord se sortir du courant côtier méridional. Ce n'est pas une ou deux ou douze fois, en quittant la côte du Diamant, que ce courant qui épouse la côte nous a entraînés trop au sud jusqu'en vue de cette courbe africaine qui, une fois contournée, nous jetterait impuissants dans le courant de Guinée et de là à je ne sais quels accostages indésirables. Mais nous avons toujours réussi à faire virer l'embarcation juste à temps vers l'ouest avec Trinidad pour prochaine escale. Sauf, c'est-à-dire, si cette fois nous Les rencontrons. Tourne et tourne. Le cycle n'est pas sans ports dont nous avons la nostalgie. Nancy attend le pauvre Charlie à Puerto Rico, George a son vieil ami John à Cap Canaveral et moi quand notre bateau a viré assez près des côtes j'attends de voir Conchita assise sur son grand rocher noir et de l'entendre chanter une chanson pour moi. Mais après de si nombreux retours, de si nombreux adieux, eux comme nous veulent en finir avec tout ça. Et quand les chansons ont été entendues si souvent les chanteurs ne sont plus seulement Nancy seule, le pauvre Charlie seul, ni aucun de nous. Aux derniers passages près du jardin où attend Nancy, toutes les filles de la ville l'avaient rejointe, et elles se tenaient le long du mur au-dessus de la mer pour nous regarder passer, et elles chantaient ensemble ce qui avait si souvent fait venir à elles le pauvre Charlie et son équipage.

Sous ma main
                    chair des fleurs
Sous ma main
                    chaud paysage
Tu m'as rendu mon univers
En toi la terre sous ma main respire.

Mes bras étaient pleins de branches carbonisées,
Mes bras étaient pleins de sable douloureux.
Maintenant je me balance dans d'épaisses forêts,
Je me dissous dans de puissantes forêts,
Je suis l'os, les fleurs incarnées.

Oh voici que nous y arrivons –
                                        voici, voici !
Au moyen tournoyant du monde.
C'est comme si Dieu avait creusé un tourbillon,
Jeté un nouveau continent.

Mais nous les hommes alignés tout le long du pont chantons pour elles :

Si encore les oiseaux sur la rive criaient,
Si encore des chevaux galopaient dans la nuit,
Amour, vers toi je pourrais me tourner et dire
Refais le lit,
Allume la lampe.
Jusqu'au jour, allongés, nous pourrions écouter

Les vagues venues battre et battre,
Si des oiseaux encore venaient peupler les dunes,
Si des chevaux encore galopaient sur la rive.

Et puis tous d'un salut nous étions hors de vue, nos larmes diminuant à chaque tour, car nous allions vers notre première rencontre avec Eux tandis qu'elles, les Femmes, attendaient avec nous, leur délivrance dépendait de nous car elles étaient prisonnières sur cette île.

A ce voyage il y avait douze hommes à bord, et moi qui étais capitaine. La dernière fois j'ai joué le matelot et George a été capitaine. Nous étions à quatre jours de la Terre, le courant nous emportait sans heurts, le vent venu du nord sur nos joues droites, quand Charles, qui était la vigie, nous fit venir à l'avant et c'était là. Ou, ils étaient là. Maintenant, si vous me demandez comment nous le savions, c'est que vous êtes insensibles aux sympathies de nos imaginations qui n'attendaient que ce moment. Et cela veut dire que vous-mêmes n'avez pas encore appris que tout votre espoir consiste à Les attendre. Non, il n'est pas vrai que nous l'ayons déjà imaginé sous une forme analogue. Jamais, nous n'avions dit ni pensé : Ils auront l'aspect d'oiseaux ou de formes lumineuses marchant sur les vagues. Mais si vous avez un jour de votre vie connue une telle attente pour la voir enfin comblée, vous savez que l'attente d'une chose doit rencontrer cette chose – ou du moins que c'est la forme sous laquelle vous devez la voir. Si vous avez construit dans votre esprit un monstre à huit pattes avec des yeux comme des soucoupes et s'il existe une créature semblable dans cette mer vous ne verrez rien de moins, ni de plus – c'est ce que vous êtes prêts à voir. Des armées ou des anges pourraient surgir des vagues, mais si vous attendez un cyclope géant vous pouvez passer à travers sans rien sentir de plus qu'un rafraîchissement de l'air. Donc, même si nous n'avions pas en esprit précisé une forme, nous n'attendions ni le mal ni la peur. Nos espérances, c'était une aide, une explication, une élévation, de nous-mêmes et de nos pensées. Nous étions réglés comme des baromètres sur Beau Temps. Nous savions que nous allions toucher quelque chose qui rendrait une note plus haute, plus vive que nous-mêmes, et c'est pourquoi nous avons su aussitôt que c'était ce pourquoi nous nous étions embarqués pour tourner et tourner et tourner et tourner pendant des cycles si nombreux qu'on aurait même pu dire que cette attente de Les rencontrer était devenue un circuit dans nos esprits aussi bien que sur la mer.

Nous avons su Leur présence par une sensation dans l'air, un silence cristallin qui s'accompagna en nous d'une sensation de tension, car nous n'étions pas accordés au même diapason que ceux que nous avions attendus.

La mer était nerveuse, clapoteuse, l'air était traversé d'écume. Au-dessus de ces vagues sèches, à deux cents mètres environ, planait un disque brillant. Il semblait qu'il aurait dû être transparent, car le regard s'accrochait d'abord au brillant, comme celui d'un verre, d'un cristal, mais tourné vers l'intérieur, comme un verre plein d'eau, vers ce qui est derrière le brillant. Mais son éclat n'était pas un reflet : la substance des parois du disque était en elle-même une sorte de lumière. C'était un jour où couraient les nuages, le ciel moitié soleil moitié nuages, et tout autour de nous ce mélange agité de vagues et d'écume, d'embruns qui volaient, de lumières mouvantes, où tout changeait sous nos regards. Nous attendions que des étrangers sortent du disque et peut-être, prenant des façons humaines, fassent descendre un canot ou un bateau quelconque de sorte que nous pourrions, debout d'un côté du pont, accrochés à des cordes et des espars, les voir approcher et prendre Leur mesure – et aussi ajuster à l'occasion nos esprits et nos manières. Mais personne ne se montra. Le disque se rapprocha, mais si imperceptiblement, mêlé comme il était à l'agitation incessante et générale du bleu et du blanc, qu'il fut posé en l'air juste au-dessus des vagues à quelques pas de nous avant que nous comprenions avec un naufrage du cœur que nous ne devions pas attendre quelque chose d'aussi confortable que l'ouverture d'une porte, la descente d'une échelle, un bateau et des bras repliés sur des rames. Mais nous n'attendions toujours rien de particulier que c'était déjà sur nous. Quoi ? Ce que nous avons senti, ce fut d'abord une sensation dans tout le corps. Dans la fièvre ou dans la tension d'un grand épuisement, ou dans l'amour, toutes les ressources du corps s'étendent et s'élargissent et vibrent plus fort que dans la vie ordinaire. Or nous avons été saisis d'une vibration plus haute, ceci accompagné par une note aiguë perçant l'air, du genre qui peut briser les verres – ou probablement briser bien plus, quand cela dure. Le disque qui avait été dans notre champ de vision à quelques mètres – un objet parmi d'autres, bien qu'ayant plus de force qu'un autre, plus oblitérant – parut entrer en nous, envahir nos yeux. Je décris la sensation, car je ne puis dire ce qu'a été le fait. Il est sûr que ce disque s'est élevé un peu au-dessus des vagues, pour être au niveau du pont, et qu'il est passé sur nous, ou à travers nous. Pourtant, quand il était sur nous, on n'aurait plus dit un disque, avec une forme, mais plutôt un battement dans l'air, une vibration rapide qui était aussi un son. Ce fut intolérable tant que cela dura, comme si deux substances différentes étaient en conflit, sans aucun doute quant au résultat – mais cela ne dura pas plus d'un instant, et quand mes yeux eurent perdu la sensation d'être remplis par un vif battement lumineux, ou sonore, et mon corps celle d'avoir été étiré ou élargi ou envahi, comme si cette lumière (ou ce son) avait le pouvoir de traverser nos tissus, mais sous une forme aussi précise que la nôtre, je tournai les yeux pour voir si George, qui se tenait près de moi, était encore vivant. Mais il était parti, et quand dans ma terreur je me retournai pour voir où il était, et où étaient les autres, ils n'étaient plus là. Personne. Rien. Le disque, qui était redevenu un disque de cristal, planant sur les vagues de l'autre côté du bateau, s'élevait dans le ciel. Il avait balayé ou dévoré ou absorbé mes camarades et m'avait laissé seul. Le bateau était entièrement vide. Les ponts étaient déserts. J'étais pris de terreur. Et pire. Car pendant tous ces siècles j'avais navigué et tourné et tourné sans autre raison que de Les rencontrer un jour, et maintenant nous avions enfin réellement habité le même espace, le même air, mais on m'avait laissé en arrière. J'ai couru m'agripper à l'autre rambarde du navire et j'ai ouvert la bouche pour crier. J'aurais pu en fait crier un peu, ou faire une sorte de faible son, mais vers quoi ou qui criais-je ? Un disque argenté brillant dont on aurait dit, tandis qu'il s'éloignait dans le ciel, qu'il aurait dû être transparent mais ne l'était pas ? Je n'avais pas d'yeux pour me voir, pas de bouche pour reconnaître mon cri d'un son qui lui soit propre. Rien. Et dedans se trouvaient onze hommes, mes amis, que je connaissais mieux que moi-même. Puisque nous connaissons nos amis mieux que nous ne nous connaissons nous-mêmes. Puis, alors que je me tenais là, fixant cette scène de bleu de blanc et d'argent qui sautait écumait secouait et dansait et miroitait, air et mer étroitement mêlés, je vis que je ne regardais plus rien. Le disque avait disparu, n'était plus que la forme d'une cellule sur ma rétine. Rien.

Cette perte me donnait la nausée, et cette dureté imprévisible de leur part. Les prendre, eux, et me laisser ? Dans toutes nos navigations nous n'avions jamais envisagé que nous pourrions être simplement soulevés et emportés comme une portée de chiots ou de chatons. Nous voulions des instructions, de l'aide, il fallait qu'on nous dise comment sortir de ce cycle sans fin et trouver le courant méridional. Comme ce n'était pas ce qui s'était passé, qu'aucune instruction ou information n'avait été donnée, sauf une sorte de kidnapping, j'avais envie de hurler contre leur froideur, leur cruauté, comme un petit chat caché par un repli de la couverture au fond du panier miaule de solitude en tâtonnant à l'aveuglette, tendant son museau et ses sens vers ses compagnons perdus dans les replis laineux qui se refroidissent très vite.

Je suis resté au bord du pont. Le navire avait besoin d'être gouverné, les voiles d'être ferlées, mais pour ce que j'en savais nous avions déjà changé de cap. Je ne pouvais pas manœuvrer ce navire tout seul. Je savais déjà que je devrais le quitter, à moins que je choisisse d'y vivre seul, dans le maigre espoir que le Disque redescende et décharge mes compagnons de la même façon qu'il les avait emportés. Mais je ne pensais pas que c'était vraisemblable. Et j'avais peur de rester.

C'était comme si ce Disque, ou Cristal, dans son bref passage sur ou à travers le navire, sur ou à travers moi, avait changé l'atmosphère du bateau, m'avait changé. Je tremblais et je frissonnais d'une terreur glacée. Je tenais à peine debout, mais je m'appuyais, accroché à une corde. Quand les tremblements ont eu l'air de cesser, que je suis resté les dents serrées en attendant que la chaleur animale de la vie mc revienne, les tremblements ont repris comme un accès de malaria, mais c'était une sorte de faiblesse, pas de fièvre. Dans le navire, désormais, tout m'était hostile, comme si l'haleine du Disque avait semé une pourriture dans sa substance. Dire que j'avais été terrifié et que je l'étais encore serait un énoncé trop ordinaire. Non. J'avais été frappé d'étrangeté, j'avais respiré une grande bouffée d'un air insupportable. Je n'étais plus du tout moi-même, et mon nouveau dégoût qui était tellement plus qu'une peur de ce navire était en lui-même une maladie. Pendant ce temps les voiles claquaient et flottaient et gonflaient ou pendaient vides au-dessus de ma tête. Pendant ce temps le navire frémissait et obéissait à chaque saute d'un vent capricieux et changeant. Pendant ce temps c'était une créature qui avait été assaillie et abandonnée à sa mort.

J'ai commencé à faire un radeau, avec des poutres prises dans le magasin du charpentier. Je travaillais fiévreusement, voulant partir de là. Il ne m'est jamais venu à l'esprit de rester, si forte était ma peur. Pourtant je savais que m'embarquer seul sur un radeau était plus dangereux que rester. Sur le navire il y avait de l'eau, quelques provisions, une sorte d'abri, jusqu'à ce qu'il sombre ou s'écrase sur un rocher. Jusque-là, je serais en lieu sûr. Mais je ne pouvais pas rester. C'était comme si d'avoir été ignoré, laissé derrière, à l'écart de tous mes vieux camarades, était en soi une sorte de malédiction. On m'avait marqué au fer avec mon navire.

J'ai travaillé de nombreuses heures et, quand le jour a baissé, j'ai attaché une lampe tempête à un espar et continué toute la nuit. J'ai fait un radeau d'environ douze pieds sur douze en poteaux de balsa. Dessus, j'ai arrimé une cantine pleine de rations et un baril d'eau douce. J'ai adapté une voile et un mât au milieu du radeau. J'ai pris trois paires d'avirons et j'en ai soigneusement attaché aux poutres deux paires de rechange. Au centre du radeau j'ai fait une plate-forme en planches d'environ quatre pieds de large. Et pendant tout ce temps je travaillais dans une terreur mortelle, une peur malade et glacée qui m'attaquait par intermittence par des accès de tremblements tels que je devais me plier en deux comme pour une crampe, et me tenir à un appui de peur de tomber en morceaux.

A l'aube le radeau était fait. Le ciel rougit en face de moi alors que je regardais vers l'avant de sorte que je vis que le navire avait déjà tourné et qu'il repartait sous l'emprise du courant de Guinée vers le Cameroun ou le Congo. Il fallait que je l'abandonne aussi vite que possible en espérant que je pourrais encore me sortir à la rame de ce mortel courant de terre pour retrouver une fois de plus le flux équatorial. J'ai enfilé tous les vêtements que j'ai pu trouver. J'ai laissé le radeau tomber à la mer, où il a flotté comme un bouchon. Et avec le ciel entier embrasé de soleil levant comme l'intérieur d'une pêche mûrissante j'ai dégringolé le long d'une corde et me suis lancé sur le radeau juste quand il allait jaillir hors de ma portée. J'ai touché le radeau encore sec, mais déjà bien humidifié par les embruns, et me suis aussitôt mis à ramer en tournant le dos au soleil. J'ai ramé comme si j'allais vers un abri et un bon bateau bien sec alors que je m'en éloignais. Quand le soleil s'est trouvé dans un ciel clair voilé par l'été à trois ou quatre largeurs de main de l'horizon, les voiles de notre navire n'étaient plus qu'un bas moutonnement de blanc, comme un essaim de papillons posé sur les vagues, loin derrière moi, et je me dirigeais vers l'ouest, dans la bonne et juste direction. Et quand j'ai tourné encore une fois la tête pour regarder, il était difficile de dire si je voyais la blancheur des voiles ou l'écume d'une houle lointaine. Car la mer avait changé, à mon avantage, elle roulait et tanguait au lieu d'être nerveuse et changeante. Et donc j'ai ramé toute cette journée et presque toute la nuit suivante. J'ai ramé et ramé et ramé, jusqu'à ce que mes bras paraissent séparés de moi, ils travaillaient sans que je sache que je les commandais. Puis un jour – je pense que c'était trois jours après que j'eus vu les voiles de mon navire disparaître à l'est –, il y eut un soudain après-midi de rafales et j'ai eu mes vêtements trempés et j'ai perdu mes avirons de réserve. Et deux jours après ça une grosse houle m'a arraché des mains mes derniers avirons et depuis je me suis confié au courant qui remonte à l'ouest et au nord. Et maintenant j'ai tout le temps du monde pour me dire que je suis toujours engagé dans le même voyage dans le même courant qui tourne et tourne et tourne, avec les

Antilles pour prochaine escale, et la Nancy du pauvre Charlie et sa chanson, tout comme si j'étais resté sur le navire avec mes camarades. Et après les chansons des femmes, comme avant, tourner, tourner, passer la mer des Sargasses et tourner dans le Gulf Stream et tourner dans la courbe de la mer devant les côtes du Portugal et de l'Espagne, et tourne et tourne. Mais maintenant je ne suis pas sur un grand navire avec des voiles comme des papillons blancs mais sur un petit radeau et seul, à tourner et tourner. Et tout est pareil, tourne et tourne, avec un unique et léger changement pour le pire dans la forme de mes espoirs : Eux, ou le Disque, ou Chose de Cristal, à leur prochaine descente, pourront-ils voir la tache de mon radeau sur la mer ? Me verront-ils et auront-ils la bonté de me lancer un salut ou un cri en réponse quand je leur demanderai : Comment puis-je sortir de ce courant, amis ? Guidez-moi tout droit vers cet autre rivage, je vous prie.

Oui, je les saluerai, bien sûr, bien qu'un froid nouveau dans mon cœur me parle maintenant d'une peur que jadis je n'avais pas. Je n'ai pas une seule fois pensé, au cours d'aucun de ces cycles et cercles et circuits autour et autour qu'ils pourraient simplement ne pas me remarquer, comme un homme peut ne pas voir un chaton endormi ou un chiot aveugle caché sous un pli de sa couverture malodorante. Pourquoi devraient-ils remarquer la tache d'un radeau sur la vaste mer ? Pourtant il n'y a rien d'autre qu'à continuer, sans rames, sans gouvernail, sans sommeil, épuisé. Après tout je sais qu'il serait plus gentil d'aborder sur la rive de Nancy pour lui dire que son Charlie a enfin rencontré – quoi ? Eux, je suppose, mais c'est tout ce que je peux lui dire, pas même ce qu'il a senti en se faisant absorber dans la substance de cette Chose brillante. Chantera-t-elle sa chanson pour moi sur ce radeau à la dérive, les femmes viendront-elles le long des murs de leurs jardins d'été pour chanter, et leur chanterai-je alors comme le temps de l'amour est passé ? Et puis je dériverai jusque vers l'ami de George pour lui crier comment George a – quoi ? Et où ? Et puis encore et encore et encore, jusqu'à ce que je revoie ma Conchita qui attend, vêtue d'une robe de nonne, là où toutes mes errances et mes navigations l'ont mise.

L'homme comme un grand arbre
S'offense des tempêtes.
Bras, mains, genoux,
Trop raidis pour l'amour,
Comme l'arbre résiste au vent.
Mais lentement s'éveille,
Et dans le bois noir
Le vent écarte les feuilles
Et la bête noire jaillit de la caverne.
Mon amour, quand tu dis :
« Voici où était la tempête,
Voici où elle était,
Voici la bête fabuleuse »,
Diras-tu aussi
Comme d'abord nous nous embrassions lèvres fermées, apeurés,
Et nous touchions les mains, apeurés,
Comme si entre elles dormait un oiseau ?
Diras-tu :
« Ce fut le petit oiseau blanc qui m'a prise au piège » ?

Ainsi chante-t-elle, chaque fois que je passe, tourne et tourne, encore et encore.

DOCTEUR X. Alors, comment allez-vous cet après-midi ?

PATIENT. Tourne et tourne et tourne…

DOCTEUR X. J'aimerais que vous sachiez qu'à mon avis vous pouvez sortir de tout ça quand vous voulez.

PATIENT. Tourne et tourne et tourne…

DOCTEUR X. Le Dr Y. n'est pas là ce week-end. Je vais vous prescrire un nouveau médicament. Nous verrons ce que cela va donner.

PATIENT. Dedans dehors, dehors dedans. Dedans dehors, dehors dedans.

DOCTEUR X. Je suis le Dr X. Quel est votre nom ?

PATIENT. Tourne et…

Je pense qu'il a très bien pu régresser jusqu'à l'âge de onze ou douze ans. C'est l'âge où j'aimais les histoires de marins. A mon avis il va beaucoup plus mal. Le fait est qu'il ne tient pas compte du tout de ma présence. Le Dr Y. prétend qu'il réagit à la sienne.

24 août DOCTEUR X.

DOCTEUR Y. Comment vous appelez-vous aujourd'hui ?

PATIENT. Cela pourrait être Ulysse ?

DOCTEUR Y. L'Atlantique n'était pas sa mer, sûrement ?

PATIENT. Mais maintenant elle le pourrait, sûrement, n'est-ce pas ?

DOCTEUR Y. Bon, et maintenant, où en sommes-nous ?

PATIENT. Peut-être la Jamaïque. Je suis un peu plus au sud que d'habitude.

DOCTEUR Y. Vous parlez pratiquement sans arrêt depuis plusieurs jours. Le savez-vous ?

PATIENT. Vous m'avez dit de parler. A la place je veux bien penser.

DOCTEUR Y. Enfin, quoi que vous fassiez, souvenez-vous de ceci : vous n'êtes pas sur un radeau dans l'Atlantique. Vous n'avez pas perdu vos amis dans les bras d'une soucoupe volante. Vous n'avez jamais été marin.

PATIENT. Alors pourquoi je pense que j'en suis un ?

DOCTEUR Y. Quel est votre vrai nom ?

PATIENT. Malin.

DOCTEUR Y. Où habitez-vous ?

PATIENT. Ici.

DOCTEUR Y. Comment s'appelle votre femme ?

PATIENT. Ai-je une femme ? Comment s'appelle-t-elle ?

DOCTEUR Y. Dites-moi, pourquoi ne voulez-vous jamais parler au Dr X. ? Il en est plutôt blessé. Je le serais aussi.

PATIENT. Je vous l'ai déjà dit. Je ne peux pas le voir.

DOCTEUR Y. Eh bien, nous commençons à nous inquiéter sérieusement. Nous ne savons pas quoi faire. Il y a bientôt deux semaines que vous êtes entré. La police ne sait pas qui vous êtes. Il n'y a qu'une chose dont nous sommes à peu près sûrs : et c'est que vous n'êtes aucunement un marin, professionnel ou amateur. Dites-moi, lisiez-vous beaucoup d'histoires de marins quand vous étiez petit ?

PATIENT. Petit et grand.

DOCTEUR Y. Quel est le nom de famille de George ? Et celui de Charlie ?

PATIENT. C'est drôle, je ne peux pas m'en souvenir... oui, bien sûr, nous avions tous le même nom. Le nom du navire.

DOCTEUR Y. Quel était le nom du navire ?

PATIENT. Je ne m'en souviens pas. Et il a sombré ou s'est échoué depuis longtemps. Et le radeau n'a jamais eu de nom. On n'appelle pas un radeau comme on appelle quelqu'un.

DOCTEUR Y. Pourquoi ne faudrait-il pas baptiser ce radeau ? Lui donner un nom maintenant ?

PATIENT. Comment donnerais-je un nom à mon radeau quand je ne sais même pas quel est mon nom. Je m'appelle... quoi ? Qui m'appelle ? Quoi ? Pourquoi ? Vous êtes le Dr Pourquoi et je m'appelle Pourquoi – c'est ça, c'est le beau navire *Pourquoi* qui a sombré dans le courant de Guinée, en laissant Qui sur un radeau glissant et...

DOCTEUR Y. Juste une minute. Je ne serai pas là pendant quatre ou cinq jours. Le Dr X. s'occupera de vous jusqu'à mon retour. Je viendrai vous voir dès l'instant où je serai rentré.

PATIENT. Dedans dehors, dehors dedans, dedans dehors...

Nouveau traitement Librium. 3 Tofronil 3 fois par jour.

29 août DOCTEUR X.

La mer est plus forte qu'avant. Quand le radeau se lève sur le flanc d'une vague je vois des poissons s'enrouler sur ma tête et quand les vagues déferlent sur moi les poissons et des algues dégoulinantes glissent sur mon visage pour rejoindre la mer. Quand mon radeau monte en haut tout en haut de la crête les poissons me regardent dans les yeux depuis leur muraille d'eau. Voilà cette créature de l'air pensent-ils, juste avant qu'ils viennent faire floc sur mon visage et mes épaules alors que je pense, pendant qu'ils touchent et glissent ; ce sont des créatures aquatiques, des ressortissants du mouillé. La vague se recourbe et enroule ses tourbillons parfaits recelant trois poissons des profondeurs montés voir le ciel, une épinoche digne d'une mare ou d'un pot de confitures, et le pétillement frisé du plancton, lequel n'est ni visible ni invisible, plutôt un craquement brillant dans l'imagination. Si les hommes sont créatures de l'air et les poissons grands ou petits créatures de la mer, quelles sont donc les créatures du feu ? Ah oui, je sais, mais vous ne m'avez pas vu, vous m'avez négligé, vous avez ramassé mes camarades et m'avez laissé couiner dans mon pli de couverture malodorante. Où sont-ils, mes amis ? A dispenser la justice, n'est-ce pas, dans les replis de feu, me fixant dans les yeux depuis les frondaisons ondoyantes et soyeuses du feu. Voyez, voici un homme, c'est une créature de l'air, se disent-ils, respirant des flammes jaunes comme nous respirons de l'H_2O. Il y a quelque chose à propos de ce bâillement suffoqué, pensent-ils – George ? le pauvre Charlie ? –, qui mérite considération. Mais ils sont au-delà de l'air, désormais, et de ses habitants. Ils sont lance-flammes. Ils sont tempêtes de feu. Vous croyez que la justice est une aimable commodité ? Non, elle arase, elle met bas, elle coupe les bandelettes. Les vagues sont si hautes, elles s'écrasent si vite et si furieusement que je suis plutôt dessous que dessus. Ils apprennent aux hommes – des hommes apprennent aux hommes – à posséder des poumons de poissons, des hommes apprennent à respirer dans l'eau. Si j'aspire une grande bouffée d'eau, mes tissus pulmonaires s'adapteront-ils, le temps qu'une vague tombe, et crieront-ils : Oui, oui, toi là-haut, toi le marin, respire profondément et nous te porterons dans l'eau comme nous t'avons porté dans l'air ? Après tout *Ils* ont dû avoir à apprendre à mes amis George et Charles et James et aux autres à prendre de grandes goulées de feu. Ne me dites pas que nous avons respiré un air ordinaire, quand le tourbillon de Cristal m'a enveloppé avec les autres, non, c'était un feu glacé, le souffle du soleil, un vent solaire, mais les hommes sont munis de poumons qui sommeillent comme ceux d'un bébé dans la matrice, et qui attendent que le vent solaire les gonfle comme des voiles. Des poumons d'air pour l'air, mais des organes faits de sons cristallins, de lumière chantante, pour le vent solaire qui va pousser mon amour vers moi. Ou moi vers mon amour. Oh, les vagues montent si haut, elles plongent et grandissent et s'élancent, je suis plutôt dessous que dessus, mon radeau est un petit bouchon sur une mer venteuse et je suis malade, oh, si malade, pris et jeté, jeté et repris, ma pauvre pauvre tête et mes poumons, si je reste sur ce radeau épais lourd gluant de coquillages qui hurle et se raidit quand déferlent les hautes mers, alors je vais vomir mon cœur et tomber évanoui dans les grands creux marins. Je vais quitter le radeau, alors.

Oh non, non, non, j'ai rejeté mon bateau, le *Pourquoi*, un bon navire, je me suis cramponné comme une patelle à mon nouveau lit bien dur, le radeau, et maintenant comment le quitter, aller tournoyer au fond des forêts marines comme un oiseau malade ? Mais si je trouvais un rocher, un îlot ? Idiot, il n'y a pas de rochers ni d'îlots ni d'îles ni de ports au milieu du vaste océan Atlantique, à 45 degrés sur l'équateur. Mais le radeau se disloque. Il se brise. Il n'y avait que des cordages ordinaires pour attacher les poutres en balsa l'une à l'autre et à l'ensemble, et quels cordages pourrais-je jamais trouver capables de maintenir à flot dans cette mer cet assemblage maladroit de chevrons entrecroisés ? C'est une tempête. C'est un typhon. Le ciel est noir comme le tonnerre avec un blanc jaunâtre et malsain au bord des nuages et les vagues sont bleu-noir et plus hautes que le clocher de l'église et le monde est entièrement froid et mouillé et mes oreilles me sifflent comme une fièvre. Et voilà mon radeau qui s'en va, qui se désagrège sous moi comme des brins de paille dans les remous d'un caniveau. Le voilà parti et je suis à l'eau, tendant les mains vers des pailles ou même une arête de poisson. Je flotte et je me noie et j'ai froid, oh, j'ai si froid, j'ai froid là où toute ma chaleur intérieure et vitale devrait être, le long de ma colonne et dans mon ventre, mais voilà c'est froid froid comme la lune. Plus bas, plus bas, mais la mer bouchonneuse me rejette vers la lumière et là sous ma main se trouve un rocher, un port dans la tempête, une petite pointe de roche noire qu'aucun navigateur n'a vue avant moi, qu'aucune carte n'a jamais signalée, juste un unique rocher noir en basalte qui est la pointe ultime d'une grande montagne d'un mille ou deux de haut, dont les contreforts sont de grandes forêts ondoyantes où vivent et paissent les buffles de mer. Et je m'accrocherai ici jusqu'à ce que la tempête s'en aille et que la clarté revienne. Ici enfin je peux ne plus bouger, le roc est immobile, ayant jailli du fond océanien un million d'années plus tôt, bien habitué à baliser son droit et à tenir devant les rages atlantiques. Voici une faille dans le rocher, un creux allongé, et je vais m'y loger jusqu'au matin. Oh, me voilà redevenu créature terrestre, ayant droit à un sommeil stable et facile. Je ne fais qu'un avec le rocher qui est le sommet de la montagne et maintenant c'est la mer qui passe et s'écoule. Doucement, maintenant. Arrêt. La tempête est partie et le soleil brille sur une mer plate, calme, solide dont la surface ondule doucement au lieu de voler dans tous les coins comme si l'océan voulait se fracasser en morceaux. Une mer chaude, chantante, salée, coulant vers l'ouest devant moi, prochain arrêt les Antilles, mais s'écoulant devant moi, bien fixé à mon rocher. Bien dormir. Bien. Dormir.

INFIRMIÈRE. Réveillez-vous. Réveillez-vous, soyez chou. Allons, *non*, c'est ça. Asseyez-vous, très bien. Je vous tiens.

PATIENT. Pourquoi ? Pour quoi faire ?

INFIRMIÈRE. Vous devez manger quelque chose. D'accord, vous pourrez vous rendormir dans une minute. Vous êtes vraiment un grand dormeur, n'est-ce pas ?

PATIENT. Pourquoi me faire dormir si vous me réveillez sans arrêt ?

INFIRMIÈRE. Vous n'êtes pas vraiment supposé dormir tant que ça. Vous devriez être calme et détendu, mais vous dormez réellement.

PATIENT. Qui suppose ? Qui me donne les cachets ?

INFIRMIÈRE. Oui, mais – enfin, peu importe. Buvez ça.

PATIENT. C'est infect.

INFIRMIÈRE. C'est de la soupe. Une bonne soupe chaude.

PATIENT. Laissez-moi tranquille. Vous me donnez des cachets et ensuite vous me réveillez sans arrêt.

INFIRMIÈRE. Vous réveiller sans arrêt ? Pas moi. C'est comme essayer de réveiller un rocher. Avez-vous chaud ?

PATIENT. Le soleil cst parti, le soleil…

....

Qui ne s'est pas couché au creux chaud du rocher,
Penché au chant labile et paresseux du flot,
Noyé dans le son comme qui entend le choc sourd
Des marées au fond des coquillages, du sang
Le long des cavernes internes de la chair,
Comme aussi le noyé s'accrochant au soleil,
A son éclat lointain, à des voix qui appellent ?

INFIRMIÈRE. Encore un peu, s'il vous plaît.

PATIENT. Je n'ai pas faim. J'ai appris à respirer l'eau. C'est plein de plancton, vous savez. On peut se nourrir les poumons comme on se nourrit l'estomac.

INFIRMIÈRE. Vraiment, mon chou ? Eh bien, n'allez pas trop loin tout de même, vous aurez encore à respirer de l'air.

PATIENT. Je respire l'air, *en ce moment*. Je suis sur le rocher, Vous voyez.

....

Alors voyez-le comme l'oiseau le verrait

Oscillant comme nef emplumée sur un air chaud et rude,
Allant des prés venteux aux crucs de l'océan
Qui se lève et jette masse après masse géante,
Inlassable et lent, contre la terre obstinée,
S'efforçant d'obtenir une inversion étrange
De cette monstrueuse naissance, quand au cours des siècles
De labeur, parut un membre taché d'algues,
Une tête, et enfin tout le corps de la terre,
A jamais rongé, usé par l'océan maternel,
Mer jalouse amoureuse de sa douleur passée.

INFIRMIÈRE. Pourquoi n'iriez-vous pas vous asseoir un peu dans la salle de jour ? Vous n'en avez pas assez de passer tout votre temps au lit ?

PATIENT. Une jalousie qui aime. Sa douleur.

INFIRMIÈRE. Vous avez une douleur ? Où ?

PATIENT. Pas moi. Vous. Aimant et soignant jalousement sa douleur.

INFIRMIÈRE. Je n'ai aucune douleur, je vous l'assure.

PATIENT. Il flotte paresseux vers l'écume infinie,
Et là, en bas, silhouette écartelée, infime,
Qui s'accroche au rocher comme s'il se noyait,
Il sent passer là-haut l'immense oiseau et sait
Qu'il n'aura pas de voix, ni d'ailes ni de vents
Pour le suivre, hypnotisé, au fond des gouffres lisses,
Le cri dans ses oreilles aboli par le flot.

INFIRMIÈRE. Prenez ces cachets, mon chou, c'est ça.

PATIENT. Qui n'a pas sombré à l'instar du noyé
Par les couches striées de soleil où le dessous des vagues

Comme dans du verre encore tient les rayons captifs,
Où le poisson paré glisse comme un oiseau,
Puis les gouffres moyens où l'ombre vient pâlir,
Diffuser la lueur comme au fond des forêts.
Il tombe, tombe, au-delà des bras menaçants,
Des bouches épineuses et des mares traîtresses
De la mort, jusqu'à gésir au fond de l'océan.

Là le roc est semé de fougères luisantes
Les poissons chatoyants nagent parmi les herbes
Et des essaims brillants filent devant les yeux,
Là règne l'étrange logique de la nuit.
Est-ce la douce noyée flottant dans ses cheveux ?
Sur le crâne blanc du roc sautent les poux de mer.
Serait-ce le reflet d'une chair opaline ?
Les hautes valves se referment, portes blêmes.
Déformé, tremblant comme un visage embelli
Par le chloroforme, le visage souriant
D'un amour d'autrefois à demi oublié,
Lune pâle montant par les bandes liquides
Et qui passe en louchant comme une lune morte.

Indifférent, armé du sommeil des abîmes,
Il flotte, immunisé, dans les racines nourries de chair,
Les squelettes assemblés au plafond des cavernes

Tels des nids d'araignées blêmes et frémissants,
Tandis que des machines au fond, gorgées d'algues pâlies,
Cylindres et pistons oscillant dans la verte…

INFIRMIÈRE. Allons-y maintenant, mon chou. Oh, pauvre chou, ça ne va pas bien, c'est ça ? Tout le monde a des mauvaises périodes, tout le monde va mal de temps en temps. Moi aussi. Dites-vous que c'est comme ça.

PATIENT. Tout le monde n'a pas connu ces profondeurs,
Les puits obscurs et insondés de l'océan,
Où la lueur du jour meurt avant que de venir,
Où l'eau stagne, si lente et si lourde et si sale…

INFIRMIÈRE. Ce n'est pas la peine de recracher vos cachets.

PATIENT. Sale. sali, salissant, la saleté…

INFIRMIÈRE. Une grande gorgée, ça ira, ça y est.

PATIENT. Vous me réveillez et vous m'endormez. Vous me réveillez et vous m'enfoncez. Je vais me réveiller maintenant. Je veux me réveiller.

INFIRMIÈRE. Asseyez-vous, alors.

PATIENT. Mais quel est ce truc, ces cachets, comment puis-je me réveiller quand vous… qui est cet homme qui m'enfonce, qui me fait sombrer comme un noyé se noie et… ?

INFIRMIÈRE. Le Dr X. pense que ce traitement vous fera du bien.

PATIENT. Où est l'autre, le combattant ?

INFIRMIÈRE. Si vous voulez parler du Dr Y., il revient bientôt.

PATIENT. Je dois remonter du fond de la mer. Je dois braver la surface de la mer, tempêtes ou non, parce qu'ils ne me trouveront jamais là-dessous. Assez dur de s'attendre à ce qu'Ils descendent dans notre air lourd, sale et enfumé comme il est, mais s'attendre à les voir au fond de la mer avec tous ces navires coulés, non, ce n'est pas raisonnable. Non. Il faut que je remonte et que je leur donne une chance de me voir ici, niché dans le rocher chaud.

INFIRMIÈRE. Oui, bon, très bien. Mais ne vous démenez pas comme ça… bonté divine.

PATIENT. La bonté c'est autre chose. Je dois me réveiller. Je dois. Il faut que je monte la garde. Ou je n'en sortirai et n'en partirai jamais.

INFIRMIÈRE. En fait, je ne sais pas vraiment. Peut-être ce traitement ne vous convient-il pas ? Mais alors il vaut mieux rester allongé. C'est bien. Tournez-vous. Blottissez-vous bien. Voilà. Chut. Chhhhhhhhhhh. Chhhhhhhhhhhhhhhhhhhhhhhhhh

PATIENT. Chut et dors, bébé
bercé par la tempête
si tu lui fais pas de mal
elle te fera pas de mal

On m'a dérobé le sens. On m'a fait sans ressources. Je suis devenu inflexible dans le flux. Quand j'étais sur le Bon Navire *Lollipop* j'y étais tenu par le vent et la mer. Quand j'étais sur le radeau il n'y avait là personne que moi. Sur ce rocher je suis étroitement. Tenu. Je ne peux rien faire que tenir. Et attendre. Ou filer comme un plongeur jusqu'au fond de l'océan où il fait noir comme dans le ventre d'un poisson avec nulle part où aller sinon vers le haut. Mais j'ai une alternative, oui. Je peux supplier qu'on me prenne, n'est-ce pas ?

M’accrocher aux basques d’un oiseau ou d’un poisson. Si les chiens sont les amis de l’homme, qui sont les amis du marin ? Les tortues. Elles nous adorent. Qui se ressemble s’assemble, dit-on, mais une tortue a-t-elle jamais tué un homme, alors que nous en avons tué tant, et par curiosité, pas même pour manger ou le plaisir de tuer. Une tortue m’emportera vers mon amour. Une tortue noire au dos lisse, brillant, chantant, avec des yeux aimants et un long bec d’oiseau siffleur. Tiens bon, tortue, pauvre tortue dans ta mer empoisonnée, pleine des effluents fétides venus des entrailles humaines, des rebuts de l’esprit meurtrier des hommes, ne meurs pas encore, tiens bon, tiens-moi, fais-moi sortir de ce circuit nordique grinçant et gelé et emporte-moi vers le tendre courant du sud et les rivages désirés. Voilà. Sous l’eau si tu le dois, je peux respirer le mouillé s’il le faut, mais en surface si tu le peux, au cas où je pourrais saluer un ami de passage ayant pris la forme d’un pilier de feu ou d’une moucheture lumineuse. Voilà, tortue, suis-je de bon aloi ? Une bonne créature ? Aimable et bonne ? Emmène-moi simplement vers le sud, conduis-moi au courant chaud, oh, le temps se gâte, ça secoue et ça remue comme dans la Grande Tempête, quand mon radeau s’est défait comme de la paille, mais maintenant je sais que c’est une bonne passe de travers, c’est créateur, oh, quelle tension terrible, quel effort, et maintenant dehors, oui on est sortis, on est bien sortis, et nous nageons toujours vers l’ouest, mais au sud-ouest, en sens inverse, alors qu’avant c’était à l’ouest dans le sens des aiguilles et sans destination sauf les Antilles et la Floride, passer la mer des Sargasses et le Gulf Stream et la dérive du vent d’ouest et le courant des Canaries et tourne et tourne et tourne et tourne mais maintenant, oh tortue, sur cette fragile bulle de savon notre terre qui tournoie toute bleue-verte irides-cente, où l'air et l'eau allant au nord tourbillonnent dans la direction du temps de gauche à droite, grandes spirales de souffle et de lumière et d'eau, maintenant, oh tortue, amie qui chante, nous sommes sur l'autre voie et je tiendrai, je me collerai et m'accrocherai au dernier souffle de ta patience, être patient, jusqu'à ce que tu me déposes enfin sur cette plage, oh tortue, car tu dois être loyale et m'emmener là-bas, tu dois me débarquer enfin au bon endroit, tu ne dois pas me laisser virer trop loin au sud, traîner dans le courant brésilien de mon esprit, non, laisse-moi doucement descendre de ton dos glissant sur le sable argenté de la côte brésilienne d'où, en levant les yeux, s'élèvent les hauteurs bleu-vert des montagnes du Brésil. Là-bas, là-bas se trouvent mon vrai destin et mon amour, aussi, tortue, veille à main-tenir ton cap.

Voilà, voici le rivage. Et maintenant plus que jamais nous devons garder le bon cap. Il n'y a ni récifs ni coraux par ici, tortue, qui pourraient heurter ton nez délicat ou arracher des bandes de lard à ton dos élancé, mais voici le rivage brillant et de tous les dangers du courant méri-dional c'est le pire, et si nous gardons les yeux fixés sur cette jolie côte en souhaitant nous y trouver, c'est alors que le courant nous balaiera dans notre cycle d'oubli qui tourne et tourne et tourne et tourne encore de nou-veau vers les côtes africaines avec pour toute compagnie des monticules de glace méridionale, alors tiens bon, tortue, et garde à l'esprit ta tâche, qui est moi, mon débarquement, et ne te laisse jamais aller à rêver de ce sable argenté et des forêts profondes car si tu le fais tes forces vont faiblir et tu vas glisser vers le sud comme un poisson mort ou mourant.

Ici. Oui. Nous y voilà, tout près, et le tonnerre du ressac est en nous. Mais ferme tes oreilles, tortue, n'écoute ni ne regarde, que tes pensées soient tout entières à l'effort nécessaire et puissant. Devant. Et devant. Avec la traînée du courant tirant vers le sud qui refroidit ton flanc gauche. Devant. Oui, et je ne regarde pas non plus, chère tortue, car si je n'atteignais pas le rivage cette fois et si nous devions vraiment lâcher retomber vers le sud et tourner encore et encore et encore je crois alors que je te demanderais, tortue, de me traiter comme les humains traitent les tortues et de me dépecer pour ta curiosité. Mais là, plus près. Oui, plus près. Nous sommes si près maintenant que les arbres de la plage et la terre qui s'élève au-delà pendent au-dessus de nous comme les arbres surplombent une sage rivière de l'intérieur. Et nous y sommes. Mais vas-tu venir avec moi, fendre ta queue luisante grasse et molle pour te faire des jambes et marcher, m'accompagner dans cette balade jusqu'aux montagnes là-bas ? Non, alors bon, adieu tortue, adieu, replonge dans les flots joueurs et sois heureuse, respire tant que le poison que l'homme répand pour tous les êtres vivants ne te retrouve et ne te tue alors que tu nages. Et maintenant je roule de ton dos amical, merci, merci gentil poisson, et je sens mes pieds stables sous moi, le sable qui craque et la frange de la marée qui coule et me rafraîchit les chevilles.

Et maintenant que je quitte la mer où j'ai tourné tourné tant de siècles mon esprit est annelé par le Temps comme les dépôts sur les coquilles ou la chute des ans sur les troncs d'arbres, je monte sur le sable sec et salé en secouant tout mon corps comme un chien mouillé.

Il devait être environ dix heures du matin. Le soleil dégagé brillait sur mon dos à mi-hauteur du matin. Le ciel était sans nuages, d'un bleu intense, profond. J'étais sur une large plage de sable blanc qui s'étendait de chaque côté sur deux milles environ avant de s'incurver hors de vue derrière des promontoires rocheux. Devant moi une épaisse forêt descendait à la lisière du sable. Un vent léger soufflait de la mer et animait les branches d'un mouvement soutenu. Les feuilles étincelaient. La mer aussi. Les sables scintillaient. C'était une scène très calme et abondante et rassurante, mais en même temps il y avait une confusion des lumières. J'ai eu plaisir à quitter les sables aveuglants pour la fraîcheur des arbres. Les broussailles clairsemées rendaient la marche facile. De la plage j'avais vu que le terrain montait rapidement jusqu'à des hauteurs qui semblaient pouvoir être un plateau bordé de roches. Je cherchais une piste en marchant vers l'ouest sous les grands arbres et enfin j'ai vu un sentier sablonneux qui pouvait mener aux montagnes d'en face. C'était un trajet calme et reposant. Le pilonnage des vagues faisait ici un silence pesant. Au-dessus les branches portaient un poids de silence aiguisé par des milliers d'oiseaux. Et bientôt j'entendis devant moi un tonnerre aussi fort que le ressac laissé trois ou quatre milles en arrière. J'étais sur les berges d'un fleuve qui cascadait parmi les rochers pour s'écraser en contrebas dans un torrent plus large qui roulait ses flots lustrés pour se joindre à la mer. Le sentier montait le long du torrent et devenait une piste étroite longeant les chutes entre les rochers. J'avançais lentement, arrosé par une écume qui fit fondre sur mon visage le sel corrosif. Quand j'atteignis le haut des chutes et que je regardai en arrière, j'embrassai du regard une pente raide et brutale descendant jusqu'au rivage. Le fleuve, quand il s'élargissait et s'assagissait après sa longue descente rocheuse, était à un mille ou plus au-dessous de ma position actuelle. Je voyais à plusieurs milles au nord et au sud par-dessus le toit de la forêt que j'avais traversée, et au-delà la mer bleue qui se mêlait au bleu du ciel dans un ruban froncé de nuages blancs telle une écume céleste. Me tournant à nouveau vers l'avant, les hauteurs que j'avais vues de la plage étaient toujours très hautes, car ceci n'était qu'une crête intermédiaire. Et je fus encore dans une forêt, plutôt moins haute et moins fournie, où venaient déjà s'implanter la bruyère et les ajoncs des hautes terres. Cette forêt avait un air plus vivant et plus intime que celle d'en bas, car elle était pleine d'oiseaux et des jacassements d'une bande de singes. Il y avait une odeur lourde. Elle venait d'un arbre que je n'avais jamais vu. Il ressemblait à un châtaignier, mais il portait de grandes fleurs d'un rose mauve, comme le magnolia, et la faible brise avait dispersé cette odeur de telle sorte qu'elle semblait venir de tous les arbres ou buissons. Il n'y avait dans cet endroit nul sentiment d'hostilité envers l'intrus. Au contraire, je me sentais le bienvenu, c'était comme si l'hostilité ou l'aversion n'étaient pas nées encore dans ce pays. Et très vite, alors que je montais posément le sentier, un grand animal tacheté comme un léopard sortit d'un massif de bambous à peine en retrait, se tourna vers moi d'un air de réfléchir, puis s'assit au bord du chemin pour observer ce que j'allais faire. Il semblait sur le qui-vive, mais bienveillant, et ses yeux verts ne cillaient pas. Il ne me vint pas à l'esprit que j'aurais dû avoir peur. J'avançai régulièrement jusqu'à sa hauteur. Il était à environ six pas et paraissait extrêmement grand et vigoureux. Assis, sa tête arrivait au niveau de la mienne. Je fixai le visage de la bête avec une sorte de hochement de tête, car je ne pensais pas qu'un sourire fût un signal suffisant, et alors, comme un chat qui veut saluer votre présence ou votre amitié mais qui est trop fier ou paresseux pour bouger, ce léopard ou puma ou quoi que ce fût ferma simplement à demi les yeux et ronronna un instant. Je continuai. La bête m'observa quelque temps, puis bondit loin du sentier et s'éloigna vers de grands taillis au bord du fleuve qui frémissaient d'une lueur iridescente : cent fils d'araignées y piégeaient la lumière. Je montais toujours. L'après-midi tirait à sa fin et j'avais le soleil devant moi, son éclat incommode dans les yeux. Me retournant, il me parut que j'avais à moitié couvert la distance entre la rive et mon but, le plateau bordé de rochers, mais la grande faille ou glissement massif du terrain que j'avais gravi près de la cataracte ne se voyait plus du tout : tout était comme une longue pente unie jusqu'à la plage, avec seulement quelques panaches de nuée grise pour signaler la chute d'eau. La chute des terres était plutôt indiquée par le son, le grondement encore audible des chutes. Si je n'avais pas moi-même escaladé et connu cette faille, je n'aurais pas cru à son existence, et donc je pouvais bien avoir devant moi d'autres chutes ou failles actuellement avalées et aplanies par la forêt. Ici le fleuve s'écoulait devant moi, volute vert foncé entre de hautes rives. C'était le paradis des oiseaux et des singes, et quand je m'arrêtai sous les arbres pour me reposer et soulager quelques moments mes yeux de l'éclat du soleil, je vis sur l'autre rive, sur une étendue de sable blanc, quelques daims qui descendaient boire. Je décidai de me reposer. Je trouvai une pente herbeuse où le soleil ne tombait qu'à travers des couches de feuilles à peine agitées, et je m'endormis dans un mouchetis de lumière. Quand je m'éveillai je trouvai la bête aux taches d'or étendue près de moi. L'ombre gagnait sous les arbres. J'avais dormi plus que je n'avais voulu. Je choisis de rester où j'étais pour la nuit, ayant conclu que mon ami le grand chat resterait là pour me garder. Ayant découvert un arbre chargé d'une sorte de fruit pourpre orangé, un peu comme des prunes, j'en fis mon repas du soir, première nourriture terrestre que je mangeais depuis si longtemps que ce fut comme de manger un fruit pour la première fois de ma vie, chaque bouchée une délicieuse expérience. Puis je me rassis et attendis alors que la lumière se retirait à cette heure où tout est triste dans la nature à cause du soleil qui sombre. La bête jaune se rapprocha de moi, de sorte qu'elle fut à portée de mon bras tendu, elle posa sa grande tête sur ses pattes allongées et contempla le fleuve de ses yeux verts, et je sentis qu'il lui plaisait d'être en ma compagnie tandis que la lumière solaire quittait notre face de la terre et que la nuit montait en rampant de la mer. Nous sommes restés assis là à mesure que la vue s'en allait : d'abord le cours profond du fleuve, puis les arbres sur la rive opposée, dont les plus hautes branches gardèrent plus longtemps la lumière, puis les buissons plus proches, et enfin tous les brins d'herbe que je choisissais comme autant de petits poteaux indicateurs, en essayant de fixer leurs formes – comme si la lourde chute de l'obscurité pouvait être empêchée par de si piètres sentinelles. Les sons montèrent, avec plus de poids dans le noir. Le tonnerre des plages à des milles de là sous-tendait encore le silence, la spirale du fleuve qui roulait dans son lit faisait un bruit de fond à ses éclaboussures et ses courses de surface, et les oiseaux de nuit commencèrent à bouger et causer dans les branches qui pendaient très bas sur nous. A un moment la grande bête leva la tête et rugit, le son se brisa en échos amortis entre des parois et des contreforts que je ne pouvais voir. J'entendis remuer dans les buissons derrière moi et je pensai que peut-être mon amie la bête était partie chasser ou voyager, mais quand je fouillai du regard l'ombre épaisse et doucement parfumée je vis qu'il y avait désormais deux animaux allongés côte à côte, et le nouveau venu léchait délicatement le visage du premier, qui ronronnait.

La nuit était épaisse et lourde, mais pas froide du tout, il y avait dans l'air une chaleur humide dont j'emplissais mes poumons, desquels ressortait lentement le sel qui les avait si bien imprégnés que respirer redevenait seulement alors la fonction d'une créature terrestre plutôt que marine. Puis l'obscurité brilla d'une lueur intérieure, je tournai la tête vers la gauche et vis la clairière qui s'emplissait de clair de lune et le fleuve qui révélait sa course par des traits de lumière mouvante. La lune n'était pas encore visible, mais bientôt elle se leva au-dessus des arbres qui paraissaient, de l'herbe où j'étais assis, presque au centre du ciel. Les étoiles s'éteignirent, ou ce fut comme si elles cherchaient à se montrer à travers un miroitement liquide, et la clairière s'emplit d'une calme lumière. Les deux bêtes jaunes, qui n'étaient plus jaunes, leurs dessins noirs marbrés de lumière faisant maintenant comme les empreintes d'un animal marquant de noir un sol argenté de rosée, se léchaient l'une l'autre en ronronnant et elles semblaient impatientes et désireuses de bouger. Et à cette idée je décidai de continuer mon voyage de nuit, s'il faisait assez chaud, si le sable du sentier longeant le torrent n'était pas encombré de cailloux ni d'ornières, si tout était facile et léger. Je me levai, quittant à regret ma clairière odorante, et m'en allai vers les hauteurs, et les deux chats me suivirent à quelques pas, leurs yeux verts luisant sous la lune quand je me retournai pour m'assurer qu'ils étaient encore là, car ils faisaient si peu de bruit que c'était comme d'être suivi par deux ombres argentées.

La nuit parut très courte. Il me sembla qu'aussitôt la lune, comme le soleil l'avait fait auparavant, se mit dans le ciel en plein devant moi, à l'ouest, et son éclat solennel remplit mes yeux de son exigence jusqu'à ce que l'intérieur de mon crâne s'inondât de clair de lune. Alors je me tournai en arrière et vis que le matin colorait en rose et or le ciel au-dessus de la mer. Mais mes deux bêtes amies étaient parties. J'étais seul à nouveau. Sur ma gauche le fleuve, rendu gris par cette lumière qui précède l'aube, n'était plus une coulée pleine et unie ; il était plus large et moins profond et brisé par des rochers, des petites chutes et des îles. Devant moi il accourait d'une autre mais beaucoup plus vaste cataracte, et le sentier où j'étais s'escarpait entre des arbres qui avaient la vaillance contrefaite et obstinée de ceux qui sont forcés de vivre à l'air de la montagne et sur une pente raide où le sol est sans cesse aminci par la pluie. J'étais alors très fatigué, mais je pensais qu'il valait mieux continuer à monter jusqu'à ce que le soleil se soit avancé et brille sur mon visage et mes yeux. Je marchai donc, mais d'une allure plus lente, car le sentier n'était qu'une piste, parfois guère plus que des creux distants de plusieurs pieds et rendus souvent glissants par les embruns du fleuve.

Je montai et je montai, à demi assommé par le fracas des eaux et par de mauvais vents coupants qui semblaient souffler de tous côtés avec des bourrasques qui m'ôtaient à moitié le souffle. Pourtant j'étais ragaillardi par la vivacité de cet air et l'effort de garder mes poumons remplis, si bien que tout autour de moi redoubla de netteté – grâce à ma présente clarté d'esprit et à la fraîche lumière sans ombre de l'aube. Le bord du plateau et ses amas de rochers paraissaient maintenant si près au-dessus de moi que les vents auraient pu envoyer rouler des rochers pour m'écraser, ou comme si la masse entière pouvait glisser ainsi que plus bas sur la montagne le poids de terre avait déjà glissé. Néanmoins je continuai, me hissant aux branches, aux buissons, même à de hautes touffes de joncs qui m'entaillaient les mains et les bras. Si les coups du vent n'avaient pas déjà chassé toute idée claire de ma tête j'aurais pu alors me décourager suffisamment pour m'arrêter, mais bien que ce qui s'offrait à mes yeux m'emplît d'un mauvais présage, je continuai tel un robot. Car il était désormais évident qu'il y avait devant moi une étroite crevasse, trop dangereuse peut-être pour servir à mon ascension, puis au-dessus – parviendrais-je à cette hauteur – un rocher perpendiculaire qui se dressait lisse comme du verre jusqu'au bord de l'escarpement. Il semblait n'y avoir aucun passage autour de la crevasse. D'un côté du roc abrupt qu'elle partageait, les eaux cascadaient en grondant plutôt à travers les airs que sur leur lit rocheux. Tout ce que je pouvais voir de ce côté, c'étaient des masses d'eau, de l'écume surtout. De l'autre côté il y avait une pente schisteuse très raide et dessous un précipice. Il ne pouvait être possible de me faire un chemin sur la droite en travers de cette pente, car même un petit caillou jeté dessus provoquait une avalanche que je pouvais entendre s'écraser dans la forêt beaucoup plus bas. Pourtant la piste avait suivi le fleuve jusqu'où j'étais, quelqu'un ou quelque chose avait emprunté cette piste – et sa destination semblait être effectivement cette crevasse dans le rocher en face. Aussi je grimpai jusqu'à y entrer. Le soleil du matin n'était qu'un scintillement dans le ciel bleu très loin au-dessus de ma tête, car j'étais enfermé dans une semi-obscurité sentant la chauve-souris. Maintenant je devais me tortiller vers le haut, mes pieds sur une paroi, mon dos et mes épaules contre l'autre. Ce fut une opération longue et douloureuse, mais enfin je grimpai à quatre pattes sur une étroite corniche de l'ultime paroi vitreuse. En baissant les yeux c'était un paysage de forêts magnifiques où le fleuve courait comme une veine d'un vert brillant, et au-delà des forêts l'anneau circulaire et blanc du sable, et au-delà un horizon de mer. Là-haut l'air était tout entier rempli de l'odeur piquante des embruns du fleuve et des parfums fleuris des forêts en contrebas. La crevasse malodorante que j'avais franchie semblait n'avoir eu aucun rôle véritable dans mon voyage, car son obscurité et son étroitesse paraissaient étrangères au vaste et clair espace du chemin que j'avais parcouru – mais il n'en avait pas été ainsi, et je m'obligeai à m'en souvenir. Sans la pénible ascension de cette crevasse je ne me tiendrais pas là où j'étais – et là où j'étais n'avait aucune issue vers le haut, semblait-il. Il fallait que je monte, puisqu'il n'y avait rien d'autre à faire, mais je ne pouvais pas monter. La corniche où j'étais, large d'environ un mètre, s'évanouissait très vite dans le vide, comme je le vis quand je l'explorai jusqu'à ses deux extrémités. En face de moi j'avais ce rocher noir et lisse comme du verre que je fouillai du regard ainsi que je l'avais fait aux flancs luisants des vagues de la mer. Mais il n'y avait pas là de poissons pour me fixer, rien que le pâle reflet d'un visage embroussaillé par une barbe de plusieurs semaines. Et maintenant je ne savais pas quoi faire. Il n'était pas possible d'escalader ce rocher vitreux. Il avait vingt, trente pieds de haut, sans une fêlure ni une aspérité. Je m'assis, regardant vers l'est le soleil du matin, revoyant le chemin par où j'étais venu, et pensai que je pourrais mourir à cet endroit aussi bien qu'à n'importe quel autre. Puis il y eut un mouvement dans la crevasse, et je vis se dresser prudemment la tête de la bête jaune, car l'escalade était risquée, même pour elle – elle avait dû être aussi étroite pour elle que trop large pour moi. Ensuite ce fut son ami, ou sa compagne. Je m'écartai à bonne distance pour laisser à ces grands animaux la place de se tenir sur la corniche, mais ils ne restèrent pas près de moi. D'abord l'un puis l'autre se tournèrent pour me lancer un long et ferme regard de leurs yeux verts. Leurs grosses têtes carrées aux touffes jaunes se découpaient sur le bleu intense du ciel – et d'abord l'une et puis l'autre franchirent l'à-pic du rocher vitreux en deux bonds tranquilles. Je vis les deux têtes, se découpant toujours sur le ciel bleu, m'observer depuis les rochers à trente pieds plus haut. Je me levai et allai jusqu'à l'endroit de la corniche d'où ces deux-là venaient de s'élancer, incapable de croire ce que j'avais vu, et alors je remarquai qu'il y avait sur la surface lisse et vitreuse une veine plus rugueuse, comme une piste, visible seulement quand la lumière la touchait sous un certain angle. Ce n'était pas aussi rugueux que le tronc d'un arbre à l'écorce épaisse, mais rugueux comme un granit usé par les intempéries. Sans l'exemple des deux bêtes jamais je n'aurais jamais eu l'idée d'essayer de grimper comme une mouche sur ce ruban rugueux au travers du lisse, mais alors je me dressai aussi haut que je pus, tendant mes paumes plus haut, plus haut, et je vis qu'en ne pensant pas à la terreur et au danger de ce que je faisais, mes mains et mes pieds s'accrochaient à cette face vivante et rugueuse de roc, et je vis que j'étais parvenu au sommet de ce rocher-miroir impassable, et je m'écroulai parmi les rochers au bord de ce plateau qui avait été mon but. Il fut aussitôt évident que cette élévation, le sommet de mes ambitions depuis que j'avais atterri sur la plage tout en bas le jour précédent, était la plaine en contrebas de montagnes qui se dressaient au loin, vers l'ouest, sur un horizon probablement distant de cinquante milles. Baissant les yeux sur la piste effrayante que j'avais grimpée, cela ne me sembla plus grand-chose, et le sommet de verre tranchant que j'avais cru impossible à surmonter n'était pas plus alarmant que tout ce qu'on a déjà fait, et fait semble-t-il aisément. Le large fleuve était un mince ruban d'argent. Les chutes inférieures, dix ou douze milles plus loin, là où tout le terrain et son fardeau de forêt glissaient brusquement vers le bas, n'étaient plus qu'une ligne d'ombre au-dessus des arbres, et un nuage blanc et bas sur la forêt signalait les cataractes longues de plusieurs milles. Les hautes cascades, tout près sous cet escarpement, dont l'écume atteignait presque le sommet, n'étaient qu'un son, car cette longue descente tumultueuse n'était pas visible du tout.

Toute la côte m'était désormais découverte, et plus loin l'océan bleu. Et c'était comme s'il n'y avait au monde personne que moi. Il n'y avait pas un navire sur la mer, pas même un canoë sur le fleuve, et les longues forêts s'étendaient tranquilles en bas, et dans tous ces milles d'arbres il n'y avait pas la moindre colonne de fumée qui aurait pu indiquer une ferme ou un voyageur préparant son repas.

Sur le plateau où j'étais, la végétation était différente. Ici on trouvait les arbres plus légers, plus gais, plus étagés de la savane, avec ses longues herbes vertes qui vireraient bientôt au doré. Alors que je regardais à l'ouest les montagnes qui devaient en hiver avoir de la neige amassée sur leurs pics actuellement d'un bleu estival, un bruit d'eau me parvint de la gauche. Près d'un demi-mille au sud d'un terrain presque plat, je découvris la source de ce bruit. Le fleuve dont j'avais retracé le cours depuis la mer courait ici dans un lit rocheux et moins profond. C'était un torrent, un large torrent d'éclaboussures aiguës d'oiseau avec des criques douces et des plages où un enfant aurait pu jouer sans danger. Mais ce fleuve ne tombait pas en rugissant au bord de l'escarpement et au bas de ces flancs vitreux qui paraissaient vraiment avoir été jadis polis par l'eau. Non, à un demi-mille environ du bord de la falaise il y avait dans le lit du torrent un gouffre large de deux cents mètres. La grande masse d'eau y glissait simplement, presque sans bruit, et disparaissait sous terre. Mais il était possible de voir où avait couru le lit du fleuve, des milliers ou des millions d'années plus tôt. Car de l'autre côté du trou où l'eau se précipitait sous terre, l'ancien lit du fleuve existait toujours, un chenal peu profond mais large, et s'élargissant vers la falaise d'où il tombait jadis, et envahi d'herbes et d'arbustes, et très rocheux. Ce chenal était creusé plus profond d'un côté, là où l'eau avait cru qu'elle devait faire une boucle dans son lit, selon la coutume des fleuves qui par nature ne peuvent aller tout droit, et dont les corps se roulent et s'enroulent en spirales, exerçant une pression sur une rive puis sur l'autre. Mais l'eau n'avait pas prévu le plongeon de la falaise qui était juste devant et qui rendrait inutiles ses préparatifs de boucle : l'eau était passée tout droit sur le bord, et quand je me mis à cet endroit pour regarder en bas je vis que la trace usée polie du torrent quand il était cascade se voyait encore le long des rochers éparpillés sous le couronnement vitreux sur lequel je n'avais pas cru pouvoir grimper. Le fleuve émergeait brusquement, cent pieds plus bas, après son long passage obscur à travers le roc. Il surgissait, étincelant, clair et bruyant comme il était là-haut, avant d'avoir jamais goûté l'air de la sous-terre. Après sa résurgence il éclatait et plongeait et rugissait et se brisait en éclats comme je l'avais vu le matin quand j'étais monté en suivant son cours.

Je retournai regarder dans le trou de la plaine où le fleuve tombait aussi droit que l'eau du bain dans la vidange, et vis qu'au-dessus du gouffre l'air tourbillonnait d'une écume iridescente. J'avais de nouveau les yeux tournés à l'ouest vers le soleil couchant et il me fallait trouver un endroit où dormir cette nuit. Je n'étais pas capable, en revoyant mes jours et mes nuits, de me souvenir quand j'avais bien dormi, calmement. Pas depuis que j'avais atterri sur cette rive accueillante – car dormir n'était pas à mon sens cette demi-heure dérobée quand le soleil se couchait et que les bêtes jaunes observaient. Ni sur le dos amical de la tortue, et certainement pas sur le rocher ni sur le radeau. Le temps s'étirait derrière moi, brillamment éclairé, aveuglant, dangereux et uniforme – sans être traversé par les tranches coupées au couteau de l'obscurité. Car normalement lorsque nous nous retournons sur notre chemin, c'est comme si des ombres tranchantes et noires le traversaient à intervalles réguliers, avec entre elles des plages de soleil ou de clair de lune. J'en étais venu à croire que j'étais maintenant une créature qui avait dépassé le besoin de sommeil, et j'en étais ravi.

Je décidai de regarder la nuit tomber auprès de mes amies les grandes bêtes colorées, et ramenai mon errance là où elles m'avaient montré comment grimper sur le verre impassable. Mais elles n'étaient pas là. L'air une fois encore s'emplit de solitude à l'heure du couchant. J'étais assez mélancolique pour pleurer, ou pour me cacher la tête sous une couverture – si j'en avais eu une – et glisser avec ma tristesse dans une régression devant la lumière. Mais la scène était trop magnifique pour ne pas regarder alors que le soleil tombait brusquement derrière les pics bleus au loin, que l'obscurité tombait en premier sur la mer, puis sur les forêts, puis rampait lentement jusqu'où j'étais assis le dos contre un arbre encore assez jeune et élastique pour que je puisse sentir le tronc remuer quand le vent de la nuit se leva. Une fois encore je vis la lune se lever, mais j'étais si haut ce soir-là que je pus d'abord voir un feu d'argent clair dans le noir oriental, puis un vif pétillement argenté sur l'océan lointain, enfin la première lame d'argent quand la lune rampa hors de l'eau. Et de nouveau ce fut une nuit aussi douce et légère que la précédente. Je restai assis à regarder passer la nuit, et j'attendis mes splendides bêtes. Mais elles ne vinrent pas. Elles ne vinrent pas ! Et elles ne vinrent jamais. Je ne les revis plus, mais parfois, lorsque je me tiens à l'extrême bord du plateau bordé de rochers et que je regarde en bas par-dessus le haut des arbres de la forêt, je me figure voir un éclair jaune bouger dans l'ombre tachée de jaune, ou j'imagine que près d'un fleuve qui n'est d'ici qu'une traînée bleu-vert qui serpente, je vois un point jaune : la bête accroupie pour boire. Et parfois la toux puissante d'un animal ou un rugissement plus puissant que le bruit des eaux qui tombent me fait penser à elles – et souhaiter qu'elles aident le prochain voyageur qui fera un atterrissage si longtemps retardé sur cette côte radieuse.

La nuit fut courte aussi. J'ai peut-être dormi un peu, mais en ce cas ce fut un sommeil si ébloui par la lumière qui se posait en plein sur mes paupières qu'au matin, tout derrière moi depuis l'heure du couchant n'était qu'un vaste espace de temps régulièrement illuminé d'une argenture paisible et rafraîchissante. Je pensai qu'il me faudrait peut-être essayer de me mettre en route vers les montagnes au loin quand le soleil serait complètement revenu, mais en fait quand la lumière revint – quand la petite bulle terre se tourna de sorte que le coin où j'étais pût voir le soleil en face –, je vis alors que l'arbre où je m'étais adossé toute la nuit poussait hors d'une crevasse, et que la crevasse était dans un grand rocher plat, et que…

Et maintenant je dois veiller à transcrire fidèlement les mouvements de mon esprit. Car il était soudain passé à cette vitesse où le temps est plus lent – de même qu'en tombant d'une échelle on a le temps de penser : je tomberai comme *ça*, juste à cet endroit, et je dois me tourner un peu en l'air pour que mon épine dorsale ne heurte pas cet angle vif. Et on tourne en l'air et on a même le temps de penser : cette chute peut me faire très mal, y a-t-il quelqu'un à la maison pour m'aider ? – et ainsi de suite. Le tout dans un espace de temps normalement trop court pour la moindre pensée. Mais nous avons tort de séparer du temps la machinerie mentale : c'est la même chose. Ce n'est qu'en de tels instants d'intensité aiguë que nous pouvons le reconnaître. Alors que je considérais le rocher plat, qui à l'évidence avait été taillé car je pouvais voir sur ses bords les traces de l'homme, mon esprit ralentit tandis que le temps s'accélérait, ou le temps ralentit pendant que mon esprit courait – pour employer notre façon habituelle de compter. Quel avait été le processus, j'étais soudain remarquablement alerte, excité, déjà je m'étais remis sur pied sans le savoir et je regardais les fondations d'une grande maison ou temple ou bâtiment public quelconque, qui s'étalaient maintenant clairement aux regards sur deux cents mètres autour de moi dans l'herbe verte et douce. Mais hier je n'avais rien vu qu'une savane herbeuse avec quelques rochers éparpillés sous des arbres bas. Maintenant la fondation ruinée était impossible à manquer. C'était comme si de savoir ce que j'allais voir me permettait de voir ce qu'autrement je n'aurais pu – car j'étais déjà à demi convaincu que ma vision avait créé ce que je voyais. Car il était si difficile de croire qu'hier j'avais grimpé par-dessus le bord de l'escarpement prêt à accepter n'importe quoi, depuis des villes populeuses jusqu'à des hommes avec un seul œil au milieu du front, et que je n'avais pas vu pourtant ce qui devait si clairement être vu. Cette cité, ou ville, ou forteresse, avait été en pierre. Tout autour de moi sols et fondations étaient clairement visibles. Partout gisaient des piliers, des colonnes et des linteaux. J'allais un peu vers le nord – mais dans cette direction il ne semblait ne pas y avoir de fin à cette évidence d'hommes ayant habité là. J'allai vers l'ouest – la cité continuait bien plus loin quand je me fatiguai et tournai vers le sud. Les dalles et les blocs et les sols de pierre taillée s'étendaient jusqu'à la berge du fleuve que j'avais suivie la veille – sans rien voir des ruines. Et elles s'étendaient jusqu'au bord de la falaise. Jadis à cet endroit, à la limite de cet escarpement, dominant la mer et les forêts, s'élevait une très grande et très belle cité.

Désormais il ne m'était plus possible de quitter cet endroit. Avant le lever du soleil j'avais eu l'intention de poursuivre mon chemin vers les montagnes, mais maintenant ce lieu antique me retenait. Je ne pouvais le quitter. Et pourtant il ne se voyait aucun endroit où m'abriter. Je marchai de-ci de-là pendant quelque temps tandis que le soleil s'élevait rapidement au-dessus de l'océan bleu-vert. J'avais vaguement à l'esprit l'idée que je pourrais trouver une maison ou une pièce ou quelque chose qui saurait m'abriter s'il pleuvait ou ventait trop fort. Et il en fut ainsi. Quand j'eus marché – du moins le croyais-je, mais il était difficile désormais de voir exactement où j'étais passé au cours de tant d'allées et venues –, ou en tout cas quand j'eus regardé suffisamment, je vis des ruines encore debout sur la terre, et quand j'avançai vers elles je vis que la masse de pierres avait été un jour une très grande maison, ou un lieu de rassemblement ou un entrepôt. Les murs de pierres sèches étaient intacts, montant à près de cinquante pieds. Le travail et l'ajustage de la pierre, qui était d'un jaune chaud et terreux, de cette pierre qui est une argile durcie par le temps, étaient admirables et très beaux, avec de nombreux motifs gravés dessus. Le sol, à peine recouvert de terre jaune apportée par le vent et de gravats, était en mosaïque bleu, vert et or. Je me trouvais dans une grande salle centrale, où, dans les coins, des portes menaient à des pièces plus petites aux murs plus bas. Mais il n'y avait ni toits ni plafonds. Je marchai de long en large sur le sol orné, entre les murs nombreux et variés, et l'endroit était intact, à part l'absence de toits, au lieu de quoi il y eut d'abord un bleu clair étincelant puis le soleil lui-même qui se déversait, de sorte que l'intérieur devint tout en ombres noires et tranchées avec des flaques de lumière dorée. Il n'y avait pas même une pierre descellée ou tombée d'un mur, pas même un demi-pouce de mosaïque manquant sur toute l'étendue du sol. Et pourtant je n'avais pas vu cette bâtisse tranquillement posée parmi les herbes colorées. J'allai jusqu'où la porte s'était trouvée, je regardai dehors et ne fus pas surpris du tout de voir que j'étais entouré par les ruines d'une cité en pierre s'étendant aussi loin que je pouvais voir du haut de ces hautes marches de pierre.

Des arbres poussaient entre les bâtiments et il y avait eu des jardins, car partout se trouvaient toutes sortes de plantes fleuries et parfumées, des conduites d'eau couraient de maison en maison, leurs lits de pierre fraîche encore presque intacts comme si des ouvriers invisibles les entretenaient. Ces bâtisses, probablement, avaient été couvertes en chaume ? Ces lames de tendre herbe fraîche devenaient-elles en vieillissant la tige de jonc souple dont l'homme fait un chaume ? Quelle sorte de cité était-ce, si bien préservée qu'elle semblait habitée par des fantômes bienveillants et industrieux – et qui n'avait aucun toit ? Et quelle cité en pierre d'une taille et d'une magnificence telles avait jamais eu des toits en chaume ?

Je choisis une maison plus petite que la plupart, qui avait une roseraie et de l'eau qui courait partout dans des conduites ouvertes et fermées. Elle se trouvait presque au bord de l'escarpement et j'avais la vue libre vers la mer et le ciel si bien que l'œil faisait un lent circuit depuis les éboulements rocheux en dessous de l'encorbellement vitreux jusqu'aux chutes d'eau, aux profondes forêts ombreuses, aux plages, à l'océan, au ciel, et puis le regard retraçait le chemin du soleil jusqu'à fixer tout droit vers le haut, reculer devant l'éclat féroce du soleil et revenir à mes pieds, plantés à l'extrême bord de la falaise.

Avec quoi devais-je couvrir mon nouveau foyer ? Cette question répondait à une autre : quelle couverture avaient employée les premiers habitants ? L'argile était la solution. Entre les pierres des fondations anciennes et les conduites en pierre, l'argile du sol se montrait. Et quand j'y jetai de l'eau la matière dense et lourde des potiers se forma aussitôt dans ma paume. Un jour cette cité avait eu des toits en tuiles faites avec cette argile, et celle-ci étant plus vulnérable au temps que le rocher, ces tuiles s'étaient dissoutes sous les pluies abondantes ou les vents qui devaient briser et dévaster tout au long de cette corniche à découvert chaque fois qu'il tempêtait. Pas de gens, où étaient les gens ? Pourquoi cette ville était-elle entièrement abandonnée et vide ? Pourquoi, puisque c'était l'endroit parfait pour qu'une communauté s'en empare ? Elle possédait de bons matériaux de construction sous la main, des maisons de toutes sortes virtuellement intactes et parfaites sauf pour l'absence de toits, une bonne eau pure et un climat où poussait toute espèce de fleurs et de légumes. Les habitants avaient-ils un jour péri par milliers d'une épidémie ? Fui la menace d'un tremblement de terre ? Été tués dans quelque guerre ?

Il n'y avait aucun moyen de l'apprendre, aussi je décidai de ne plus y penser. Je resterais là quelque temps. Et je ne prendrais pas la peine de me couvrir une maison. Les murs suffisaient à m'abriter du soleil. Ce n'était pas encore la saison des pluies, mais même si cela était, la pluie s'écoulerait bien vite de ces hauteurs, et ce n'était pas un lieu à rester humide ou froid.

Je trouvai un arbre au feuillage aromatique, quelque chose comme un gommier bleu, mais dont les feuilles étaient plus belles. J'arrachai des brassées de feuillage et les portai jusqu'à l'abri d'un mur. J'en fis un lit chaud et profond où je pourrais m'enfouir si la nuit se refroidissait. Je cueillis quelques fruits roses et sucrés ayant l'aspect de pêches, qui poussaient et pendaient au-dessus d'une conduite d'eau. Je bus cette eau – et compris que mes besoins animaux étaient satisfaits. Je n'avais rien à faire qu'à cueillir des fruits et ramasser de nouvelles feuilles quand celles de mon lit seraient sèches. Pour le reste je pouvais m'asseoir au bord de la falaise et observer les nuages s'amasser sur la mer, et accorder le rythme de mes sommeils et de mes veilles à l'assombrissement et l'éclaircissement des nuits.

Et je n'avais pas à rester solitaire. Car cette ville avait une atmosphère de ville habitée, comme je l'ai dit. Plus, comme si cette ville était elle-même une personne, avait une âme, ou un être. Elle semblait me connaître. Les murs semblaient me reconnaître au passage. Et quand la lune se leva pour la troisième fois depuis que j'avais touché ce rivage, j'errais parmi les rues et les avenues de pierre comme si je me trouvais en compagnie d'amis.

Très tard, quand la lune déjà baissait vers les montagnes, je m'étendis sur mon lit de feuilles à l'odeur délectable, et là je dormis quelque temps. Ce fut un léger sommeil délicieux, d'où je m'éveillai sans effort, et je bavardais avec mes vieux amis de bord, George et Charlie, James et Stephen et Miles et les autres, et dans cette conversation entrèrent Conchita et Nancy, qui chantaient leurs chansons et riaient. Quand je m'éveillai, alors que le soleil éclatant sortait de l'océan bleu-vert, je savais très clairement que j'avais quelque chose à faire. Mes amis étaient tout autour de moi, je le savais, et d'une certaine façon ils étaient de la même substance que cette chaude pierre terreuse, et que l'air lui-même, mais il ne me suffisait pas simplement de vivre ici et de respirer l'air. Je bondis sur mes pieds à mon réveil, poussé par cette assurance d'avoir une tâche à accomplir, et j'allai me laver le visage et les mains dans le conduit le plus proche. J'admirai ma belle barbe de marin, mes mains et mon visage durcis, d'un brun foncé, tannés par le sel, mangeai encore quelques fruits ressemblant à des pêches et sortis parmi les bâtisses aux toits aériens pour voir ce que je pourrais voir… il était vraiment très étrange que je n'aie pas encore remarqué ceci : au milieu des maisons, à ce qui paraissait le centre de l'antique cité, dans ce qui pouvait bien avoir été jadis la place centrale, se trouvait une étendue de pierre lisse qui n'était pas rompue par des fleurs ou des conduites d'eau. La place avait peut-être soixante-dix ou cent mètres de large et contenait un cercle intérieur d'environ cinquante mètres de diamètre. La pierre était un peu fendillée, là où la terre dessous s'était tassée, et quelques herbes poussaient dans ses crevasses, mais elle était presque plate, et elle attendait là ce que j'avais à faire. Je savais maintenant ce que c'était. J'avais à préparer ce cercle au milieu de la place en ôtant toute la terre éparse et en arrachant l'herbe. Je me mis donc au travail. Je mis plus de temps que je n'aurais dû, n'ayant aucun outil. Mais je brisai une branche solide et m'en servis comme d'un balai. Et quand toute la terre fut balayée et toute l'herbe arrachée j'apportai dans le creux de mes mains de l'eau prise aux conduites proches et la jetai par terre. Mais c'était trop long, alors je cherchai jusqu'à trouver une pierre où se trouvait un creux qui avait dû jadis servir de mortier à piler le grain, et je la pris pour apporter de l'eau. Préparer et nettoyer ce cercle au milieu de la ville me prit près d'une semaine, à travailler tout le jour et même la nuit quand la lune se levait. Ainsi je m'allongeais pour me reposer entre le coucher du soleil et le lever de la lune, et travaillais sous la lune, me recouchant pour me reposer entre le coucher de la lune et le lever du soleil, quand cet intervalle existait.

Je n'étais pas fatigué. Je n'étais pas du tout fatigué par ce travail. Je n'étais même pas spécialement en attente de quoi que ce fût. Je savais seulement que c'était ce que j'avais à faire, et pouvais simplement supposer que mes amis devaient me l'avoir appris, puisque c'est après avoir rêvé d'eux que je l'avais su.

Maintenant la lune était à son dernier quartier et faisait un triangle, soleil, terre, lune, alors qu'elle était pleine quand j'avais atteint ce rivage, et assis au bord du plateau à contempler le visage rond de la lune j'avais tourné le dos au soleil, qui était au travers de la terre et regardait la lune avec moi. Puis les poussées et les antagonismes et les tensions du soleil et de la lune étaient passés en droite ligne à travers la terre qui avait gonflé, terres et mers, en vastes renflements d'attraction tandis que la terre roulait sous la lune, le soleil ; mais maintenant la tension du soleil et de la lune resserrait ce triangle et les marées océanes étaient basses et le grand ciel était désormais rempli d'une autre lumière, un clair de lune plus pâle, plus bleu, et les étoiles resplendissaient. J'ignorais pourquoi j'avais cette idée, mais j'en étais venu à croire que c'était la prochaine pleine lune que j'attendais.

J'apportai mon tas de feuilles déjà séchées sur la place au bord du cercle. Maintenant toute cette étendue de pierre était propre et lavée, les motifs reluisaient, des motifs géométriques sans fin qui suggéraient des fleurs et des jardins et leur correspondance avec les mouvements du ciel. Même à la lueur pâlissante de la lune ces motifs transparaissaient, laiteux, tandis que j'étais accoudé sur mon tas de feuilles. J'étais allongé sous la lueur déclinante de la lune et j'écoutais le vent dans les herbes, le tintement de l'eau invisible qui courait dans les conduits, et parfois le craquement sec d'une des feuilles sèches de mon lit qui roulait et s'enfuyait sur le sol en pierre que je surveillais sans cesse tout au long de la nuit au cas où j'aurais tort et où le Cristal visiteur descendrait maintenant, au déclin de la lune. Quand j'étais prêt à m'endormir je m'allongeais sur le dos, avec un bras tendu sur la pierre qui retenait la chaleur du jour, je fermais les yeux et je laissais la lune et la lueur des étoiles me baigner le visage. Mon sommeil était ordonné par l'horaire de la lune. J'en étais obsédé, de ses allées et venues, ou plutôt de ses tournoiements fantasques, ses boucles folles et désordonnées et ses ellipses autour de la terre de sorte qu'elle était parfois plus au nord, qu'elle tournait parfois plus près de moi, à 15 degrés au sud, qu'elle plongeait parfois encore plus bas si bien qu'avec la tête au nord et les pieds pointés vers l'Antarctique, sa course semblait passer à hauteur de genoux. Il y avait dans la nuit de l'espace un flamboiement de gaz blanc et dans l'enveloppe lumineuse de cette lampe des miettes de quelque substance tournaient en sifflant mais les miettes les plus éloignées du brasier central étaient d'une matière liquéfiée ou ténue, des gaz ou des soupes tournoyant aussi sur leurs orbites, et certaines de ces minuscules miettes ou boules de liquide avaient d'autres miettes ou gouttelettes plus petites qui leur tourbillonnaient autour comme un ballet, un ballet et un éblouissement, et quelqu'un qui le regarderait en venant de l'espace verrait brûler cette grande lampe et ses compagnes en orbite comme un ensemble, unc unité ; une unité même en tant que brasier central et associés circuitant, mais d'autant plus si cet explorateur en visite avait des yeux et des sens accordés à un cycle différent, car alors cette unité, le soleil et ses associés, pourrait sembler comme une éclaboussure centrale cerclée de chemins de feu ou de lumière, car la course d'une planète à une autre échelle de temps peut ne faire qu'un avec cette planète, et ce voyageur céleste avec ses sens autrement accordés pourrait très bien voir les traînées circulaires de la terre et de la lune ne faisant qu'un, une planète double, une traînée circulaire qui parfois se voit double comme lorsque les poils du pinceau d'un peintre se hérissent et s'écartent et font deux lignes au lieu d'un trait unique. Le voyageur, aussi, verrait les tensions et tractions des boules et gouttes dans leurs orbites autour du soleil comme un motif sans cesse changeant de subtiles excitations, et les courants et mesures du mouvement dans les remous extérieurs du vent solaire, et il pourrait peut-être même voir dans la petite miette de substance qui est la terre, les poussées et les tiraillements contraires de la lune et du soleil, qui étaient à angle droit, ceci étant le dernier quartier de la lune et les marées d'eau, de terre et d'air étant basses.

La lune me tenait, la lune se jouait de moi, la lune et moi paraissions n'avoir qu'un même souffle, car mon éveil et mon sommeil, ou plutôt mon état de veille suivi de rêves, pas la même chose, étaient réglés directement par la pression de la lune sur mes yeux. Puis, quand elle déclinait, par la connaissance que j'avais de sa présence, globe sombre avec une traînée de lumière réfléchie qui se rétrécissait, puis enfin les deux jours du noir lunaire, quand la lune entre terre et soleil avait son dos vers nous et tendait son visage illuminé vers l'intérieur, le soleil, de sorte que le grand soleil et la si petite lune se regardaient tous deux en face. La lumière du soleil, ses matières réfléchies, était à nouveau renvoyée vers le grand visage solaire et nous n'en recevions rien au lieu d'être baignés de matière solaire de deux côtés, immédiatement par le soleil, et en ricochet par la lune. Non, la lune nous tournait le dos, comme un ami qui est parti. Les quelques jours où la lune était noire, quand la terre n'était éclairée et chauffée que par le soleil, cette partie de la terre seule exposée aux rayons solaires recevant sa lumière, j'étais pris de détresse et d'un amoindrissement d'intention. Dans la journée je déambulais parmi les maisons de cette ville qui était intacte, à part l'absence de toits, j'observais la révolution terrestre grâce au raccourcissement et à l'allongement des ombres, et la nuit je m'asseyais au bord du grand carré de pierre où le cercle luisait – oui, même à la lueur des étoiles il exhalait une couleur ténue – et je vivais pour le retour de la lune, ou plutôt pour que son orbe la ramène là où elle pourrait à nouveau nous renvoyer la lumière du soleil.

De même que ma tête, alors que j'escaladais le dernier segment de mon ascension du plateau, avait été pleine du fracas des chutes d'eau et des secousses du vent des montagnes, telles que je ne pouvais penser mais seulement grimper sans une pensée, de même ma tête était remplie de lumière et de nuit, remplie par la lune et son éclat blanc – maintenant hélas réfléchi au loin et renvoyé au soleil, à l'espace – et mes pensées et mes gestes étaient réglés par elle, non par le soleil, père et créateur de l'homme, non, par la lune, et je ne pouvais détacher d'elle mes pensées alors qu'elle tournoyait autour de la terre selon les figures sauvages de sa danse.

J'avais un coup de lune. J'étais fou de lune. Pour la voir en plein je m'élançais en imagination jusqu'à m'étendre dans l'espace comme sur une mer, et, le dos au soleil, je la contemplais, ô lune, mais simultanément j'étais sur la hauteur du plateau à regarder dans le dos de la lune, obscur, son visage étant contemplé par le soleil et moi.

Je me plus à croire que la lune me connaissait, que des liens subtils de sympathie couraient entre nous. Je me mis à penser les pensées de la lune. Un homme ou une femme marchant dans la rue ne montre rien de ce qu'il pense, pourtant ses pensées font jouer tout autour de lui des courants de matière subtile. Mais un être ordinaire ne sait pas voir ces mouvements subtils des pensées. On voit un animal avec des vêtements, les muscles faciaux relâchés ou grimaçants. Les yeux corporels voient des corps, voient la chair. En regardant le soleil, la lune, nous voyons la matière, terre ou feu, comme si c'étaient des gens qui marchaient dans la rue. Nous ne pouvons voir la conscience qu'a de soi la lune, ou le soleil. Il n'y a rien sur terre, ou alentour, qui n'ait sa propre conscience. Pierre, ou arbre, ou chien, ou homme. En plongeant les yeux dans un miroir ou au flanc lustré d'une vague déferlante, ou dans une pierre luisante polie par les eaux comme du verre, nous voyons des formes de chair, de la chair dans le temps. Mais la conscience qui voit ce visage, ce corps, ces mains, ces pieds n'est pas sur la même échelle de temps. Une créature qui regarde son image, comme un singe ou un léopard se penchant pour boire dans une mare, voit son visage et son corps, voit danser la matière dans le temps. Mais ce qui voit cette danse possède mémoire et attente, et la mémoire elle-même est sur un autre plan temporel. Ainsi chacun d'entre nous, qu'il marche ou dorme ou soit assis, est au moins deux échelles de temps enveloppées l'une à l'autre comme le jaune et le blanc d'un œuf, et quand un enfant dont l'âme se fait à peine sentir, ou un adulte qui n'a jamais rien pensé que des pensées animales, ou un adolescent amoureux, ou une vieille personne tout juste confrontée à la mort, ou même un philosophe ou un mesureur d'étoiles – quand un de ceux-là ou vous ou moi se demande, avec derrière la question tout le poids de nos vies : Que suis-je ? Quel est ce temps ? Quelle est la preuve d'un temps qui ne soit pas mortel comme la feuille en automne ? La réponse est alors : Celui qui pose la question est hors du temps du monde… et ainsi je regardais le corps de la lune, alors un globe obscur dont le segment reflétant le soleil s'élargissait chaque nuit, je regardais cette miette de substance et je savais qu'elle avait des pensées, si c'est le mot pour ça, des pensées, des sensations, une conscience de son existence comme je l'avais, un homme étendu sur un rocher dans le noir, son dos sur la pierre qui conserve encore la chaleur du soleil.

Lune contrefaite,
Tyran,
Laboureuse en rond,
Reflétant le chaud,
Reflétant le froid,
Pourquoi ne t'envoles-tu pas vers une autre planète ?
Vénus, peut-être, ou même Mars ?

Terre bancale,
Qui halète et chancelle,
Tournoie follement,
Qui est le fouet et qui la toupie ?
Nous n'avons d'autre choix que d'être partenaires,
Tourne et tourne et tourne et tourne et tourne...

Les pensées de la lune sont très froides et affamées : je le sais maintenant. Mais alors, amouraché et obsédé, je n'étais que désir. Je m'allongeais simplement et me laissais griser. Or cette miette glacée qui valse et se balance éperdument autour de nous est grande buveuse d'esprits humains. A son premier quartier quand la lune eut franchi encore un quart de son voyage autour de la terre, et qu'il restait une semaine jusqu'à la pleine lune et l'atterrissage attendu de mon visiteur de cristal, j'étais réellement lunatique. Je ne dormais pas, oh non, je ne pouvais dormir. Je marchais ou me couchais ou m'agenouillais ou m'asseyais, mon cou rentré en arrière dans les muscles de mon cou, regardant fixement là-haut là-haut là-haut, et les cellules de mes globes oculaires se cerclaient de lumière comme les oreilles d'un fiévreux.

Ce son se fit plus fort et plus aigu, et un soir tard que le demi-disque était juste au-dessus, j'entendis qu'il s'y mêlait un autre, un bruit de terre, et je sus que quoi que ce fût cela se trouvait sur la plaine au-delà des ruines de la ville, entre elles et les montagnes au loin. Je traversai les maisons ruinées qui m'avaient paru si intimes, si proches, mais elles s'étaient maintenant détachées de moi, elles s'étaient détournées, et quand j'arrivais à la saillie d'un mur, ou à l'angle d'un bâtiment, mes poings se serraient d'eux-mêmes et mes yeux fouillaient de leur propre initiative chaque endroit pouvant abriter un ennemi. Pas une fois pourtant, depuis mon débarquement, je n'avais pensé à l'ennemi ou au danger.

Je descendis une large rue pavée dont les échos sonores répondaient à mes pas, j'atteignis la lisière clairsemée de la ville et je vis, sous les étoiles brillantes et la lune à l'éclat grandissant, une masse de bétail qui paissait sur la plaine. Il y en avait des milliers, tous d'un blanc laiteux ou doucement dorés sous cette lumière, tous grands, bien nourris, des bêtes confortables, et il n'y avait personne pour les garder. Elles avaient pour foyer toute la vaste plaine et elles avançaient de concert, d'un seul élan, d'un seul esprit, parfois baissant la tête pour paître en chemin, et parfois meuglant. C'était ce bruit qui m'avait attiré du centre de la ville à sa lisière. Alors que je les regardais il y eut un remous de frayeur soudaine en bordure de cette horde spectrale, et je vis une ombre noire s'avancer en courant d'une ruine en lisière de la ville, puis se tapir sur le sol. Puis un des grands animaux tomba mort, et l'air fut soudain rempli d'une forte odeur écœurante de sang que je reconnus, sans en avoir de preuve, n'ayant jamais été encore obligé de sentir le sang.

Alors je compris ma chute de ce que j'avais été à mon atterrissage, à peine trois semaines plus tôt, sur une terre qui n'avait jamais connu le meurtre. Je sus que j'étais arrivé purgé et décapé par le sel et innocent, mais qu'entre ce jour et celui-ci j'avais attiré le mal autour de moi, en moi, et je sus, comme si ma propre main avait bandé cet arc et lâché cette flèche, que j'avais fait en sorte que la bête luisante d'un blanc laiteux tombât morte. Et je tombai à genoux tandis que la borde alertée s'enfuyait dans un bruit de tonnerre et disparaissait au loin, beuglant et hurlant et s'arrêtant parfois, le temps de relever la tête pour renifler l'air qui leur envoyait des messages de meurtre et d'épouvante. Bientôt je restai seul sous un pâle clair de lune avec une autre personne, un jeune garçon, ou peut-être une fille en vêtements d'homme qui était allée jusqu'à la carcasse et se penchait dessus pour retirer la flèche. Et sans regarder pour voir qui c'était, bien que j'aie su pouvoir reconnaître cette personne si j'allais assez près, et sans me soucier d'être ou non vu d'elle, ou de lui, je tombai le visage contre terre et je pleurai. Oh, je ne connaîtrai plus jamais une peine semblable, je ne connaîtrai plus jamais un tel chagrin, oh, je n'y tiens plus, je ne veux plus vivre, je ne veux pas avoir à me rendre compte de ce que j'ai fait et de ce que je suis et de ce qui doit être, non, non, non, non, non, non, non, tourne et tourne et tourne et tourne et tourne et tourne…

Je dois signaler mon profond désaccord avec ce traitement. S'il était approprié le patient devrait actuellement montrer des signes d'amélioration. Je n'admets pas non plus que le fait qu'il dorme presque continuellement soit la preuve qu'il a besoin de sommeil. Je propose l'interruption de ce traitement et l'examen d'autres solutions.

DOCTEUR Y.

DOCTEUR Y. Eh bien, et comment allez-vous aujourd'hui ? Vous dormez vraiment beaucoup, n'est-ce pas ?

PATIENT. Je n'ai jamais si peu dormi de ma vie.

DOCTEUR Y. Vous devez être bien reposé maintenant. J'aimerais vous voir essayer de moins dormir, si vous pouvez. Vous asseoir, bavarder avec les autres patients, ce genre de choses.

PATIENT. Il faut que je la tienne propre. Il faut que je la tienne prête.

DOCTEUR Y. Non, non. Nous avons des gens pour tout nettoyer. Votre tâche est d'aller mieux.

PATIENT. J'allais mieux, je crois. Mais maintenant c'est pire. C'est la lune, voyez-vous. Et ça, c'est la dure réalité.

DOCTEUR Y. Ah. Ah bon. Vous vous rendormez, n'est-ce pas ?

PATIENT. Je ne dors pas, je n'arrête pas de vous le dire.

DOCTEUR Y. Eh bien, bonne nuit !

PATIENT. Vous êtes stupide ! Infirmière, faites-le partir. Je ne veux pas qu'il soit là. Il est stupide. Il ne comprend rien.

Au contraire. Le patient s'améliore visiblement. Son dérangement se manifeste beaucoup moins. Son teint et son aspect général sont bien meilleurs. J'ai une expérience considérable de ce médicament. Ce n'est pas, et de loin, la première fois qu'un patient y réagit par une somnolence. Il peut falloir jusqu'à trois semaines pour que l'effet soit pleinement ressenti. Il y a maintenant une semaine que ce traitement a été commencé. Il est essentiel qu'il soit poursuivi.

DOCTEUR X.

Je n'attendis pas de voir dépecer la bête. Je revins en courant au bord du terrain d'atterrissage et je tâchai d'enfouir mes peurs dans le sommeil. Je ne savais pas ce dont j'avais peur, mais le seul fait que j'eusse peur faisait une telle différence entre avant et après que je sus que c'était pour moi un état nouveau. Je pouvais sentir ma différence. Maintenant j'avais peur du lever de la lune et de sa croissance rapide vers son plein. Je voulais me cacher en un certain endroit, ou d'une certaine façon, mais me cacher dans un jour perpétuel jusqu'à cette nuit de la pleine lune où – j'en étais sûr – le Cristal descendrait sur mon terrain d'atterrissage propre et embelli. Mais le jour n'était pas une heure où s'abriter, pouvant servir à se cacher. J'empilai des branches sur ma tête et me couchai face contre terre en effaçant mes yeux et je me forçai à dormir alors que je n'en avais pas besoin, mais mon sommeil ne fut pas le sommeil d'un homme ordinaire. C'était une existence dans un endroit ou un pays différent. Je savais tout le temps que je vivais une autre vie, mais sur terre, très loin de la vie d'un marin, et c'était une vie si lourde, si morne, si étrangère à la mienne que m'endormir était comme d'entrer dans la cellule d'une prison, mais néanmoins ma nouvelle terreur de la nuit et de sa lumière charmeuse, traîtresse, vampirisante suffisait à me faire préférer cette existence de terrien au Clair de Lune. Pourtant je me réveillai, et bien que je ne l'eusse pas voulu, que j'eusse décidé de rester où j'étais à surveiller les cieux pour la Descente, je ne pus m'empêcher de me lever et de traverser la cité désormais étrangère et moqueuse. Cette fois j'allai au nord, et au-delà de la ville je vis de grands arbres, et quelque part sous les arbres la lueur d'un feu rouge. Je marchais ouvertement, sans me déguiser ni éviter le bruit, à travers les clairières tachetées de lune et d'ombre, jusqu'à me trouver sur une légère éminence, et découvrir un creux entouré d'arbres, des ifs, des houx et des ormeaux. Et là je les vis. Ils étaient à cinquante mètres environ, l'espace intermédiaire était entrecoupé d'ombres noires et d'un éclatant clair de lune, et les ombres fuyantes et bondissantes des flammes jouaient tout autour, de sorte que je ne voyais pas la scène très clairement. C'était un groupe de gens, trois adultes et quelques demi-adultes, et comme je me penchais pour observer et assurer mes yeux dans la confusion des lumières et des ombres, je vis qu'ils rôtissaient des quartiers de viande sur le feu tout en chantant et criant et riant, et une terrible et nauséeuse curiosité me prit – de cette curiosité qui est comme de plonger ses doigts dans une blessure lancinante. Je savais fort bien qui ils étaient, ou plutôt je savais quels visages je verrais, bien qu'il y eût un gouffre dans ma mémoire qui effaçait le souvenir exact de la place que ces gens tenaient dans ma vie passée depuis longtemps. Ils se retournèrent, alertés par le bruit de mes pas, et leurs trois visages, des visages de femmes, tous pareils ou plutôt trois variantes d'un même visage, riaient, exultaient, et du sang tachait le tour de leurs bouches distendues et dégoulinait de leurs mentons. Trois femmes, toutes intimement liées à moi, semblables, des sœurs peut-être, reliées à moi par une expérience dont je ne me souvenais pas du tout. Et il y avait trois garçons, oui, les garçons étaient là aussi, et un bébé allongé à côté du feu, apparemment oublié dans l'orgie car il pleurait et se débattait dans ses langes serrés, le visage écarlate, et je me précipitai pour mettre l'enfant à l'abri de ces piétinements hostiles, et j'ouvris la bouche pour crier des reproches, alors Felicity poussa un morceau de viande un peu brûlé mais tout de même cru et saignant dans ma bouche – et je m'attaquai à la viande avec les autres, arrachant des morceaux à la carcasse saignante maintenue au-dessus du feu par des bâtons qui pliaient en prenant feu, laissant le tas de viande descendre sur les flammes si bien que toute la forêt empestait la chair brûlée. J'avalais des morceaux entiers et en même temps je riais et chantais avec elles, les trois femmes :

« Sous ma main,
chair des fleurs
Sous ma main
chaud paysage
Rends-moi mon univers
En toi la terre sous ma main respire…

Oui nous y touchons, oui oui,
Oui nous y touchons, oui oui oui,
Oui nous y touchons oui,
Oui oui oui oui oui oui oui oui… »

et les trois garçons mes fils qui étaient aussi ivres sanglants et déchaînés que leurs mères continuaient une danse à eux, un piétinement, et chantaient :

« Oui nous y touchons, oui, oui… »

encore et encore et encore. Tous riaient de moi, ils riaient d'un plaisir malin parce que je m'étais joint à cette fête sanglante, et plus tard je vis que c'était fini, les femmes sérieuses s'éloignaient, laissant brûler le feu, et à côté, par terre, les tas puants de viande ensanglantée. Je cherchai le bébé mais il n'était pas là. Puis je vis qu'il était mort et avait été jeté sur le monceau de viande exposé aux regards dans la clairière, tout entier pourpre et rouge et saignant, en attente du festin nocturne à venir. Le bébé maintenant était nu, un petit bébé nouveau-né rougeâtre, taché de sang, avec ses parties génitales, les grosses parties génitales d'un garçon nouveau-né, exposées au sommet de l'amas sanglant. Je compris que j'étais nu. Je ne pouvais me souvenir quand j'avais perdu les vêtements que j'avais en quittant le navire. J'avais probablement atterri nu sur la plage après le dos de la tortue, je n'avais pas une fois pensé que j'étais nu, mais maintenant j'avais besoin de me couvrir. La peau sanglante de la vache morte étalait ses grossiers replis au bord de la clairière, où les femmes et les garçons l'avait jetée, et j'allais m'en revêtir, toute crue et mouillée qu'elle était, quand par hasard je levai les yeux et vis que le soleil était au-dessus des arbres et que la lune traîtresse était partie. Ainsi que le feu, le tas de viande saignante, le bébé mort – tout. Il n'y avait aucune trace de ce bal nocturne et meurtrier.

Je rebroussai chemin à travers la forêt pleine maintenant d'une lumière de matin calme, puis traversai des prairies et les faubourgs de la ville déserte et en ruine jusqu'à la place centrale, et je l'examinai, craignant de voir que la nuit passée l'avait affectée. Mais non, elle était là, découverte et tranquille sous la lumière propre du soleil, et il n'y avait d'autre son que le ruissellement invisible de l'eau et le chant des oiseaux.

J'avais terriblement peur de la nuit qui venait. J'avais peur des rieuses meurtrières et de leurs chants. Je savais que cette nuit-là, au lever de la lune, je ne pourrais rien faire contre ses poisons. J'essayais d'imaginer des moyens de m'attacher, de me ligoter, de m'immuniser contre le Clair de Lune, mais un homme ne peut pas se lier seul, pas avec des liens qu'on ne saurait défaire –, il ne le peut pas, c'est-à-dire, à moins qu'il ne se tue. Il n'y a aucun moyen de s'immuniser contre l'être différent qui peut revivre en soi à tout moment – et qui ne connaît pas les règles d'existence de son hôte. Mais déjà je doutais de pouvoir savoir qui était le plus fort, qui était l'hôte, qui moi-même et qui un rejeton pervers.

Finalement je trouvai que si je m'éloignais de la ville aussi vite que possible et continuais à marcher jusqu'au lever de la lune cette nuit-là, je serais alors trop loin pour être capable de regagner la forêt avant qu'à son tour le soleil ne se lève et bannisse les sorcières et leur festin. Tant que je serais moi-même, l'enfant du soleil, j'aurais la volonté de m'éloigner de ce dont la nuit voulait me tenter. Et je marchai donc, d'un pas rapide et régulier, vers le sud, contournant le fleuve en passant entre le gouffre et le bord de la falaise, à travers le lit à sec, puis je traversais la savane tout au long de cette longue et chaude journée, et quand la lune se leva j'étais vingt milles plus loin dans un air plus élevé et plus sec où il y avait peu d'arbres et encore étaient-ils chétifs et rabougris. Je me retournai vers la plaine où je pouvais voir paître les troupeaux de bétail, mais à cette hauteur et à cette distance c'étaient de petits agrégats de lumière se déplaçant sur le vert lune de l'herbe. Je pouvais voir aussi, mais au loin, la mince obscurité qui était l'orée de la forêt où les femmes devaient être. La lune était à trois jours d'être pleine. J'étais désespéré. Je savais qu'il valait mieux marcher toute la nuit droit devant moi, tout droit et loin du tiraillement de cette forêt, mais je ne le fis pas. Je fis demi-tour et m'en retournai, je descendis de ce plateau superbe ou l'air était si pur et si bon, je descendis et à l'heure où la lune fut à ma main gauche, près des montagnes que j'aurais maintenant atteintes et comprises si je n'avais été détourné par la cité en ruine ; j'étais aux abords de la ville, et je la traversai en courant comme un maniaque en évitant son centre, la place avec son cercle, parce que je ne voulais pas voir le reproche de ce terrain d'atterrissage nettoyé, et puis je traversai en courant les faubourgs de l'autre côté jusque dans la forêt et là, exactement tels que je les avais vus la nuit précédente, se trouvaient les trois femmes, les trois garçons à demi grands, le bébé, mort et pourrissant sur le tas de viande. Mais il était tard, la lune était basse et le soleil allait bientôt se lever. Les femmes étaient sur le point de partir. Je m'étais sauvé en marchant si fort et si vite dans le sens opposé. Ils s'en allèrent tous sous les arbres sans me regarder, et un des garçons bondit sur un jeune bouvillon qu'il avait attaché par les cornes et se mit à galoper sur la bête affolée autour de la clairière, piétinant les braises du foyer, les tas de viande, le cadavre du bébé, les dispersant de tous côtés. Puis il s'éloigna tandis que la bête hurlait et rugissait. Et la clairière fut à nouveau vide et propre sous le soleil du matin.

Je retrouvai la place, heureux de m'être moi-même sauvé. Mais je me savais maintenant trop fatigué pour m'éloigner le deuxième soir en courant loin de la fête imminente. Et je savais qu'il y avait encore deux nuits de forte lune avant la Pleine Lune. Et je m'allongeai et dormis sur la place – et le soir je me joignis au sanglant festin sous les arbres, et cette fois ils avaient tué le bouvillon à demi adulte, et toute la clairière empestait le sang les entrailles le meurtre, et maintenant je savais que je ne ferais plus jamais cela, car j'étais rempli de force par mon sommeil de la journée et par la viande du festin, et ce dernier jour je m'éloignai de vingt milles vers le sud comme je l'avais déjà fait – très près de la pleine lune, maintenant – et je retournai dans la nuit, sans courir ni vouloir aller retrouver la forêt, et je n'allai pas retrouver la forêt, car lorsque j'atteignis la ville il était trop tard. Le soleil était sorti d'un ciel rouge au-dessus de la mer, et c'était le jour de la pleine lune. Mais j'étais fatigué. Tellement fatigué. Je n'avais pas mangé cette nuit-là, et j'avais marché pendant quarante milles. Je me lavai soigneusement, choisissant le plus grand conduit d'eau, m'y laissant descendre de sorte que l'eau me venait à la taille. Je me peignis la barbe et les cheveux aussi bien que je pus avec les doigts, et je vis la noirceur me quitter au fil de l'eau courante. Et je bus et bus de l'eau tant que je pus en tenir, espérant que sa propreté laverait l'intérieur de mon corps de ces quantités de viande sanglante que je sentais encore depuis l'avant-dernière nuit. Et alors je m'allongeai pour me reposer et attendre. Et, dans la chaleur du jour, malgré tout ce que je fis, je m'endormis. J'eus un sommeil lourd et atroce, et mes rêves furent de cette autre vie dans un pays humide et sans soleil où ma vie était un fardeau laborieux chaque heure, chaque minute, et quand je m'éveillai le lever de la lune était depuis longtemps passé, alors que j'avais eu l'intention de me lever bien avant ce lever ; et il était minuit. J'avais manqué la descente du Cristal, car il était déjà là.

Mais je ne pouvais pas le voir.

L'éclat blanc et plein de la lune se posait uniment sur la cité déserte et sur le sol carré en pierre au bord duquel j'étais assis, terriblement alourdi par le sommeil et le pressentiment. Dans le carré le cercle était encore propre et luisait d'une couleur légère, mais quelques feuilles s'y étaient posées pendant l'abandon de ces derniers jours. Que le Cristal fût présent, là, tout près, à quelques mètres de moi, me paraissait évident car… je le savais. En regardant c'était comme si la lumière se posait là plus lourdement – non, pas cela, ce n'était pas une lourdeur, un poids, plutôt une intensité. Juste à cet endroit, au centre, on avait du mal à vraiment voir les bâtiments d'en face – ce n'était pas impossible, non, mais ils frissonnaient et se tenaient dans l'air comme des pierres dans le frisson d'air qui monte du sable ou du rocher bouillant. Et plus que par la vue c'est par les oreilles que je le savais, car elles résonnaient d'un sifflement plaintif à ce point strident que je devais continuellement secouer la tête pour en chasser ce son. C'était un son presque trop beau et trop haut pour le supporter. Si j'avais été un chien j'aurais hurlé et me serais enfui. Et l'effort de regarder dedans était presque trop grand pour moi. Mes yeux voulaient se fermer, à cause de ce je ne sais quoi que je ne pouvais vraiment voir, mais qui était là, appartenant à un niveau d'existence que mes yeux n'étaient pas assez évolués pour voir. Et plus que cela, mon corps entier et son niveau d'existence en souffraient. Des saccades venues de ce point central envoyaient des vagues d'une substance plus pure, d'un niveau d'existence plus pur, qui m'agressaient parce que je n'y étais pas accordé. Et je me souvins, quand j'étais sur le pont du navire à regarder la forme brillante et cristalline, du disque qui était à la fois pris d'un mouvement d'une rapidité impensable et stationnaire, spirale visible et plate, et de comment, quand je le vis s'avancer vers moi puis m'envelopper, ce fut comme si tout mon être avait souffert d'être arraché au niveau qui lui convenait. Je sentais cela de nouveau. Je me sentais malade et déprimé et secoué, tiré hors de moi par l'effort de voir ce que je ne pouvais réellement voir, d'entendre ce que j'aurais entendu avec d'autres oreilles mais qu'il me fallait entendre comme une note aiguë insupportable. Je me levai avec peine et trébuchai vers le centre. Le bruit, plus près, se faisait plus perçant, mes yeux se gonflaient, me brûlaient, et je sentais tout mon corps détruit, vidé. Je savais qu'il était futile d'agir ainsi. Je savais que j'avais manqué ma chance – pour la seconde fois, la première c'était sur le pont du vieux navire quand le Cristal avait pris mes amis et m'avait laissé là. Mais bien que j'aie su que ma tentative était vaine, n'ayant rien de cette aisance tranquille que donne l'assurance et qui est en soi un signe ou une condition du succès, il fallait que je le fasse. Le vide était en moi et tout autour de moi. Arrachant mes yeux de cette compulsion centrale, pour les reposer, j'observai tout autour les maisons calmes et sans toit, voyant tout d'abord leur qualité de confiance paisible, leur attente. Un vide très différent de ma frénésie d'affamé. Mais elles étaient tournées vers l'intérieur, vers le centre ; c'était une ville qui avait trouvé son noyau, le lieu de son repos, dans ce tourbillon d'intensité qui la revendiquait et la retraversait sans cesse de sa propre substance la plus haute, de même qu'une pensée peut s'emparer d'un homme et tout changer en lui. (Oh, en mal comme en bien, comme je l'avais appris si récemment.) Regardant les maisons, puis jetant un coup d'œil à la présence tourbillonnant au centre pour à nouveau détourner les yeux, trouver un répit, je réussis à parvenir à quinze mètres de la chose – et ne pus aller plus loin. Une fois encore je me trouvais contempler de très près un mur ou un écran de substance brillante où des créatures étaient emprisonnées de par leur nature, comme j'étais prisonnier de l'air qu'il me fallait respirer. De si près, et sans regarder en face, mais du coin de l'œil, comme les observateurs des astres regardent les étoiles avec paradoxalement une vision plus claire et plus précise, je pus voir, qui palpitait dedans, une forme lumineuse ; et (presque vue, plutôt sentie, sue, reconnue) la créature qui appartenait à cet état de la nature. Comme les ombres liquides des flammes courent sur un mur de feu, comme le reflet de l'eau brisée sur une cascade, je pouvais voir du coin de l'œil, à l'intérieur de cette pulsation lumineuse, les cristallisations de sa substance qui étaient ses fonctions, sa raison d'être, ses créatures. Elles étaient là, êtres séparés de moi comme le poisson dans une muraille d'eau est séparé de l'homme dans l'air à six pouces de lui, mais je les connaissais, je sentais que moi aussi je devrais me glisser là-dedans d'une façon ou d'une autre, en pensant différemment, en respirant cette vibration tourbillonnante – mais je ne pouvais aller plus près parce que, je le savais, je m'étais laissé entraîner dans la forêt avec les femmes buveuses de sang, et que j'avais dormi comme un chien sous le soleil brûlant.

J'essayais de forcer l'entrée mais les lois de ma densité me retenaient. Je me sentais trop mal pour tenir debout. Dans un dernier effort de volonté, que je savais inutile et néfaste, je m'écroulai, je m'évanouis, mes yeux flamboyants recouverts par la nuit. Et quand je me réveillai à nouveau c'était le matin, un chaud soleil illuminait tout autour de moi et je savais que le Cristal était parti. La place et le cercle dedans étaient vides. J'avais vomi et saigné du nez. J'étais couché dans le sang et l'odeur du vomi. La couche où j'étais me paraissait infecte. En m'asseyant, pour méditer sur ma terrible perte, je compris à nouveau ce que j'avais compris sur le pont du navire, quand tous mes amis avaient disparu avec le resplendissant visiteur. On m'avait oublié. On ne m'avait pas pris. J'avais échoué de la façon la plus épouvantable et par ma faute. Je n'avais rien d'autre à faire qu'attendre tranquillement le moment de la pleine lune, me maintenir en alerte, léger, en éveil. Mais je ne l'avais pas fait.

Je me levai et regardai autour de moi la ville qui paraissait avoir changé, même si je ne pouvais dire de quelle façon. On y ressentait quelque chose de différent, la paix et le silence avaient disparu. Elle avait comme un air de frivolité, une sorte d'ivresse. Si l'on peut dire qu'une ville, un bâtiment, ou une forme de pierre, se met à rire, alors c'était ça : un rire bête et silencieux, quelque chose d'infantile, de cru. C'était comme en ce moment où les femmes s'étaient tournées vers moi sous les arbres à la lumière du feu, montrant leurs visages barbouillés de sang, tandis qu'elles riaient et souriaient comme si pour elles il ne se passait pas grand-chose, ni pour moi.

Je me traînai vers le fleuve pour me baigner et retrouver ma pureté. Mais je m'arrêtai. Car sur la place pavée s'avança un… je ne savais pas ce que c'était. Je pensai d'abord que ce devait être un homme, car c'était aussi grand, cela possédait des épaules et des bras et des jambes d'homme, d'aspect néanmoins tordu et déformé. Mais sa tête… était-ce une sorte de singe qui traînait les pieds sur le dallage de la place, puis allait tout droit jusqu'au centre ? Là, il s'accroupit et regarda autour de lui. Mais le corps était entièrement recouvert d'un beau pelage ras, d'un brun luisant, comme le pelage d'un chien, et la tête ressemblait à celle d'un chien, avec des oreilles droites et tendues et un museau de chien. Pourtant il avait aussi quelque chose d'un rat. La créature avait une longue queue écailleuse de rat. J'avais peur. Elle était plus grande et beaucoup plus forte que moi. Je me disais qu'elle pourrait venir m'attaquer. Mais j'avançai vers elle et elle me regarda avec indifférence. Je me dis alors que je devrais l'attaquer et la tuer, la trouvant laide et répugnante, accroupie à l'endroit exact où la nuit dernière le Cristal resplendissait et vibrait. Si je la tuais, pensais-je, il faudrait à nouveau purifier la cité. J'arrivai près d'elle. La créature me jeta un regard négligent et détourna les yeux, bougea, se gratta les puces, huma l'air de son nez pointu de chien ou de rat. Je compris qu'elle ne me voyait probablement pas, ou alors que je ne présentais pour elle absolument aucun intérêt.

Je restai où j'étais. De même la créature. Je haïssais tout d'elle, cette créature m'était étrangère sur tous les plans. Pourtant je me disais qu'à cent mètres de distance quelqu'un aurait pu dire en nous apercevant qu'elle et moi étions de la même espèce, car j'étais presque aussi grand qu'elle, j'avais une tête poussant à l'endroit où ce chien-rat en avait une, et des bras et des jambes à peu près semblables. En s'approchant cet observateur aurait vu que j'étais dépourvu de poils alors que cet animal avait un pelage… enfin, pas vraiment dépourvu de poils. J'avais maintenant d'épais cheveux bruns et bouclés tombant sur les épaules, une barbe brune et frisée jusqu'à la taille et une épaisse toison noire sur la poitrine ainsi que du nombril à l'entrejambe. Des poils brun foncé sur une peau brune brûlée par le soleil et le vent. J'étais couvert et décent ! Alors que cette bête… mais elle m'inspirait trop de dégoût pour rester là et me comparer point par point et je m'éloignai pour quitter la place, et c'est alors que la créature poussa un appel aigu et grinçant auquel firent écho d'autres cris, moitié aboiements moitié couinements de rats, et à peu près une douzaine de ces créatures arrivèrent sur la place pavée en courant et traînant et folâtrant. C'étaient tous des mâles. Ils avaient des organes génitaux de grand chien, de gros testicules globulaires et des pénis comme des bâtons, car ils paraissaient tous en état d'excitation sexuelle. Plus tard je vis que c'était chez eux un état plus ou moins permanent. Quand ils se tenaient droit ils avaient l'allure de chiens au poil ras debout sur leurs pattes de derrière, le bas-ventre entièrement génital. Ils formèrent au centre un groupe tourné vers l'extérieur. Ils se tenaient debout sur leurs membres inférieurs. Ils avaient des bâtons ou des pierres dans les mains, et effectuaient une sorte de surveillance. Puis j'en vis d'autres arriver en bandes sur les avenues. Je partis en courant jusqu'au bord de l'escarpement où je me jetai à terre et restai à contempler le paysage qui s'abaissait depuis les anciennes et épaisses forêts jusqu'à l'océan bleu. Je restai là tandis que le soleil cognait de là-haut, et je savais qu'il me fallait attendre encore un mois avant que revienne la pleine lune, et que la ville où j'avais vécu tout seul était maintenant pleine de ces hideux chiens-rats. Je pouvais les entendre aboyer et siffler et se bagarrer dans toute la ville.

Je ne me sentais pas capable de supporter d'y vivre et d'attendre avec de pareils compagnons. Je fis toutes sortes de plans insensés – comme retourner sur la côte et me fabriquer un radeau de bois flotté, poursuivre jusqu'aux montagnes et y construire un nouveau terrain d'atterrissage dans l'espoir que le Cristal me prendrait en pitié et voudrait y descendre, ou encore revenir dans ce pays froid et humide où il semblait que je vivais de temps en temps et là-bas tirer mon temps en abandonnant tout espoir du Cristal… mais je savais très bien que je resterais là. Il le fallait. A la fin, sachant qu'il n'y avait d'autre choix que de faire exactement ce que je faisais, j'allai jusqu'au fleuve, prenant soin de rester hors de vue des chiens-rats, pour me laver et me baigner. Je cueillis quelques fruits. Je coupai de nouvelles branches de ce buisson aromatique et les étalai au bord de l'escarpement, tournant le dos à la cité et à ses habitants agités et bruyants. Je dormis. Pendant mon sommeil un ou plusieurs chiens-rats vinrent m'examiner, car à mon réveil je vis leurs traces et leurs crottes. Mais il ne me firent aucun mal. Je rêvai d'eux, cependant, et je criai et me débattis en dormant, m'imaginant être leur prisonnier.

La question était maintenant d'organiser les choses pour que je puisse tenir un mois sans devenir l'esclave de la lune et être ramené de force au rituel sanglant de la forêt, ni tomber victime de la curiosité de ces envahisseurs dans cette ville que j'avais considérée comme mienne.

Pendant les trois ou quatre jours de déclin après la pleine lune, il arriva dans la ville de plus en plus de ces chiens à l'air de rats. Comme ils ne me faisaient pas de mal, je décidai de passer parmi eux et de les observer. Leurs vies ne semblaient pas avoir d'allure bien définie. Quelques-uns se déplaçaient en groupes ou bandes mixtes, mâles et femelles mêlés, avec ou sans petits. Ceux-là avaient souvent un animal dominant, mâle ou femelle, mais pas toujours. Ils se chamaillaient et se querellaient constamment et des individus passaient à d'autres groupes, de sorte que c'étaient les groupes qui étaient permanents, non les individus qui les formaient. Certains se séparaient en groupes plus petits autour d'un couple, et ceux-là s'appropriaient dans les maisons des chambres séparées. Certains restaient seuls, un grand nombre, et ils ne semblaient pas avoir de fonction particulière dans aucun groupe, grand ou petit, mais essayaient de s'attacher à des groupes ou couples et si parfois on les tolérait pour une brève période, le plus souvent on les écartait ou on les ignorait. Ces solitaires se réunissaient parfois dans ce qui ressemblait à un effort pour soulager leur solitude, et s'asseyaient par deux ou par trois en regardant les groupes plus importants. Mais la plupart du temps ils se déplaçaient et observaient, ce qui reflétait désagréablement ce que moi-même je faisais, et j'imaginais voir dans leurs attitudes mornes et dures et leurs regards durement critiques mais avides ce qu'ils verraient eux-mêmes en moi – si jamais ils me regardaient. Mais leur espèce paraissait extrêmement active tout au long du jour, ou plutôt affairée, absorbée par elle-même. Ils étaient toujours en mouvement, jamais immobiles, cueillant des fruits et les mangeant, allant de pièce en pièce et de maison en maison, s'installant dans l'une pour un jour ou une heure et la quittant, bavardant avec des cris rauques d'une manière suggérant que la plupart ne parlaient que pour soulager leur tension ou leur énergie, se bousculant, se battant – et trouver un dérivatif à l'activité sexuelle. Ces animaux paraissaient sexués à un degré extraordinaire, mais peut-être était-ce à cause de leurs organes génitaux toujours à découvert. Les mâles, je les ai décrits. Les femelles avaient une fente aux bords écarlates de l'anus au bas-ventre. Les mâles étaient pris d'excitation sexuelle dès que s'approchait une femelle, quel que soit son âge, et les femelles étaient presque aussi excitables. La plus grande part de leur temps se passait en exhibitions sexuelles pour attirer l'attention, à s'approprier chacun les partenaires sexuels des autres et à observer le comportement sexuel des autres animaux. Quand un couple s'était effectivement rencontré et avait décidé de s'unir, ils allaient derrière un mur ou un buisson pour un accouplement presque en privé, et ceux-ci avaient la diversité des accouplements humains. D'autres venaient assister à l'acte sexuel, poussant dans leur excitation des jappements et des couinements aigus et puis, stimulés au-delà du supportable, ils fondaient les uns sur les autres et partaient pour un buisson voisin ou un endroit retiré. De sorte qu'un accouplement pouvait déclencher une frénésie qui dure la moitié du jour.

Il apparaissait que cette sexualité était plus intense à mesure que la pleine lune approchait, et diminuait à mesure que les nuits s'assombrissaient. Pourtant les accouplements étaient aussi courants le jour que la nuit. Il semblait que ces animaux avaient peur du noir et avaient plus tendance à se rassembler lorsque la nuit tombait, et de constater cette peur, je fus capable pour la première fois de ressentir quelque pitié ou affection pour eux, car ils avaient réellement l'air très tristes, et vaillants aussi, rassemblant les jeunes animaux quand le jour baissait, postant des sentinelles sur les hautes murailles, se déplaçant en jetant derrière eux des regards apeurés. Pourtant il n'y avait aucun ennemi que je pusse voir. Et maintenant que j'avais éprouvé un élan de sympathie envers eux, je commençai à les regarder d'un œil plus favorable et je les détestai moins. Par exemple il devint évident à mes yeux que ces animaux n'avaient appris que depuis peu à marcher sur leurs membres postérieurs, ce qui expliquait leur démarche titubante, sautant à chaque pas avec un équilibre précaire, comme un grand chien quand on le fait se tenir sur ses pattes de derrière. Cela expliquait autre chose encore : leur posture la plus pitoyable et la plus caractéristique. Comme leurs yeux, tels ceux d'un rat ou d'un chien, étaient faits pour être employés alors qu'ils se déplaçaient à quatre pattes, leur nez, pointu et droit, tendait, maintenant qu'ils étaient debout, à pointer vers le ciel tandis que leurs yeux louchaient des deux côtés vers le bas en s'efforçant d'y voir clair. Et ils ne cessaient de pencher la tête en bas et sur le côté, d'abord d'un côté puis de l'autre, tandis qu'ils marchaient ou titubaient, essayant tout le temps de faire plier les muscles de leur cou. En me mettant à leur place je compris qu'ils devaient voir le monde comme deux demi-cercles distincts, un de chaque côté. Et au contraire des hommes, qui sont aveugles dans le dos et doivent donc tourner continuellement la tête d'un côté puis de l'autre, suivant la plupart du temps un axe horizontal tout en ne voyant pas les deux tiers d'une vision circulaire supposée, ces animaux louchaient sans cesse vers le haut, vers le ciel ; leurs mouvements de la tête et du cou étaient très rapides, pour corriger cela, et ces secousses continuelles de la tête contribuaient à leur air d'agitation perpétuelle. C'étaient les plus jeunes et les plus souplement musclés d'entre eux qui semblaient capables de conserver un assez large champ de vision grâce au rapide déplacement saccadé de leurs museaux visant le ciel, chaque secousse latérale recoupant un balayage inverse, habituellement diagonal. Ces mouvements de tête faisaient l'effet d'images d'un vieux film ou dessin animé défilant pas tout à fait assez vite.

Je remarquai aussi que lorsqu'ils étaient fatigués ou se croyaient seuls, ils se laissaient tomber à quatre pattes et couraient ainsi quelque temps. Et ils couraient effectivement très vite et très adroitement, car c'est pour bouger de cette manière que leurs corps avaient été conçus. Mais si un individu ou un groupe se conduisait trop longtemps ainsi, les autres commençaient à faire des gestes irrités, puis se mettaient à jacasser des réprimandes, des critiques, tandis que les accusés prenaient un air d'abord arrogant, puis coupable, et tôt ou tard reprenaient en chancelant la position debout.

Lorsqu'ils étaient serrés les uns contre les autres dans leurs chambres sans toits ou sur le pavage de la place, les nuits sans lune, ils s'asseyaient comme des chiens ou des singes, accroupis, leurs membres antérieurs posés droit devant eux pour se tenir, et dans le noir ils se déplaçaient beaucoup plus souvent à quatre pattes. Ils paraissaient si différents dans ces deux postures – leur démarche à demi chancelante sur les pattes de derrière, avec cette vision gauche et saccadée qui leur donnait un air si important et pompeux, et leur course allègre et rapide à quatre pattes – qu'on aurait vraiment dit deux espèces distinctes, et je suppose qu'inconsciemment c'est ainsi que je pensais à eux, car je me souviens très clairement qu'à la première apparition des singes je ne réagis pas en m'alarmant d'une nouvelle invasion, mais me dis vaguement que peut-être les chiens-rats avaient encore unc troisième façon de bouger.

Ces singes étaient d'une espèce familière, pour nous les humains. C'était une variété de chimpanzés, mais plus grande que celle que nous gardons pour les montrer dans des zoos. Ils arrivèrent dans la cité en se balançant sur les arbres et le long des murs, et quand ils virent les chiens-rats leur réaction ne fut pas de celles que je pus immédiatement interpréter. Même s'ils s'arrêtèrent net et se regroupèrent ensemble, ils n'eurent pas l'air d'éprouver une peur particulière, non plus que du plaisir. Ils se consultèrent entre eux, du côté nord de la ville, jusqu'à ce qu'il y en eût deux cents réunis là-bas. Pendant ce temps les chiens-rats, tournant leurs yeux louchons de-ci de-là vers les nouveaux venus, se massèrent eux aussi, et n'eurent aucun geste agressif quand les singes entrèrent plus avant puis galopèrent et se balancèrent dans toute la ville pour trouver des coins et des pièces qui n'étaient pas habités. Il y avait force plaintes et sévères criailleries dès que les nouveaux venus essayaient de prendre des places déjà occupées, mais il semblait que les deux espèces reconnaissaient le droit de l'autre à vivre dans ce lieu. Les singes de plus en plus arrivaient en masse. La ville était bondée d'animaux. Il semblait que la première espèce, les chiens-rats, considéraient les singes comme des inférieurs, et que les singes étaient d'accord, ou étaient prêts à paraître d'accord. Ils rendaient de menus services aux grandes bêtes titubantes, et avaient tendance à rester à l'écart. Cependant pour moi, un homme, les singes étaient somme toute plus aimables et sympathiques, peut-être parce qu'ils m'étaient familiers. Je n'avais pas de forte antipathie, alors que c'était toujours le cas pour les chiens-rats, malgré ma pitié grandissante envers eux. Et il me semblait que les yeux des singes me témoignaient de la sympathie, une compréhension, bien qu'ils n'aient fait aucune tentative de m'approcher, non plus qu'ils ne m'ont maltraité, m'ignorant pour la plupart comme avaient fait les autres. Des yeux de singe, si tristes, si sagaces, sont des yeux qui parlent aux yeux d'un humain. Nous sentons que ce sont des yeux humains. Et quelle sorte de vanité avons-nous là ? Car les yeux de la plupart des êtres humains sont durs, rusés, malins et vains, comme les yeux des chiens-rats. La profondeur qui se trouve au fond des yeux du singe ne se trouve pas, et de loin, dans tous les yeux des hommes. Je m'aperçus alors que je me déplaçais dans cette cité populeuse, bruyante, bagarreuse et sale en évitant les chiens-rats quand je le pouvais et en croisant avec soulagement les singes qui paraissaient tellement plus humains. Mais il y avait de plus en plus des deux espèces, la ville était bondée et les journées passaient, de sorte que la moitié seulement de la face éclairée de la lune se voyait de notre terre, puis il y eut plus de face obscure que de face éclairée, et ce fut le noir, le noir complet, et je sus que bientôt, dans guère plus de deux semaines, je devrais être prêt pour la descente du Cristal. Pourtant toute la place centrale était sans cesse remplie d'animaux, comme autrefois elle avait dû être pleine de gens réunis pour parler ou troquer ou marchander, et chaque pouce du sol était jonché de pelures de fruits, de crottes, de cailloux, de bouts de bâtons, de branches ou de feuilles mortes. J'aurais pu n'avoir jamais nettoyé l'endroit.

Le noir de la nouvelle lune gardait toute la ville dans une chaleur fétide et sans air, et tous les animaux étaient entassés, regardant le minuscule croissant de lumière dans le ciel, avec des sentinelles postées partout sur les arbres et les murs. Ils étaient plus calmes que d'ordinaire. Ce n'était pas un bon calme. Sur la grand-place il y avait surtout des chiens-rats, et les singes qui avaient choisi de les servir ou de faire les imbéciles pour les amuser. J'entrai hardiment sur la place un soir assez tard au moment où le soleil disparaissait, me disant que peut-être, à cette heure triste où toute créature semble pensive, ces créatures seraient disposées à écouter et à comprendre. Je me plantai là comme un imbécile et leur dis en langage humain : « Mes amis, nous n'avons que quatorze jours. Deux semaines, c'est tout ce que nous avons. Car ils viennent, et ils vont atterrir ici, sur ce cercle au centre de la place. Mais ils n'atterriront pas sur une place pleine d'ordures et de puanteur, alors je vous en prie, pour vous autant que pour moi, par égard envers toutes les créatures qui vivent sur cette pauvre terre malade, nettoyons cette place, balayons-la avec des branches, puis apportons de l'eau et faisons disparaître la souillure des immondices qui sont là. » Je gardais un ton posé et je souriais, et j'essayais de montrer par gestes ce que nous devions faire, mais tandis que je parlais ils déambulaient, ou tournaient leur nez pointu de côté vers le bas pour qu'un de leurs deux plans de vision puisse m'inclure, et les singes aux allures de domestiques s'approchaient en sautillant et me regardaient de leurs yeux tristes, essayant de comprendre – mais bien sûr ils ne pouvaient comprendre, comment l'auraient-ils pu ? Peut-être espérais-je à moitié que le sens de mes paroles se communiquerait à ces cerveaux si diversement conçus, à cause de mon besoin désespéré d'y parvenir, l'obscurité monta d'un coup de l'océan et de la forêt, enveloppant le plateau et la cité grouillante, et je m'en allai jusqu'au bord de l'escarpement où je m'assis, regardant les étoiles, écoutant le vacarme divers mais atténué des animaux derrière moi qui eux aussi observaient les cieux où le dos de la lune était un cercle noir avec d'un côté un cheveu de lumière.

Peut-être était-ce leur peur du noir, peut-être cette peur empêchait-elle une exubérance habituelle du geste et de la voix et les laissait-elle engorgés d'énergie accumulée ; ou peut-être était-ce simplement que la ville était maintenant trop pleine pour que la civilité se maintienne – quoi que ce fût, cette nuit-là les combats commencèrent. Je le sus d'abord à l'odeur – l'odeur du sang, que maintenant je connaissais si bien. Et il y avait des bousculades soudaines et beaucoup plus bruyantes que d'habitude, des cris et des hurlements. Ceux-ci rappelaient les femmes ivres de sang autour du feu dans la forêt et au matin, après une longue nuit étouffante et obscure, j'entrai dans la ville et vis des cadavres tombés sur la place centrale et aussi de-ci de-là entre les bâtiments. La plupart des morts étaient des singes, bien qu'il y eût un ou deux chiens-rats. Et maintenant les deux races s'étaient séparées, sauf quelques singes ayant choisi de rester comme domestiques ou bouffons auprès des grands animaux qui les toléraient. La ville était grossièrement divisée, et maintenant les sentinelles sur les arbres et en haut des murs se surveillaient les unes les autres, tournées vers l'intérieur et non plus vers l'extérieur.

La matinée passa lentement dans cette tension neuve, brûlante et soupçonneuse. Il n'y eut pas de nouvelles hostilités, et quand le soleil fut au zénith il sembla, aux aboiements, couinements et jacassements que j'avais entendus sans les comprendre, qu'une trêve avait été déclarée. Chaque armée envoya des représentants et on traîna les cadavres à l'écart. Ils ne furent pas enterrés, mais tirés à travers la ville et ses faubourgs et jetés dans le grand trou par où le fleuve plongeait dans la terre. Je leur criai : « Non, Non, Non », n'infectez pas le fleuve encore pur et la mer, mais je me rappelai comment les humains avaient empoisonné les océans et les fleuves si bien que bêtes et poissons y mouraient, et alors, pris de désespoir et de nausée, je m'éloignai en pensant que les corps qui réussiraient à trouver leur chemin par les tunnels des sombres rivières souterraines jusqu'aux cascades et aux grandes chutes, puis de là au fleuve large et régulier et enfin à la mer – ces cadavres seraient au moins des rebuts plus propres que les immondices meurtriers dont les hommes alimentaient les courants marins.

A l'approche de la nuit, la clarté s'écoulant tristement dans un ciel taché de rouge, les combats reprirent et ils se battirent toute la nuit, et je restai assis au bord de ma falaise en essayant de ne pas entendre ou de ne pas suivre de trop près le carnage en imagination. Il restait treize jours jusqu'à la pleine lune et je savais n'avoir aucun espoir de nettoyer la ville, aucun espoir de voir venir le Cristal, à moins que, grâce à un hasard que je n'avais aucune raison d'espérer, les animaux repartent sans plus de motif apparemment qu'ils n'en avaient eu pour venir.

Au matin les morts s'amoncelaient, et toute la ville sentait le sang. Et maintenant ces animaux, qui se nourrissaient de fruits et d'eau, étaient assemblés autour des cadavres entassés et arrachaient des lambeaux de chair velue pour les manger. En m'approchant pour voir, j'eus peur pour la première fois de ces bêtes, singes et chiens-rats. Désormais j'étais, comme ils l'étaient les uns pour les autres, de la viande en puissance. Ils m'ignorèrent, bien que je fusse à moins de vingt mètres d'eux, jusqu'à ce que je visse trois d'entre eux prendre conscience de ma présence ; alors ils tournèrent vers moi leurs mufles pointus, avec leurs dents aiguës d'un blanc taché de rouge, et je vis le sang qui dégouttait comme il l'avait fait du visage de mes femmes. Je retournai au bord de la mer et sombrai dans le découragement. Là j'abandonnai tout espoir. J'étais sûr que les combats allaient se poursuivre. Ce serait pire. Maintenant ils tueraient pour se nourrir. Je savais que j'étais en danger et je ne m'en souciais pas. Dans un tel état on peut trouver de nombreux arguments pour étayer la sagesse du désespoir. Les avocats que l'humanité a trouvés pour plaider le parti du désespoir ont toujours été plus influents que ces autres petites voix. Je m'allongeai au bord de l'escarpement et plongeai mes regards dans les épaisses forêts qui avaient mis tant de siècles à pousser, où devaient se trouver mes belles bêtes jaunes et où des oiseaux aux couleurs aussi vives que les cieux de l'aube ou du couchant suivaient la courbe de vies aussi brèves que la mienne. Et puis je dormis. Je voulais effacer le temps par le sommeil pour que la fin vienne plus vite.

Quand je m'éveillai, l'après-midi tirait à sa fin, en dessous de moi, dans la forêt, il faisait presque nuit. Les combats continuaient. Je pouvais entendre les animaux se poursuivre à quelques mètres à peine dans les bâtiments qui s'avançaient presque jusqu'à l'escarpement. Je ne voulais pas tourner la tête et regarder, car je pouvais voir du coin de l'œil une bête-rat mourante se tordre en couinant et ses pieds soulever des nuages de poussière pendant son agonie. Je portai à nouveau mes regards sur la forêt où Jaguar, Perroquet et Lézard flamboyaient et brûlaient, plus anciens que l'homme, et je vis alors posé en l'air devant moi un grand oiseau blanc qui, au lieu de filer au loin sur son courant aérien tourna au dernier moment et se posa près de moi au bord de la falaise, ses grandes ailes assurant l'équilibre de son perchoir. Ce n'était pas une espèce d'oiseau que je connaissais. Ainsi posé il avait environ quatre pieds de haut, un plumage blanc, et le sillon rectiligne de son bec jaune lui donnait un aspect sévère. Je me dis avec envie que dans un instant il allait se laisser glisser au loin sur une vague chaude d'air vespéral, comme un nageur se laisse glisser d'un rocher tiède dans les remous marins. Au moment où cette pensée me vint, il se tourna et me regarda fixement de ses yeux dorés et très ronds. Je m'approchai de lui et il s'accroupit, comme une poule s'installe sur ses œufs dans un recouvrement protecteur d'ailes étendues, je me glissai sur son dos, et à peine y étais-je bien assuré qu'il partit en planant dans l'air, et nous descendîmes lentement au-dessus de la pente rocheuse, puis des cascades et enfin de l'épaisse forêt silencieuse à l'approche du soir. Le dos de l'oiseau, son envergure, était de dix ou douze pieds. Je m'assis, me tenant à une poignée de plumes, mais un coup de vent qui monta de la mer faillit me faire basculer tout en bas vers le sommet des arbres, si bien que je m'allongeai sur le ventre, les bras de chaque côté de l'oiseau, à l'endroit où les ailes se rejoignaient. Les pentes blanches et emplumées étaient chaudes encore de soleil, et glissantes, avec l'odeur propre et saine d'un œuf de poule quand il est frais. La lumière se reflétait sur les plumes blanches juste sous mes yeux comme le soleil sur un champ de neige, et je détournai mon visage et le posai sur le côté et regardai en bas à côté du cou et des épaules de l'oiseau et nous piquâmes vers la mer et filâmes au-dessus des crêtes des vagues qui continuaient, bien que toutes les terres entre le rivage et le bord du plateau fussent plongées dans le noir, à étinceler à la lumière du soleil couchant. C'était un soleil rouge dans un ciel rougeoyant, accordé au carnage qui se poursuivait en bas dans la cité – que je distinguais tout juste, avec ses murs et ses colonnes miniatures, à plusieurs milles de hauteur, à travers un air qui s'obscurcissait. Et nous allions toujours au-dessus des vagues et je respirais à grandes goulées l'air froid et salé qui venait dégager le sang et la saleté de mes poumons. Et nous allions toujours si loin que le rivage et le continent derrière s'étaicnt réduits à une mince bande sombre au bas d'un ciel où s'empilaient très haut d'épais nuages lumineux, et quand alors mon oiseau baissa une aile pour virer et faire demi-tour je criai : « Non, pas encore, continue », et l'oiseau fila de l'avant tandis que l'air sifflait à mes oreilles brûlantes et glacées et que je pouvais goûter sur mes lèvres et ma barbe le sel des embruns. Et nous allions et nous allions toujours, et alors je me retournai prudemment sur le dos, les bras ramenés en arrière et m'accrochant aux plumes plus douces dans les chaudes cavernes sous les ailes battantes ou stabilisantes de l'oiseau et je levai les yeux vers un cicl saupoudré d'étoiles où la lune avait encore le dos tourné vers la terre, montrant une tranche de sa bordure d'un doigt plus large que la veille pour me rappeler ma tristesse et mon échec. Et voilà qu'il y avait devant nous la côte du Portugal et Conchita sur son promontoire qui regardait le large. Derrière elle la tache rouge des nouvelles banlieues s'étalait comme une rougeole, et plus bas la mer piaffait et clapotait. Elle chantait ou chantait à demi ou même parlait – car c'était un chant heurté, tourmenté, bloqué, montrant que la pauvre Conchita était aussi peu adaptée à son état religieux qu'elle avait été heureuse dans mes bras.

« Vas-y, crie », disait l'astre cuivré,
La mer paonne hurlait bleu, les maisons dinde rouge,
Soleil et mer, ils défiaient : « Vas-y ! »
La terre me hélait, mais j'étais sourd.

Mes pieds lents, lents, descendent les dunes de sable épais,
Des coquillages frisés rappelant de vieux chants marins
Coupent mes pieds lents jusqu'à les faire saigner.
« Qui ne peut danser doit saigner », disaient-ils.

Ni singe ni Dieu, pour se balancer d'arbre en arbre,
Ou prier la mer de se calmer par peur de moi,
Divisé, amoindri, une chose bâclée entre deux,
Je voyais le ciel brûler, l'herbe luire d'un vert plus sombre.

Chanter ! Chanter ! Serrer l'après-midi enflammé
Dans ma main comme un fruit chaud ! Puis le rejeter en chanson !
Prendre les vagues, la liberté de leur rythme,
Et le danser sur des pieds ayant appris la mer.
Mais le sang et les nerfs ont été trop longtemps crucifiés
Pour que je puisse trouver au chant ma douce délivrance.
Librement tel un oiseau je ne chanterai pas,
Moi dont la gorge ne sait former que des paroles humaines.

Renonce à la mer, aux sables qui fredonnent,
Mon aisance, non pas payée de pieds déliés, de mains,
Ni d'amour qui rompt l'esprit de souffrance
Pour faire luire la chair de nouveau complète.

Ils m'appartiennent encore, mais seulement aux lointains

Longs et froids où l'esprit se love fortement
Pour créer patiemment ce que les membres
Lents, liés, savaient simplement être un chant, mais
jadis.

Je l'appelai, « Conchita, Conchita », mais elle ne m'entendit pas, elle regardait la mer au loin et maintenant mon oiseau avait fait un virage et retournait et bientôt nous fûmes au-dessus du rivage où j'avais abordé, puis au-dessus des forêts, et puis nous fûmes de retour au bord de la falaise. L'atterrissage de ce grand oiseau blanc effraya un certain nombre de singes qui se cachaient là où les buissons étaient plus épais. Ils partirent en jacassant et je m'assis à mon endroit habituel, et l'oiseau s'assit un peu avec moi en silence puis s'élança de nouveau sur ses ailes blanches dans l'obscurité de la nuit.

Et ainsi passa cette nuit, les cris et les bruits du combat se poursuivant derrière moi, mais maintenant cela m'oppressait moins, car je gardais mes pensées sur le long vol frais que j'avais fait sur le dos chauffé par le soleil du grand oiseau, et sur mon ancien amour Conchita balbutiant son échec séparé sur son rivage séparé.

Je ne retournai pas de trois jours au centre de la ville, mais restai assis sur la colline en espérant revoir l'oiseau, mais il ne vint pas et finalement je m'aventurai à l'intérieur, et les combats duraient toujours, et il y avait eu tellement de morts qu'ils ne pouvaient ni les manger ni disposer des cadavres, qui étaient entassés partout. Tous les animaux étaient épuisés par ce long combat. Leur guerre était devenue de plus en plus terrifiante et mécanique et sans espoir. Ils étaient maintenant furieux, leurs yeux étaient rougis et leurs pelages et toisons abîmés et salis. Les chiens-rats n'essayaient plus de se tenir debout, ils couraient à quatre pattes, tuant les singes en lançant au hasard des coups de leurs crocs acérés. Là encore ils me prêtèrent peu d'attention quand je traversai la place pour voir comment je pourrais la préparer pour la pleine lune d'ici un peu plus d'une semaine. Je ne vis aucun espoir et je retournai donc à ma falaise. Là j'abandonnai mon rêve de préparer le terrain d'atterrissage, et je rêvai à la place de retourner vers la mer, de me laisser glisser dans la fraîche saumure comme un oiseau dans l'air. Je restai assis à mesure que passaient les jours et les nuits, mes yeux fixés sur le lointain océan, souhaitant avoir glissé du dos de l'oiseau dans la mer salubre et trouvé là quelque planche ou espar ou poisson ou objet flottant où j'aurais pu m'accrocher comme une patelle jusqu'à ce que peut-être le Cristal prenne pitié de moi et m'emporte enfin là-haut. Et comme j'étais assis là un matin à trois jours de la Pleine Lune, me demandant si je devais me glisser en bas du mur vitreux et descendre en courant, descendre vers la mer, l'oiseau blanc revint et s'assit près de moi, me saluant de ses yeux jaunes et amicaux. A nouveau il s'accroupit quand je montai sur lui, à nouveau plongea au-dessus des forêts jusqu'à la mer et à nouveau vola en cercles juste au-dessus des vagues qui déferlaient. Mais maintenant je comprenais pourquoi l'oiseau était venu me chercher, car la mer n'était plus la pure et froide et salée source de santé d'esprit qu'elle avait été. Il y avait une léthargie dans son remuement, comme si elle s'était épaissie. Il y avait un relent de pourri. Dansant sur les vagues je vis des centaines de cadavres de la guerre du plateau qui avaient été jetés dans le gouffre et avaient été emportés par le torrent par-delà chutes et cataractes jusqu'au bord de la mer. Et partout je voyais flotter poissons et créatures marines, ventre en l'air, et il y avait sur la mer des flaques d'huile noire à l'odeur minérale. Et sur la mer, par flaques, il y avait une pâle phosphorescence, comme une nourriture insidieuse rendue visible, et c'étaient des gaz empoisonnés qui s'étaient libérés des récipients où l'homme les avait plongés au fond des mers, et partout il y avait des voiles de lumière comme un subtil feu électrique qui était la radioactivité des fabriques et usines sur les côtes, à des océans ou des continents de distance. L'oiseau me promenait de côté et d'autre sur des milles d'océan sous le soleil cuisant, me faisant assister à la mort de la mer, et alors même que nous passions toute la surface de la mer fut engorgée de mort, poissons morts et algues et palourdes et tortues et dauphins et baleines, poissons grands et petits, et toutes les plantes de la mer, oiseaux de mer et serpents de mer et phoques – puis mon bel oiseau m'enleva plus haut et plus haut dans le ciel et fila au-dessus des arbres vers le plateau, mais ensuite il descendit en cercles sur la ville aux maisons sans toits et me fit voir qu'au-dessous de moi, dans toute la ville, chacune des maisons était souillée par la guerre, qu'il y avait partout des cargaisons de cadavres, que dans chaque rue des groupes d'animaux se battaient les uns contre les autres, maintenant tellement enragés et las qu'ils se battaient au sein d'une même espèce, sans l'excuse d'une différence de toison ou de pelage ou de forme ou de museau ou d'œil. Ils se battaient singe contre singe, chien-rat contre chien-rat. Le combat était devenu sa propre justification et ils ne pouvaient plus s'arrêter. Et sous chaque buisson et au coin de chaque maison gisaient les blessés gémissant et léchant leurs blessures. Alors que nous volions très bas pour un dernier circuit, à moins de vingt pas au bord de ma falaise, je vis une femelle chien-rat, son pelage lisse tout lacéré et sanglant, assise le dos contre un mur, qui donnait des coups de dents en direction de deux chiens-rats mâles dans le même temps qu'elle accouchait. Des chiots culbutèrent de sa fente écarlate dans un jaillissement de sang et de tissus tandis qu'elle se battait pour rester en vie. Les deux renflements arrondis de sa poitrine, qui étaient ses seins, étaient gonflés et déchirés, de sorte que lait et sang mêlés coulaient ensemble. Son mufle pointu avait de la chair velue accrochée à ses dents, et à mesure qu'elle donnait coups de dents et morsures aux deux grands mâles chancelants qui la menaçaient elle était à tel point affolée par la peur et la nécessité d'aider à naître ses chiots qu'en même temps qu'elle se battait, lançait devant elle une morsure mortelle à un antagoniste, elle mordait ses petits en bas, blessant ou tuant peut-être l'un d'eux, puis encore un coup de dents désespéré au hasard vers un antagoniste, puis à nouveau, elle mordait en bas, puis ses ennemis qui la pressaient, si bien qu'elle paraissait combattre ses chiots tout autant que les deux mâles rendus aussi fous qu'elle par ce long combat, car en dépit du fait qu'ils essayaient de la tuer (ou du moins agissaient de telle sorte qu'elle devait se défendre) et de ce qu'ils y réussirent effectivement, car elle s'écroula dans son sang quand nous survolâmes leur groupe, leurs organes sexuels étaient gonflés par l'excitation et l'un deux tenta de s'accoupler à elle alors même qu'elle mourait. Elle mourut dans un spasme qui était autant un spasme de naissance que de mort.

Au bord de la falaise je me laissai tomber du dos chaleureux et puissant de l'oiseau et me couchai face contre terre en pleurant. Je croyais désormais que tout était fini, qu'il n'y avait d'espoir nulle part pour l'homme ou pour les animaux de la terre.

Mais lorsque enfin je me relevai l'oiseau blanc était encore là, et il me regardait avec ses yeux dorés, son bec jaune et droit incliné vers moi, à sa façon sévère mais amicale. Il paraissait vouloir mon attention, et quand je fus convenablement remis et sur mes pieds il se mit à marcher à travers les maisons de la ville vers le centre. Alors je levai les yeux et vis que la lune devait être proche de son plein, et je pus voir le voile argenté tendu dans le ciel au-dessus de la mer là où la lune allait se lever. Je voulais que l'oiseau s'arrête, car je craignais que cette merveilleuse créature ne fût tuée par les bêtes en guerre. Mais il semblait qu'elles étaient plus calmes. La guerre s'était acheminée d'elle-même vers sa fin. Escarmouches ou échauffourées se poursuivaient ; des couples et des groupes s'affrontaient. Mais des bandes de chiens-rats et de singes restaient assis à se lécher en geignant et gémissant. Et bien qu'ils se fussent tous battus à mort les uns contre les autres depuis des jours, chacun semblait maintenant presque indifférent à la présence des autres, et des singes léchaient les plaies des chiens-rats, et les chiens-rats l'acceptaient comme un hommage ou une soumission.

L'oiseau prit son envol et plana près du sol le long des rues, allant vers la place. Je suivis. Là l'oiseau se posa, repliant ses ailes, se tenant droit, abaissant avec raideur son étroit bec jaune qui lui donnait son air habituel de bienséance. Et alors même que mon cœur battait de crainte qu'il ne fût tué, je vis que toutes les bêtes en avaient peur. Partout sur la grande place pavée les animaux reculaient, les singes en baragouinant et en grimaçant, les chiens-rats, s'étant remis debout, faisaient retraite en louchant vers le bas d'un côté du visage puis de l'autre – jusqu'à ce qu'ils se sentent en sécurité et se laissent retomber à quatre pattes avant de s'éclipser.

L'oiseau était tranquillement debout au centre du cercle. Et maintenant je compris qu'il était là pour me protéger. J'entrepris la tâche de traîner les animaux morts aussi loin que je pouvais. Quand je le fis les deux races d'animaux s'approchèrent de ces tas et emportèrent aussitôt leurs morts, probablement jusqu'au gouffre où plongeait le fleuve, où peut-être à un ultime festin cannibale – bien qu'il semblât qu'ils eussent perdu leur goût pour la chair et que de nouveau ils eussent essayé et goûté les fruits comme si c'était une sensation neuve et non leur nourriture coutumière. Mais j'avais trop à faire et ne pus les observer plus longtemps. Quand la place fut débarrassée des animaux morts, j'arrachai à nouveau des branches et la balayai. Puis je dus curer les conduites d'eau engorgées de feuilles et de boue et de crottes. Et finalement j'apportai à nouveau de l'eau dans la pierre creuse qui jadis avait été un mortier et je versai de l'eau partout, et balayai ensuite avec des branches aromatiques. Je travaillais toute cette nuit sous l'éclat blanc de la lune, et le jour suivant sous un soleil sec et chaud. Assis là se trouvait l'oiseau de bonne compagnie, blanc et lustré, ses yeux dorés attentifs, son sévère bec jaune toujours tendu vers moi. Au début quelques animaux se rapprochèrent, décidés à revendiquer la place, mais quand ils virent l'oiseau ils repartirent. Je réalisai enfin qu'ils étaient complètement hors de vue. Que je ne pouvais pas les entendre. Ils avaient entièrement disparu du centre de la ville. Peut-être même avaient-ils quitté la cité. A la fin de cette journée la place et le cercle magnifiquement ouvragé et coloré qu'elle contenait étaient propres et neufs, l'air embaumait les feuilles aromatiques et l'eau, et alors que je me tenais immobile au crépuscule je pus entendre l'eau courir sous mes pieds dans ses conduits revêtus de pierre. L'air était plein du parfum des fleurs. Un dernier oiseau chantait sur un arbre près de la place.

Pleine Lune monta droit de la mer et couvrit Terre de lumière argentée depuis le bord de mer jusqu'aux hautes montagnes. La lune s'éleva parmi les étoiles et l'oiseau blanc souleva ses ailes et s'élança plus haut et plus haut et plus haut et retourna au loin dans la lune.

Je m'avançai alors du bout de la place et pris une position d'attente sur le bord extérieur du cercle, regardant vers le centre.

> J'espère qu'il peut être admis désormais que ce médicament est dans ce cas contre-indiqué. Après une absence de cinq jours j'ai été choqué par la détérioration du patient. Quand je l'ai visité ce matin il était clair qu'il avait moins de prise sur la réalité qu'à son admission. D'après ce que dit l'infirmière j'émettrai le diagnostic selon lequel il est dans le coma une bonne partie du temps.
>
> DOCTEUR Y.

Ce cas a fait l'objet d'une discussion approfondie à la conférence de jeudi où vous n'êtes pas venu. Souvent les effets de ce médicament ne se manifestent pas pleinement avant trois semaines, comme j'ai déjà tenté de l'expliquer. Le patient le prend depuis douze jours.

DOCTEUR X.

Il y eut la pression du silence, qui me fit tournoyer jusqu'à une paix chantante. J'étais à l'intérieur du Cristal, dont le tourbillon avait rassemblé toute sensation de même qu'un démon-à-poussière rassemble la poussière et les feuilles à plusieurs mètres alentour, ou que l'eau du bain dans sa spirale vers le trou exerce une attraction sur chaque partie de l'eau du bain. A regarder vers l'extérieur rien ne restait de ce qui avait été là – du moins semblait-il au début, car le commencement de mon absorption par le Cristal fut une obscurité d'esprit alliée à une intensité des sens que je ne fus que lentement capable d'équilibrer. Il semblait que le Cristal avait quelque difficulté à absorber ma relative imperfection. Cette lutte prit place en moi comme en lui pendant les quelques instants du commencement. Je dis « les quelques instants ». Mais justement ce que je perçus en premier, c'était que le temps avait changé de vitesse et vibrait différemment, et c'est cela qui fut le premier assaut sur la structure habituelle de ma propre substance. A mes yeux il semblait que j'étais comme dans un monde de verre lumineux, ou mieux peut-être, de brume cristalline. Mon corps ressentait une nausée dont je m'aperçus vraiment lorsqu'elle se mit à diminuer, car elle m'avait enserré totalement jusqu'au fondamental – que nous ne percevons pas. Par exemple, quand nous respirons l'air ordinaire, nos poumons sont adaptés pour absorber un gaz empoisonné (empoisonné pour d'autres créatures en visite, ou pour nous-mêmes, peut-être, autrefois) appelé air. La nausée avait été un étau serré à bloc, m'ayant tenu tendu contre elle. Enfin elle disparut et une ravissante légèreté m'envahit. La pesante douleur de la gravité n'était plus là : cette dimension était aussi libre et délicieuse que de patiner ou de voler couché entre les ailes d'un oiseau gardien. Pourtant j'avais un corps. Mais il était d'une autre substance, plus légère, plus pure, ténue, même si je reconnaissais sa ressemblance à la forme habituelle de ma matière. Lentement mes sens, mes nouveaux sens, se raffermirent. J'étais dans une luminosité teintée, mon nouveau corps et cette luminosité faisaient partie, comme une flamme dans un feu, du tourbillon du Cristal, lequel brûlait blanc en une danse invisible là où s'était trouvé le centre du cercle dans la place – et il s'y trouvait encore, car j'en distinguais le contour, mais c'était un contour fantôme. Alors, tenant bon le début ou centre de ma vision, ou plutôt de ma sensation, je laissai cette vision – ou peut-être le mot est-il compréhension – aller plus loin et autour. On peut-être serait-il plus exact de dire : lui permis de s'élargir, comme la lumière se répand, et je vis que cette ville sur ce plateau existait effectivement dans cette nouvelle dimension, ou niveau, de vibration. Mais de même que mon propre corps était désormais une forme lumineuse, mais pas néanmoins d'une aussi belle et haute lumière que la substance du Cristal lui-même, la ville l'était aussi : c'était comme si la cité de pierre et d'argile s'était dissoute, laissant une cité fantôme, construite en lumière, comme un brouillard illuminé qui contiendrait des ombres ou des échos. Pourtant la ville qui s'élevait tout autour de moi sous la même forme que la ville que j'avais si bien connue était plus mince, plus éparse. C'était un lieu plus délicatement conçu et maintenu. Ce n'est pas pour dire que les maisons ou bâtiments publics, délicatement dessinés, comme un réseau de givre sur la vitre d'une fenêtre, tout en agencements d'étoiles ou d'hexagones, étaient moins fermes et distincts que les formes de la ville solidement construite en pierre, mais qu'il y avait moins de maisons et de bâtiments dans cette ville fantôme que dans la ville terrienne. Comme si cette ville ténue, qui était une structure et une clef et un plan pour la ville extérieure, ne correspondait qu'à certaines parties ou zones ou bâtiments particuliers de cette ville extérieure. Il semblait que la belle et délicate cité « correspondît » mieux à certains bâtiments publics et certaines maisons. Dans l'intervalle il y avait des zones où la brume restait vierge, sans que s'y construisent des formes. Et pourtant je savais fort bien – puisque maintenant je connaissais vraiment si bien la ville réelle où j'avais marché et observé et attendu plusieurs semaines – que cette ville « réelle » construite en pierre avait des maisons ici et ici et ici et là – alors qu'il n'y en avait pas dans la structure intérieure, ou matrice. Il me semblait comprendre maintenant que j'étais dans ma nouvelle forme vive que les zones de la ville dont la structure interne n'était pas assez forte pour s'imposer étaient celles où leur substance avait une lourdeur et une impénétrabilité supplémentaires. Tandis que les parties de la ville qui étaient reflétées sur le plan intérieur avaient pour ainsi dire inclus dans les pierres un échantillon ou une portion de cette pure lumière ou substance intérieure.

Et maintenant il était clair pour moi que lorsque je parcourais sous ma forme habituelle la cité de pierre et que je prenais conscience, comme le font parfois la plupart des gens, d'un air plus pur dans telle ou telle maison ou salle ou place publique, ce que je percevais alors c'étaient les endroits ou zones où la structure intérieure vibrait sur sa pensée auto-giratoire.

Pensée... je pensais... le Cristal était une pensée palpitante et spiralante. Mes affinités s'élargirent plus avant, mon esprit nettoyé, et alors je vis aux abords de la ville se déplacer des points ou des gouttes de lumière. Cela formait des groupes ou des taches et s'éloignait de la ville. Je vis que c'étaient les troupes des chiens-rats et des singes, mais là encore il y en avait moins que dans mon souvenir, de même que cette ville neuve et délicate était plus mince et plus éparse que l'extérieure. Dans cette atmosphère intérieure seules quelques bêtes étaient reflétées. Mon esprit passa parmi elles comme un oiseau sur ses ailes et je compris que parmi ces pauvres bêtes prisonnières de leurs terribles nécessités, certaines parfois prisaient de cet air plus pur, mais que la plupart ne le faisaient pas. La plupart d'entre elles étaient aussi épaisses, lourdes et inaccomplies que la masse des pierres et des terres qui n'avaient aucun air cristallin pétri en elles. Pourtant certaines avaient en elles une lumière. Et cela ne semblait correspondre à aucune qualité morale de groupe ou de bande. Par exemple, une triste petite goutte de lumière légèrement palpitante, néanmoins plus brillante que la plupart dans sa constellation, appartenait à une bête que je fus capable de reconnaître – et c'était une des plus violentes, énergiques et actives de toutes ; et une autre vaillante petite pulsation appartenait à un singe plaisantin et bouffon. Et pourtant une troisième signalait un singe bien différent des deux autres, une bête sans cesse obsédée par ses singeons jumeaux, un petit animal tracassier, chamailleur, criailleur, et cependant son étoile brillait aussi fort que celles des deux mâles si assurés. Ces troupeaux de lumières mouvantes, ou gouttes éclairées, comme des globules de liquide luisant dans un tourbillon de brume lumineuse, s'éloignèrent et disparurent. Je compris que si je devais maintenant sortir sur mes jambes ordinaires soumises à la gravité, la cité serait à nouveau vide et propre. Les bêtes guerroyantes et meurtrières étaient parties au-delà des faubourgs de la ville et plus loin même que la forêt où j'avais vu les femmes orgiastiques. Cette forêt, je l'explorai alors avec les tentacules de mes sens neufs et découvris un paradis de plantes, feuilles et motifs de branches tout structurés de lumière. La scène la plus proche dans le monde ordinaire serait celle d'une forêt après une légère chute de neige quand c'est la forme essentielle de la branche et de l'arbre qui s'offre en un contour blanc frémissant à des yeux habitués à la confusion du détail vert, luxuriant, tendre et vif. Dans cette forêt paradisiaque Felicity et Constance et Vera n'étaient pas représentées du tout, et comme pourtant mes pensées s'attardaient sur le souvenir de ce qui avait été là, une compulsion ou pression ou besoin y grandit : une exigence de l'exclu, une demande. Le souvenir des nuits où j'avais bu le sang et mangé la chair avec les femmes sous la pleine lune frappa mon esprit nouveau, et il y eut un vertige puis un ralliement de sa structure, tandis que j'acceptais et conservais le souvenir, et puis j'étais déjà parti plus loin, mais maintenant les femmes étaient logées dans mon esprit, mon esprit neuf. Je savais, plutôt confusément néanmoins sur le moment – car tant de « savoirs » débutèrent alors –, que ces nuits terrifiantes où j'avais été poussé du centre de la ville vers les femmes meurtrières étaient devenues une page dans mon passeport pour cette étape du voyage. En même temps que cette pensée une autre me vint – ou, ainsi que je l'ai déjà dit, les débuts d'une autre, c'étaient toutes des débuts – comme quoi les femmes étaient maintenant facettées dans mon esprit neuf telles les alvéoles d'une ruche, rayons de lumière colorée, et que mes camarades, que j'avais vus scintiller, flamber et s'épancher dans le plus vaste flamboiement blanc du Cristal, étaient de même facettés avec moi, et moi avec eux, dans cette structure intérieure, et que j'avais compris cela dès l'instant où le Cristal m'avait soulevé en lui, ce pourquoi j'avais oublié que j'étais à leur recherche. Dans cette dimension les esprits sont côte à côte, poissons dans un banc, alvéoles dans une ruche, flammes dans le feu, et tous nous formions un ensemble de telle façon qu'il n'était pas possible de dire : Ici commence Charles, ici finit John ou Miles ou Felicity ou Constance. Et ainsi de nous tous. Mais tandis que ce nouvel élargissement à la compréhension avait lieu dans mon esprit – une avancée dans la compréhension possible uniquement à cause de ma fusion avec les gens qui étaient des amis, des compagnons, des amantes et des partenaires, une complétude parce que j'étais collé comme un morceau de verre coloré dans une mosaïque – il y avait tout ce temps quelque part à proximité un grand poids de froid. Je compris que tout ce temps il y avait eu ce poids, cette pression d'un froid glacial, mais que je ne m'en étais pas rendu compte, comme je ne m'étais pas rendu compte au début de ma nausée oppressante. Elle avait été totale, sans pouvoir être isolée de ma condition d'ensemble. Cette terreur du froid était pareille. C'est là que je commençai à m'en rendre compte, ou je pense que c'est là, car comme je l'ai dit, dans ces premières explorations de mon nouveau mode de sensation, ce n'est qu'ensuite que je fus capable de tresser les brins jusqu'à tel bourgeon ou départ de ma pensée. Mais il ne fait aucun doute qu'autour de ce moment ce savoir fut fermement logé en moi : ce poids glacial qui est compulsion, nécessité, en fait une menace tout juste tenue en répit par l'humanité et toujours en attente, les mâchoires du crocodile toujours là, juste sous la surface de l'eau. C'était une peine et une peur trop antiques pour moi, c'était une tristesse engendrée dans l'essence de la race. Je la saluai, et passai outre, car comme la première et envahissante nausée, cela faisait partie de mon existence, était incorporé dans mes fibres, un besoin comme de respirer et, y étant associé : ce froid, ce poids, ce qui tire et traîne et oblige. C'était un aimant trop ancien pour qu'aucun individu le combatte, ou puisse même exactement le connaître et le localiser. C'était là.

Le monde tournoyait comme la plus délicatement teintée des bulles, tout en lumière. C'était l'esprit de l'humanité que je voyais, mais nullement séparé de l'esprit animal qui s'y mariait et s'y fondait partout. Non plus que c'était une question de plus haut ou plus bas, car tout comme avoir bu le sang et mangé la chair avec les pauvres femmes avait été une porte, une clef et une ouverture, parce que tout savoir compatissant doit l'être, dans ce tourbillon de fusion comme un filet dont chaque brin est relié et vibre avec chaque autre, le plongeon d'un aigle sur une souris, la froide exultation de l'aigle et la terreur de la souris créent un accord naturel, et cette harmonie circule avec une pulsation renforcée dans l'accord intérieur dont elle est un élément. J'assistais à la pulsation tournoyante de tout ce qui est, changeant continuellement, avançant, dansant une danse contrôlée, poussée, maintenue dans ses limites par sa nature, et une part de cette nécessité était que soient tenus solidaires la structure lumineuse intérieure et le monde extérieur de pierre, feuille, chair et lumière ordinaire.

Dans ce grand réseau englobant de lumière sans cesse changeante passaient des flammes et des notes et des frissons de lumière qui chantaient et résonnaient, sur les notes les plus graves et les plus hautes, de sorte que ce que je voyais, ou plutôt ce dont je faisais partie, n'était ni lumière ni son mais le lieu ou la région où ces deux identités n'en font qu'une. La boule palpitante de lumière ou de son correspondait au monde terrestre qu'elle renfermait, et comme je l'avais vu plus tôt pour les bâtiments de la ville et les troupes d'animaux, ces pauvres bêtes dévastatrices sur tout le monde terrestre couvaient les craquelures et les coutures d'une substance plus haute, un battement plus pur de temps, ou de lumière, ou de son, qui formait des passages par où la sphère englobante supérieure venait alimenter l'inférieure. D'où j'étais dans l'espace je pouvais voir à travers la membrane colorée tournoyante, comme on peut voir à travers les parois tournoyantes d'une bulle de savon qui grossit suspendue à un mince tube tenu par des lèvres qui lui soufflent de l'air, et je vis que l'univers coloré que nous connaissons, sols et mers, montagnes et déserts, était compris dans une rotation de pression de matière, et cette créature suspendue là dans l'espace, entourée par sa délicate enveloppe extérieure, était à première et très longue vue vide, car le genre humain n'était pas visible à moins de plonger plus près là où ses témoignages, villes et conglomérations et ouvrages se voyaient comme les poux se voient dans les coutures et les crevasses. Le genre humain était une infime croûte grise par-ci par-là sur la terre. A l'intérieur de taches qui paraissaient stationnaires, immobiles, d'infimes particules se déplaçaient, mais suivant un ordre déterminé, si bien qu'en examinant un fragment de cette croûte de matière, plus petit que le plus minuscule des grains de sable ou de poussière ou de pollen, il semblait que même la courbe décrite par le voyage d'un groupe de ces items d'un continent à un autre était le clignement d'une oscillation dans un immense réseau d'oscillations et de frémissements structurants.

La terre était suspendue dans sa masse, ici et là colorée et teintée, pour la plus grande part teintée du bleu de l'eau… les grands océans n'étant plus qu'un film de substance glissante couvrant une partie de la surface du globe. Et oui, tout ce théâtre des profonds océans bleus qui recèlent une vie secrète et encore inconnue, et des tempêtes hurlantes et les chocs incessants de ses vagues et des marées entraînées par la lune, était devenu une mince couche de substance glissante sur un globe de matière à consistance dure, et l'humanité et la vie des bêtes et des oiseaux et des reptiles et des insectes – tout n'était que variations dans une petite croûte de ce globe. Des atomes, des microbes. Et pourtant, c'était là surtout que le réseau englobant de lumière subtile touchait le globe terrestre. C'était surtout à travers des atomes ou brins d'humanité. Ce qui, vu du point avantageux de ce réseau englobant de lumière (intérieur ou extérieur comme on choisit de le voir), n'était pas du tout une question d'entités individuelles, comme se voyaient elles-mêmes ces entités, mais une question d'Ensembles, grands et petits, car les groupes et les bandes et les troupes et les foules faisaient des entités, faisaient des Ensembles, fonctionnaient comme Ensembles. Me penchant plus près dans le réseau de compréhension qui était la nature de cette cloche englobante de lumière, je pouvais voir que les structures lumineuses, les couleurs, textures, pulsations de lumière faible ou forte, n'étaient pas seulement une similarité, mais une identité. Sur le globe tout entier ces lignes ou pulsations s'étendaient, reliaient des groupes d'individus, ces groupes n'étant pas nécessairement des nations ou des pays – je voyais à des moments une tache de moisissure ou de lichen s'allumer d'une explosion colorée (ou sonore) et c'était une guerre civile ou une explosion de sentiment national, mais le plus souvent, lorsqu'une zone colorée avançait et se concentrait, chantant sa propre note, elle était composée de segments de nations ou pays qui avaient quitté ou s'étaient détachés de leurs groupes parentaux et étaient en guerre les uns contre les autres, et il était visible que l'embrasement d'une région minuscule était fort souvent la réunion de deux fragments ou pulsations qui devenaient alors la même couleur, le même son.

Mais les lignes ou pulsations courant et s'élançant partout sur le globe de la façon la plus suivie n'étaient pas les embrasements guerriers mais ceux qui composaient les différentes professions, de sorte que les législateurs sur toute la terre n'étaient pas seulement « sur la même longueur d'onde », ils étaient *pareils*, partie du même organe, ou fonction, qu'ils fussent en guerre ou de pays hostiles, ainsi que les juges et les fermiers et les fonctionnaires et les soldats et les parleurs et les argentiers et les écrivains – chacune de ces catégories était une, et de ce point de vue privilégié il était amusant de voir que les haines passionnées, les rivalités et les compétitions disparaissaient entièrement, car les atomes de chacune de ces catégories ne faisaient qu'un, et les infimes fragments qui composaient chaque pulsation ou battement séparé de lumière (couleur, son) ne faisaient qu'un, et qu'il n'existait rien de tel que des juges, mais seulement Juge, pas de soldats mais Soldat, pas d'artistes mais Artiste, peu importe s'ils s'imaginaient en violent désaccord. Et sur cette carte ou plan qui montrait comment des myriades d'identités ridiculement présomptueuses étaient réduites à quelques-unes, se trouvait un autre motif, différent, mais correspondant par endroits, d'une lumière (ou son) plus forte et plus rare qui variait et pulsait et changeait comme le reste mais reliait directement, faisait un lien et un pont, un tube nourricier entre le réseau extérieur (ou intérieur, selon la façon dont on le regardait) de pensée ou de sensation, la bulle palpitante de subtile couleur environnante, et le globe solide terrien et aqueux de l'Homme. Pas seulement un simple lien ou pont, puisque cette tresse d'humanité était ouverte comme autant de vaisseaux ouverts à la pluie, mais une part du réseau frissonnant d'être fluide et joyeux, et c'était pourquoi les petites taches d'humanité qui se bousculaient, s'affairaient, se démenaient, se battaient, s'agitaient, haïssaient, exigeaient, les croûtes de lichen ou de champignons poussant ici et là sur le globe, les enfants de la mer, et malgré leur éloignement du réseau extérieur frémissant, lui étaient néanmoins constamment reliées, car à chaque instant la tension miroitante de lumière chantante débordait en elles, dans le globe terrien, continuant de faire battre son pouls exquis et délectable de joie et de création. Le réseau extérieur de lumière musicale créait celui de l'intérieur terrien et le maintenait dans la danse de ses tensions. Et un petit nombre de gens éparpillés, tressés entre eux, unc tension légère tissée avec eux sur tout le globe formait les passages par où l'air plus pur pénétrait la terre et la nourrissait et la gardait en vie. Et ce maillage délicat imposé sur (ou plus fort que) les autres réseaux de pulsations n'avait rien à voir avec les éthiques ou les codes de l'humanité, la morale du troupeau, si bien que parfois ce pouls plus rapide et plus haut sonnait dans la vie d'un soldat, parfois d'un poète, parfois d'un politicien, et parfois chez un homme qui observait les étoiles et en dressait la carte, ou chez un autre qui observait et transcrivait les pulsations fluides et infinitésimales qui composent l'atome, lequel est aussi loin des atomes plus grands qui composent cette moisissure ou excroissance, l'humanité, que l'humanité l'est des étoiles. Et les items de ce maillage qui relie et vivifie (comme un réseau électrique d'humanité) ne font qu'un ; de même qu'il n'existe rien de tel que des soldats mais seulement Soldat ; pas d'employés mais Employé, et Jardinier, et

Professeur. Car, puisque toute catégorie où qu'elle soit vibre toujours sur sa propre longueur d'onde sonore/lumineuse, il ne peut y avoir d'individus dans ce tissu nourricier. Ensemble ils forment un temps de la grande danse, une note du chant. Partout et à chaque niveau les petites individualités composent des ensembles, frappent des petites notes, forment des tons dans une couleur. A chaque niveau : même moi et mes amis que le Cristal avait absorbés dans un ensemble, insignifiants moucherons, et mes femmes et mes enfants et tous ceux que j'ai connus dans ma vie – même quelqu'un croisé au coin de la rue un jour à qui on a souri –, ceux-là frappent une note, font un ensemble. Et c'est la vérité qui donne à la totale insignifiance de ces atomes leur signification : dans le grand bal chanté, tout se tient et avance de concert. Mon esprit était une facette d'un esprit, comme les alvéoles dans une ruche. Laissant mon esprit reposer là, obscur, en repos, miroir pour la lumière, je pus sentir, ou percevoir, ou reconnaître, un pouls d'individualité que j'avais connu autrefois comme le pauvre Charlie, ou Felicity, ou James ou Thomas. Les pouls de l'esprit étaient là qui battaient et absorbaient près de mon propre pouls minuscule, et tous nous faisions un ensemble, reliés dans cette intégralité avec la myriade d'ensembles divers que chacune de ces personnes avait formés dans sa vie, formait continuellement à chaque souffle qu'elle prenait, et à travers ce maillage, ces maillages, courait une vibration plus haute, comme l'eau courait partout dans la cité de pierre à travers des conduits construits ou creusés dans le roc par des hommes capables de mesurer la montée et la descente des terres.

Mais alors même que j'observais cela, que je le sentais, le comprenais enfin, j'étais toujours conscient de ce vieux, de ce très ancien poids, le froid de tristesse dont je m'étais rendu compte si vite après mon absorption dans cette nouvelle région de l'être. Il restait là, tout juste hors de vue, épuisant et fatal, car son pouls était d'un froid pesant, il fallait qu'il fasse contrepoids à la joie. Il était là, proche, toujours – je le reconnus et ce faisant continuai d'avancer, puisque tout m'était maintenant ouvert, et je flottais délicieusement comme une bulle dans l'écume ou comme si j'étais agréablement allongé entre les ailes déployées d'un oiseau.

La terre corporelle, comme un rocher arrondi, se trouvait tourner irrégulièrement à peu près à la distance où porterait un cri ou un appel. Elle tournoyait lentement et vacillait, lamentable. Cette rotation faisait apparaître un système de traînées brunes, bleues et blanches sur la surface du globe, mais je savais que ces traînées étaient les mers et les continents et les calottes polaires en mouvement. Le globe se trouvait entouré par son enveloppe de lumière palpitante à travers laquelle, pourtant, je pouvais voir, comme si je plongeais mon regard dans un léger nuage opalescent. Je voyais tourner cette terre à une échelle de temps qui n'était pas celle de l'humanité. Quelque part derrière moi, ou sur un côté, il y avait le vaste flamboiement du soleil, et sous ce flamboiement stable la terre tournait. Je restais stable, minuscule planète du soleil, observant la terre dans sa rotation. Jours et nuits étaient invisibles sauf comme un léger papillotement, et le violent mouvement de bascule qui provoque nos saisons paraissait un flot vert qui passait en un clin d'œil, ainsi qu'un épaississement momentané des traînées blanches aux pôles Nord et Sud. A cette vitesse tout ce que je pouvais voir c'était le sifflement autour de son axe et sa rotation autour du soleil – et il y avait là aussi la présence froide et pesante de la tristesse, la compulsion, mais présentement je ne m'en souciai point, car lorsque je pensai à la vitesse de la planète elle se mit à ralentir, et maintenant elle ne tournait pas plus vite que ce qu'il me fallait pour enregistrer un agencement de terre et d'eau avant que cet agencement ne passe hors de vue. Comme j'étais maintenant plus éloigné qu'avant, lorsque le graphique des impulsions rapides s'était montré à moi, je pouvais examiner moins en détail mais mieux en perspective l'enveloppe illuminée autour de la terre qui frissonnait et luisait et changeait dans sa danse, et je pouvais voir très clairement comment cette enveloppe qui s'accrochait à la surface de la terre comme un brouillard blanc d'été par une chaude matinée correspondait et parlait aux régions du dessous. Un continent, observai-je, dégageait une même subtilité de nuance – pas absolument uniforme sur tout l'ensemble, bien sûr que non, mais suffisamment pour faire un fond reconnaissable pour tous les autres courants qui le parcouraient de leur danse en un treillis de mouvements réciproques. Il semblait y avoir quelque chose, mais je ne pouvais voir quoi, qui faisait que, disons, cette masse de terre que nous appelons Russie, la Russie d'Europe, dégageait une lueur qui ne changeait pas, dont la nuance différait de cette nuance régnant sur la masse que nous appelons Asie, et que ces deux-là différaient, mais différaient régulièrement, des autres régions du monde. Chaque partie de la surface du globe avait bien sûr sa propre nuance physique distincte, qui était sa végétation (ou son manque d'icelle), l'orientation de ses plantes vers sa vie animale, mais aussi distincte aussi clairement différenciée que jungle et désert et marais et plateau, il y avait la lumière qui était au-dessus, dans la carte aérienne qui était son miroir et sa sœur – son régulateur. Sur cette carte des courants de l'esprit et des sympathies et des sensations, les pays – c'est-à-dire les nations – étaient délimités et contenaient ce qui leur était nécessaire ou approprié, et cela comptait énormément si un concept « nation » correspondait à la région physique en dessous, et là où elles étaient discordantes alors il y avait une discordance lumineuse ou sonore. Il me revint une idée ancienne, ou plutôt une idée ancienne fut transplantée en haut dans l'air plus vif et plus animé de ce royaume, comme quoi peu importent les changements de gouvernement ou les noms qu'on donne au système d'organisation, c'est toujours le même parfum ou réalité que conserve cet endroit, ce pays, ou cette région – et cela vu d'où j'étais, là où le temps accélérait tellement qu'une révolution du globe était comme le souffle ralenti d'un homme, si bien que j'assistais à de grands mouvements de l'événement humain mais comme j'aurais pu, en tant qu'humain, assister en une heure à la transformation, à la croissance et à la destruction soudaine d'une fourmilière. Au passage je regardai de près la petite Angleterre, en ayant un bref aperçu pendant qu'elle défilait et vis comment elle gardait son propre pouls, qui était une couleur, une condition, un timbre sonore – car tous les pays, le moindre d'entre eux, chaque croûte de moisissure, ou partie d'humanité, sont tenus par des lois qu'ils ne peuvent changer ou abolir. Ils sont manipulés d'en haut (ou d'en bas) par des forces physiques qu'à ce moment du temps ils ne soupçonnaient même pas – ou qu'ils ne soupçonnaient pas à ce moment du temps parce qu'il appartient à la condition de ce petit organisme de découvrir et d'oublier et découvrir et oublier – et c'était un temps où ils avaient oublié et allaient à nouveau découvrir. Mais leur terrible sujétion, les chaînes de nécessité qui les étreignaient – ce fut cette idée qui revint, apportant le souffle horrible du froid, du chagrin.

Quand je pensai que j'aimerais voir la terre aller un peu plus vite, mais pas autant qu'avant, lorsqu'une révolution d'un an autour du soleil durait le temps d'un pile ou face, elle accéléra effectivement, et je vis alors d'autres motifs lumineux, ou colorés, s'assombrir et s'effacer et s'unir et se fondre et bouger, et quand je me dis que tous ces motifs n'étaient pas plus qu'un composite des pulsations individuelles et des courants plus lents que j'avais vus auparavant, et qu'ils composaient la brume colorée lumineuse qui était l'enveloppe du globe, il me vint à l'esprit que l'enveloppe lumineuse du globe semblait orientée, ou tenue, par autre chose, de même que cette chose, à son tour, dirigeait les rythmes de la terre, notre terre. Mon esprit eut un autre mouvement d'élargissement, d'expansion, vers la compréhension, et alors je vis que les lignes et courants de force et de sympathie et d'antagonisme tissaient une danse qui était le système des planètes autour du soleil, participant si bien du soleil que sa lueur substantielle, répandue partout dans l'espace, maintenait les planètes aussi intimement que si ces planètes n'étaient que des cristallisations ou des durcissements de son étoffe vaporeuse, des moments de densité dans le vent solaire. Et cette étoffe était une nécessité d'acier, effrayante, qui imposait son plan.

J'observai alors, tandis que la terre tournait vite, mais pas tant que je ne puisse voir évoluer et croître et mourir les motifs, comment, à mesure que les planètes bougeaient et tissaient et variaient et se rapprochaient l'une de l'autre pour s'écarter ensuite, exerçant les unes sur les autres un ensemble de pressions qui les reliaient toutes, sur la terre les petites croûtes de matière qu'étaient les hommes, qu'était l'humanité, changeaient et bougeaient. Tout comme les eaux et les océans (un mince film de matière fluide sur la surface du gros globe) remuaient et oscillaient sous la compulsion du soleil et de la lune, ainsi faisait la vie de l'homme, oscillant dans son tissu de nécessités, à sa place dans la vie des planètes, croûte infime à la surface d'un épaississement et d'un passage au visible du souffle solaire qu'on appelle terre. L'humanité était une pulsation de la vie du soleil qui était à brûler là dans une vaste explosion blanche de diverses espèces de lumières, de sons, certaines plus fortes et plus denses, certaines plus ténues, mais de toutes les puissances et intensités, dont le fluide allait lécher l'espace en maintenant toutes ces miettes et gouttes et petites flammes dans une danse, et la force qui les tenait et les faisait danser en orbes tourbillonnants était le soleil, l'énergie du soleil, et c'était le contrôle régulateur de tous et auprès de sa puissance toutes les lois et nécessités subsidiaires n'étaient rien. La base et l'âme et le cœur et le centre de ce petit système solaire était la lumière et le pouls et le chant du soleil, le soleil était roi. Or donc, cette force centrale, ce moyeu majestueux de notre toile, était l'essence du système entier, mais plus au large et loin du centre, là où s'avançait le pauvre et noir Pluton, peut-être était-ce que la traction et la tension et la pression des autres planètes semblaient plus immédiates, là-bas peut-être, ou plus loin, la connaissance de ce que le soleil est toujours la note basse et profonde d'un orgue sur quoi se fonde tout être est oubliée – oubliée plus encore que sur la terre, qui tourne là si tordue et affligée et calamiteuse d'avoir si proche son fardeau de froide nécessité. Et peut-être Mercure, du moins le pensai-je en voyant la danse du soleil et de ses suivants, le plus proche associé du soleil est-il le seul à pouvoir garder constamment et sans faiblir la conscience du chant solaire fondamental, de sa nécessité, de son intention, Mercure qui s'appelait aussi Thot, et Enoch, Bouddha, Idris et Hermès, et beaucoup d'autres styles ou titres dans les histoires terrestres, Mercure le Messager, le porteur de nouvelles, ou d'informations venues du soleil, le disséminateur des lois venues du chant central de Dieu.

Oui, mais plus loin, sur la troisième planète à la rotation tortueuse, il est plus difficile de conserver cette connaissance, la sagesse et la simplicité du grand soleil, et en vérité la pauvre terre est loin d'être en grâce, et cela se voyait aisément, car à ce temps de rotation qui me permettait d'observer clairement l'union des événements sur terre et sur le reste de ses planètes sœurs, je regardai comment guerres et famines, tremblements de terre et catastrophes, inondations et terreurs, épidémies et fléaux d'insectes et de rats et de choses volantes allaient et venaient suivant les pressions de la combinaison des planètes et du soleil – et de la lune. Car un nuage de sauterelles, une invasion de virus, comme la vie de l'humanité, sont gouvernés d'ailleurs. La vie de l'homme, cette petite croûte de matière, qui n'était même pas visible à moins de plonger tout près comme un oiseau pourrait piquer et remonter pour une vue rapide d'un banc scintillant de poissons faisant plisser le large flanc d'une vague, l'intensité et la taille et la santé de cette pulsation sont réglées par Mercure et Vénus, Mars et Jupiter, Saturne, Neptune, Uranus et Pluton, et par leurs mouvements, et par le centre de lumière qui les alimente tous. L'homme, ce clignement de vie, diminuait en nombre et se multipliait, était pacifique ou meurtrier – assujetti. Car quand une guerre s'embrasait qui concernait la moitié des masses terrestres du globe, ou quand la population de la terre doublait en quelques années et pour la première fois dans l'histoire connue, ou quand partout où vivaient les hommes ils s'insurgeaient et se battaient et se colletaient et hurlaient et tuaient et pleuraient sur leur sort, c'était parce que l'équilibre des planètes s'était déplacé, ou qu'une comète était venue trop près – ou que la lune avait parlé, énonçant le froid, la compulsion, et maintenant, me penchant aussi près que je l'osai pour regarder, je vis comment la terre et sa lune cyclaient et circuitaient et comment à la fois l'eau et la terre pulsaient et se gonflaient et vibraient sur terre tandis que la matière se gonflait et bougeait et vibrait sur la lune, sur la froide Lune, sur la froide Lune morte, la froide sœur de la chaude terre, l'enfant d'un autre lit, la terrible lune qui aspire et vampirise et s'agrippe à la terre chaude et qui était vivante, car la lune avait envie de vivre, la lune *voulait* vivre, la lune était comme un pauvre triste enfant mort-né, mais le bébé vivrait, il luttait pour sa vie, comme les œufs tirent de la chaux des os des poules, et comme les fœtus soutirent la vie à leur mère, la lune aspirait et vampirisait, elle était le perpétuel aimant de nécessité qui était le premier métronome de la terre dans la danse des planètes, car c'était le plus proche, c'était la jumelle dépossédée à demi affamée, l'autre terre de la terre, la Nécessité.

Voilà ce qu'était le poids terrifiant et glacé de tristesse qui s'était posé au bord de mon esprit depuis le début de mon absorption dans le Cristal – la connaissance de la lune et de sa nécessité. Si proche était la lune, elle faisait tellement partie de la terre, qu'elle *était* la terre – car même à les voir de si près on aurait dit deux frères toujours en mouvement l'un par rapport à l'autre. La lune était si proche en vérité, force toujours présente et que néglige ainsi en premier le minuscule esprit humain cherchant des raisons et des réponses. Beaucoup plus facile de regarder au loin – là-bas, au-delà même des plus lointaines orbites d'Uranus et de Pluton – jusqu'à Riga, même jusqu'à cet autre miroir, la lointaine Andromède, et au-delà jusqu'à…

Oh oui, c'est ce que notre esprit fait le plus facilement, mais ici même, tout près, si près que c'est enfermé en nous dans une danse qui déplace des marées d'eau et de terre deux fois par jour, scande nos veines et nos artères et les marées de pensées dans notre esprit – proche, chair de notre chair, pensée de notre pensée, la lune, demi-sœur de la terre, guidant notre stature, guidant notre croissance, nourrissant des appétits qu'elle a créés. Lune tournoyant plus près de Terre donne telle ou telle taille aux animaux et aux plantes et Lune perdue ou désintégrée ou allant errer au loin change les animaux, les plantes, la hauteur des marées et probablement le déplacement des masses terrestres et glaciaires, change la vie, aussi draconienne qu'une brusque averse dans un désert changera tout d'un jour à l'autre. Sur la surface de la petite terre, un mince film vert, et parties et parcelles de ce film, en étant nourries, la croûte de microbes, le genre humain, fou, fou de lune, lunatique. Pour des yeux célestes, vue comme un bouillon de microbes sous un microscope, toujours à guerroyer et à détruire, cette écume de microbes pense, elle peut se voir, elle commence lentement à se sentir comme une, une fonction, une note de l'harmonie, ce qui *est* son sens et sa fonction, et là où le film écumeux se transcende lui-même, ici et là seulement, et jamais où ces microbes déments disent Je, Je, Je, Je, Je, car dire Je, Je, Je, Je, c'est leur folie, c'est là où ils ont été frappés de lunatisme, rendus fous de lune, insensés, furieux, car ces microbes sont un ensemble, ils forment une unité, ils ont un esprit unique, un être unique, et jamais ne disent-ils Je, Je sans faire s'écrouler de rire ou sangloter de pitié les observateurs célestes – puisque je suppose que nous sommes libres de présumer la compassion et l'ironie chez les gardiens des microbes ; ou du moins sommes-nous libres de ne rien imaginer d'autre –, la compassion et l'amusement étant nos qualités, mais qui sait quelle sorte de couleur ou de son le rire, les larmes font ici dans cette espèce d'air plus pur ?

Il y a eu quelque part un certain genre de divorce au cours du long chemin de cette race de l'homme entre le « Je » et le « Nous », une certaine et terrible sorte de défection, et Je (qui n'est pas Je mais fait partie d'un ensemble composé d'autres êtres humains comme ils le sont de moi), planant ici comme entre les ailes d'un grand oiseau blanc, me sens tournoyer en arrière (bien que ce puisse être en avant, qui sait ?), oui tournoyer en arrière dans un maelström de terreur, comme une naissance inversée, et c'est vers une catastrophe, oui, quand les microbes, le petit bouillon qui est l'humanité, furent frappés dépourvus de sens, touchés en plein, chassés hors de leur compréhension, si bien que depuis la plupart n'ont plus jamais dit que Je, Je, Je, Je, Je, Je, Je, et ne peuvent, sinon quelques-uns, dire Nous.

Oui, mais quel terrible choc ou coup ? Qu'est-ce qui nous a chassés du centre, éloignés de la douce sagesse du Nous ? Dans un instant je le saurai, je suis aspiré en arrière comme un microbe pivotant dans le tourbillon de l'eau du bain, tournoyant dans le chenal du moulin, en arrière, en arrière, et puis crac ! la comète, elle se précipite depuis la nuit de l'espace, donne à la terre un coup en plein ventre puis, déviée dans sa course, s'enfuit à nouveau dans le noir emportant une partie de l'atmosphère, laissant une terre sortie de sa rotation sage et régulière, vacillant de-ci de-là, virevoltant comme une toupie et tout de travers, et c'est là d'où les saisons sont nées, bien-aimées des poètes, mais pire, l'air avait changé, l'air qu'ils respiraient qui les gardait sains d'esprit disant NOUS avec amour et compréhension pour l'organe qui se développait dans un corps céleste et qui était eux-mêmes. L'air qui avait été l'aliment d'une compréhension aimante et sage devint un poison mortel, les poumons de ces pauvres petits animaux peinèrent et changèrent et s'adaptèrent, et leurs pauvres cerveaux, tout embrumés et embrouillés, peinaient pour seulement fonctionner, et fonctionnaient mal. Une machine tout de guingois, et constamment harcelée et torturée par l'étrange demi-souvenir du temps où ils n'avaient pas été empoisonnés et abîmés sans plus pouvoir penser, se haïssant l'un l'autre au lieu d'aimer. Et voilà où en était la pauvre terre, une victime, toute détraquée, mais vite ils oublièrent, leur air nouvellement empoisonné fut bientôt leur normalité, un oubli par vanité, et... mais crac ! voyez, je suis de l'autre côté de la Catastrophe, je suis avant. Bien que je sois libre, aussi, de dire « après », puisque c'est interchangeable comme « haut et bas » et entièrement de la façon dont vous le regardez, dont vous êtes situé, de même qu'en avant et en arrière. Mais, façon homme, façon microbe, je suis avant le Choc et dans un air doux et frais d'amour qui résonne d'harmonie, est harmonie, EST, oui, et me voilà, voyageur, Ulysse enfin retournant au pays, quêteur dans ses eaux familières, Neptune et sa vindicte déjoués et la fille de Jupiter pour amie et pour guide.

Tous les hommes font à leurs yeux des cavernes
d'ombre,
Avec chapeaux et mains, orbites, cils, sourcils,
Que les tendres pupilles osent regarder la nuit.

Dans les terres du Nord aussi où l'ombre est
inconnue
L'homme lève la main pour protéger ses yeux ;
C'est une chose que j'ai vue par violent clair de lune.

A tout éclat trop dur, cette gardienne main
Monte à son poste et vient garder l'obscurité ;
A la nuit, tels ceux des chats, les yeux des hommes
se font larges et doux.

Ce sont des yeux nouveaux, pas encore faits à voir,
Ne comprenant que des facettes, individuels,
Sans le talent déjà de voir juste et partout.

Pense : des bêtes, à quatre pattes nous allions,
Le regard bas, horizontal, bien abrité
De cet éclat brûlant, flamboyant, palpitant.

Pourtant le jour inévitable allait venir
Où la bête petite et vaillante leva
La main sur la branche et chancelant se dressa.

Nos bébés hommes nous montrent ce que ce fut,
Quand ils se hissent ; et nous, vigilants, les laissons
De leur sotte terreur apprendre la folie.

A ce premier hasard la lumière salua,
S'inclinant, telle à tel, un frisson dans le vent,
« Ange », pensa la bête – et nous ferions de même.

La patte libérée tenait l'arbre glissant ;
L'autre, libre, attendait, tandis que le regard
Montait enfin aux nuages et aux oiseaux en vol.

Et donc il s'affermit, un animal debout,
Et l'ange, sauvant ce qu'il venait de gagner,
Leva cette main libre pour garder sa vue
Dans le plus commun des gestes que nous faisons,
L'Homme ne doit pas regarder son soleil.

Il faut que j'emploie des mots pour te parler. Probablement cette suite de mots. « Il faut que j'emploie des mots » est une définition de toute littérature, vue sous une perspective différente.

Enchâssé comme un accord dans Bach, partie d'un disque aux exquis coloris de méduse, tout en pulsations harmoniques, le disque étant tourbillon ou spirale, fait de soleil et planètes et bébés planètes et de tous leurs acquêts, également enchâssé au temps d'Andromède, au temps galactique, au temps lunaire (oh, malheur, hélas !), en regardant la chose de tous les points de vue sauf du Temps de la terre, il est possible qu'un accent déplacé de Saturne à Jupiter impliquant une transformation de toutes les conditions sur terre et prenant des siècles (de notre temps) ait peut-être dû exprimer son message ainsi : Que Jupiter provoquât Saturne (ou Zeus Chronos) en combat mortel (ou immortel) juste et loyal et – sans le tuer – le vainquît, et dès lors Jupiter fut dieu de la terre. Mais ici on pense et pas pour la première fois – bien sûr que non, il n'y a pas de pensée première – : pourquoi Dieu ? La plus vaste, la plus royale, et, dit-on, la plus bienveillante des planètes dont les rayons enveloppent la terre de justice et de sérénité (dit-on), et touchent certains segments de l'humanité, cette moisissure grise luttant pour sa survie dans son écume verte et combattante, plus particulièrement que d'autres segments. Et sur le mont Olympe le Jovien barbu, ou Jupiter, régente les dieux subsidiaires – non sans une certaine irascibilité magnifique. Mais pourquoi Père ? Pourquoi Père des dieux et des hommes ? Car qui est notre Père ? Qui ? Nul autre que le Soleil, dont le nom est l'accord grave et fondamental à la base de tous les autres, Père Soleil, amen, amen, comme prient encore les chrétiens. Pourquoi pas Notre Père le Soleil, comme Seigneur de l'Olympe, pourquoi ce Jovien, ou Jupiter-Zeus ? Car sur cette montagne Phoebus-Apollon était un dieu comme les autres, parmi les autres – très curieux, ça ! Bien sûr, l'homme ne peut pas regarder son Soleil en face. Les dieux vont déguisés, encore maintenant, comme ils faisaient jadis, ou auraient pu, en Colonnes de Feu – Champs de force, Longueurs d'onde, Présences. Il est possible que le Soleil, comme d'autres monarques, ait besoin de suppléants, et qui conviendrait mieux que Jupiter, qui est comme un modeste miroir du soleil, étant comme le soleil un tourbillon de gaz colorés, et ayant comme le soleil son paquet de petites planètes ? Après tout, le soleil est un élément de l'essaim céleste à égalité avec les autres étoiles, tintant de concert avec elles et traitant principalement ses affaires avec elles – car cet univers n'existe pas s'il n'est pas hiérarchique, que vous le vouliez ou non, camarades démocrates. On peut probablement considérer le Soleil, bien qu'un mortel ait quelque difficulté à penser une telle pensée, *lèse-majesté* en vérité, comme un atome à une échelle différente de temps-et-mouvement, en camaraderie avec d'autres atomes égaux, étant tous des unités galactiques, tandis que les galaxies sont à un autre niveau des unités égales, là où les soleils sont d'aussi infimes grouillements que les hommes (ce bouillon de microbes) le sont pour les planètes. Poupées russes, coffrets chinois ! – et c'est pourquoi il n'est pas déraisonnable d'imaginer le Grand Soleil adresser négligemment de la tête un signe à Jupiter : « Soit mon remplaçant, mon fils ! J'ai à m'occuper d'affaires plus importantes avec mes pairs ! »

Et pourquoi même Jupiter, si Saturne avait jadis occupé cette place ? – c'est du moins ce que suggèrent les anciens mythes. Et pourquoi est-il déraisonnable de supposer que les planètes, comme effectivement les étoiles – comme les gens – changent de caractère ; car une vieille planète pondérée dans sa maturité pourra se faire une réputation bien différente que la même créature lors de sa jeunesse fantasque. Peut-être Jupiter s'éleva-t-il à cet emploi, Seigneur des dieux (comme les maîtres d'hôtel sont seigneurs à l'office), Dieu délégué, tandis que Saturne devenait trop grincheux pour le tenir. Après tout, Saturne a mangé ses enfants. On dit bien que les anneaux de Saturne sont les restes pulvérisés d'anciennes planètes.

Qui ne sait que notre petit système est un infortuné, et est particulièrement exposé aux comètes baladeuses et à diverses espèces de visiteurs intermittents ? Peut-être aussi toutes les étoiles, planètes et planètes de planètes sont-elles sujettes à de brutales calamités à l'égal des humains, et le gouvernement et l'administration corrects d'une étoile et de ses planètes, ou à vrai dire d'une galaxie et de ses soleils, sont-ils l'épargne et l'équilibrage prudents des probabilités et des substances ? Qui sait si on ne déplace pas les êtres parmi les planètes, sous une forme ou une autre, comme on déplace des plantes dans un jardin, ou qu'on les porte à l'intérieur quand la gelée menace ? Quand cette comète en plein vol sortit de la nuit au-delà de Pluton et arriva, boum ! sur la pauvre terre, peut-être y eut-il alors des avertissements lancés par Jupiter (ou Saturne, si c'était sa régence) – « Terre, prends garde ! » aurait pu dire ce message. Ou même : « Pauvre terre, souhaiteriez-vous nous envoyer certains de vos habitants pour qu'ils soient nos hôtes pour une centaine environ de générations, jusqu'à ce que soient tombés les malheureux effets de cette Collision. Pas sur nous, bien sûr : pure flamme nous sommes, gaz brûlant comme notre Père le Soleil – mais une de nos planètes ferait très bien l'affaire, avec un peu d'adaptation de votre part. » Car il nous est permis de supposer, j'en suis sûr, que les planètes sont bien plus douces et humaines que le pauvre animal homme, levant son mufle sanglant vers un ciel blafard pour hurler sa souffrance et sa lassitude entre deux batailles intestines.

Et qui transmettrait ces messages ? (Ils doivent employer des mots quand ils nous parlent.) Car on peut imaginer qu'Hermès ou Mercure (ou Thot ou Bouddha), la planète la plus proche du Soleil notre Père, puisse transmettre les messages des dieux du fait de sa condition, les déplacements et les engrènements des planètes la contraignant (à certains moments) à verser sur la terre des substances aussi invisibles pour des yeux terrestres (mais pas pour ces instruments nouveaux ou près d'être inventés ou réinventés) que le vent solaire. Mais pourquoi Mercure – pourquoi Mercure messager chez Jupiter... il y a là l'idée d'un doublage, d'une substitution, comme Jupiter avec le soleil. Considérez en effet qu'effectivement Athéna-Minerve est autant une messagère que l'est Mercure, le plus proche enfant du soleil. Nous pouvons jouer de cette idée – pourquoi pas ? Des moucherons peuvent chanter pour les rois, et leurs chants ne peuvent être que des devinettes. Les moucherons seront sûrs d'avoir quelques idées en propre, pendant leurs quelques secondes de vie. Mais peut-être Minerve, la fille de Jupiter, a-t-elle la même position *vis-à-vis* de Jupiter que Mercure vis-à-vis du soleil ? Notre gros morceau froid et vitreux de lune chantante, planète de notre planétitude, est en rapport intime avec nous, qu'en est-il alors de Jupiter avec ses – sont-elles douze, maintenant ? – subsidiaires ? Peut-être la plus grande, une fille saine, énergique, assez entreprenante, et plutôt belle avec des yeux étincelants, fait-elle des courses pour son père… Une pulsation jaillit du rejeton de Jupiter vers la terre, une synchronisation dans la machinerie jupitérienne, les autres planètes, ses planètes, lancent une impulsion qui se transforme en pensées dans l'esprit des hommes.

Ou bien, des mots devant remplacer les pulsions, impulsions, élans, influences, matières stellaires, vents stellaires, elle se lève, cette Fille aînée responsable, et dit à Jupiter : « Père, n'est-il pas temps que vous accordiez une pensée à la pauvre humanité souffrante, au pauvre Ulysse qui dépérit dans les bras de l'enchanteresse alors qu'il ne souhaite que rentrer chez lui. Ne l'avez-vous pas suffisamment puni ?

— Moi ? dit son Père. Vous prenez les choses trop à cœur, ma chère, vous êtes trop sensible. En premier lieu je suis lié autant que n'importe qui par les harmonies cosmiques. Et en second lieu, ce n'est pas du tout moi – vous vous souvenez sûrement que c'est Neptune qui le haïssait ? Il s'est brouillé avec la mer, votre favorite. »

Qui était Neptune, quand Homère vivait et chantait ? Oh, la mer, bien sûr… mais alors, comme aujourd'hui, à l'instar de toutes les autres forces et éléments, les mers avaient leurs planètes en résonance. La planète Neptune est une découverte récente, croyons-nous. Quoi qu'il en soit, Ulysse, le courageux voyageur, était haï par quelque force ayant à voir avec la mer, l'océan dans sa condition de drogué, sa folie lunaire, toujours à traîner derrière la lune. C'est à l'océan qu'Ulysse déplaisait, avec lui qu'il ne pouvait rester en harmonie, l'océan, créature et esclave de notre lune.

Neptune n'avait pas été découverte, a été découverte par nous, l'homme moderne. Nous le savons, c'est incontestable.

Il y a environ une centaine d'années (de temps terrestre), ecclésiastiques et historiens et antiquaires en tout genre affirmaient catégoriquement que le monde avait été créé à peu près quatre mille ans plus tôt, et quiconque à qui cette thèse ne convenait pas passait un mauvais moment, comme les mémoires, biographies et histoires de cette période le mettent tristement en évidence. Quel grand pas en avant vers la sagesse et la pensée vraie n'a-t-il pas été fait en très peu de temps : ils reconnaissent maintenant que l'âge du monde physique est plus avancé que cela – oh, considérablement, plusieurs millions de fois. Une centaine d'années de pensée académique a reculé un million de fois l'âge de la terre. Mais ces mêmes ecclésiastiques, antiquaires et savants raisonnent aujourd'hui comme il y a cent ans, quand il s'agit de l'âge des civilisations ; ils ne peuvent même pas commencer d'admettre que les civilisations puissent avoir des histoires très anciennes. On permet à la terre d'être vieille de millions et millions d'années, mais la naissance de la civilisation est toujours fixée quelque part entre deux mille et quatre mille ans avant Jésus-Christ, selon le parti pris de telle école archéologique et la définition de la civilisation. Nous, aujourd'hui, sommes la civilisation, nous sommes le couronnement de l'humanité, le pinacle que visait toute l'évolution passée, l'homme ordinateur, enfin doué d'une sagesse dont ces barbares précédents étaient dépourvus : de nos hauteurs l'homme s'amenuise jusqu'à la barbarie et au-delà jusqu'au singe. Ils disent (ou chantent) que l'écriture fut inventée au troisième millénaire avant Jésus-Christ ; que l'agriculture a tel âge ; les mathématiques tel âge ; et l'astronomie est datée exactement comme le reste, étant devenue scientifique au moment où elle a divorcé de l'astrologie et de la superstition. Et tout est daté, est connu par des choses, des fragments de choses : les enfants d'une société obsédée par la possession, les objets, sont obligés de penser ainsi les civilisations antérieures : esclaves de leurs propres produits, ils savent que les anciens barbares l'étaient aussi.

Chaque fois qu'on déterre une nouvelle ville, les frontières (du temps) sont repoussées à contrecœur – de deux cents ans peut-être, d'un demi-millénaire. En Turquie sur un plateau on a dénudé partiellement le niveau supérieur d'une cité, ce qui reporte une forme évoluée d'existence humaine (on n'ose pas dire civilisation) dix mille ans plus tôt, et sous ce niveau se trouvent de nombreux niveaux, encore non creusés… mais les spécialistes disent-ils : « Nous ne pouvons aucunement nous prononcer sur l'histoire humaine, parce que nos connaissances (ou nos suppositions) se limitent au dernier site que nous avons (partiellement) fouillé » ? Non, non, pas du tout, ce que sont leurs connaissances actuelles, c'est la Connaissance, parce que c'est toujours ainsi qu'ils font, il semble qu'ils y soient obligés, c'est ainsi que sont conformés leurs malheureux cerveaux.

Eh bien, il est au moins possible que les astronomes d'il y a dix mille, ou même vingt mille, ou même trente mille ans fussent aussi intelligents que le sont les nôtres ; il est au moins possible que la preuve en soit aisément accessible au fond de cités faciles à exhumer – accessible à des gens dont les esprits seraient moins ligotés par les préjugés de leur époque.

Il nous est permis de supposer que les anciens astronomes ne croyaient pas nécessairement que le monde avait été créé tel jour environ quatre mille ans avant leur propre époque, et par Dieu en personne.

Qu'ils comprenaient que les mots *avaient dû* être employés à leur bénéfice – et comprenaient de quoi les mots étaient les symboles.

Que longtemps avant les dieux romains et les dieux grecs et les dieux égyptiens et les dieux péruviens et les dieux babyloniens, les astronomes écoutaient Jupiter et sa famille, ou Saturne, et savaient que Thot (quel que fût alors son nom) servait Amen le Père (et là encore vient l'idée de suppléant, de substitution, car Thot créa le monde avec un mot) ; et qu'il y avait des noms pour les planètes, les soleils, les étoiles, et les miettes, gouttes et gouttelettes de terre et de feu et d'eau ; et que leurs motifs et sons et couleurs étaient compris, et qu'on en racontait des histoires, instructives sur les Époques et les Événements – pourquoi pas ? Car nul ne sait ce qui repose sous les sables des plus grands déserts du monde. Nul ne sait combien de fois la pauvre terre a chancelé sous les coups de comètes, a perdu ou capturé des lunes, a changé son air, sa nature même. Nul ne sait ce qui a existé et a disparu de façon irrémédiable, la preuve du nombre de fois que l'homme a compris et ensuite oublié que son esprit et sa chair et sa vie et ses gestes sont faits de matière stellaire, solaire, planétaire ; que l'être du soleil est sien, à quelle sorte d'événements on peut s'attendre, causés par le maillage des planètes – et comment l'épargne intelligente des ressources de l'humanité peut s'accomplir, fondée sur la prédiction la plus sensible et la plus sensée, par ceux dont les esprits sont les instruments qui peuvent enregistrer la danse céleste.

« Père, dit la fille efficace et autoritaire de Jupiter. Pourquoi n'envoyez-vous pas Mercure en bas faire quelque chose pour ce pauvre voyageur, échoué sur cette île droguée ? Il pourrait demander à Neptune de se radoucir un peu. Ce n'est pas *honnête*, vous savez. Ce n'est pas *juste*.

— Alors occupe-t'en, ma fille », dit Jupiter, un homme occupé, suppléant du Soleil, et avec tous ces enfants turbulents tiré de côté et d'autre comme une ménagère affairée et mère d'une nombreuse progéniture. « Va donc voir ce que tu peux faire, mais attention, n'oublie pas que Nous, Jupiter, ne sommes pas la seule influence sur le périple du voyageur. Non, c'est une harmonie, c'est un motif, bon et mauvais, tout vient à son tour, et tout monte en spirale – mais oui, c'est le bon moment pour une visite à Mercure. C'est le moment exact – merci de me le rappeler. »

« Tout est dans le choix du moment », murmure Minerve au Regard de Feu, s'empressant d'aller trouver Thot, ou Hermès, et le trouvant à filer autour du soleil sur une orbite si éblouissante et entraînante et gaie et par-dessus tout si multiple et accomplie qu'il était difficile de rester à sa hauteur.

« Ah, dit-il, le moment est revenu, est-il vrai ? Je pensais qu'il était temps.

— Vous semblez mal disposé, dit Minerve.

— Je viens juste de rendre visite à Vénus.

— C'est toujours elle que tout le monde préfère, dit sèchement Minerve. Comme chacun sait, elle et moi ne nous entendons pas. Elle est si *sotte* – c'est ce que je ne puis comprendre. Les gens disent que je suis jalouse – pas du tout. C'est cette maudite malhonnêteté sournoise que je ne puis tolérer – cette effroyable hypocrisie. Je n'ai jamais pu comprendre comment il se fait que des hommes intelligents puissent le supporter – mais vous voilà. Et je ne suis pas venue pour parler d'Aphrodite. Je suis là pour la pauvre Terre, pauvre voyageuse !

— Votre bon cœur vous fait honneur. Mais n'oubliez pas, c'est en partie de leur faute.

— D'avoir volé le feu ?

— Bien sûr. Si ce type n'avait pas volé le feu, alors ils n'auraient jamais su la condition terrible où ils sont.

— Vous, Mercure, dieu des lettres et de la musique et – en un mot – du *progrès*, vous plaindre de cela ! Vous ne voudriez pas qu'ils soient toujours dans cet état obscur et primitif, n'est-ce pas ?

— Ils ne savent pas comment s'en servir.

— Cela reste à voir.

— Je dis seulement que la connaissance apporte sa propre punition – bien sûr, quelle hardiesse de sa part – quel est son nom ? Jason, Prométhée, ce type – à sa place j'en aurais peut-être fait autant. Manger le fruit qu'on m'avait interdit…

— Dérober le feu, ajouta Minerve, toujours un peu portée à la pédanterie.

— Allons, voyons, ne soyez pas si prosaïque, ce serait leur ressembler, dit Mercure.

— Et il y a cette autre chose », dit Minerve, assez sévère – à ce ton Mercure se mit à prendre un air agacé. Car Minerve était aussi un peu bas-bleu ; son sens de la justice et de la loyauté (considéré comme puéril par les dieux qui se voyaient eux-mêmes comme plus évolués, philosophiquement) la conduisait souvent à la question du droit des femmes, et à la vanité des hommes.

« *Très bien*, dit Mercure. Compris.

— L'est-ce vraiment ? dit-elle, sévère. Sa mère était une terrienne, certainement, mais qui était son père ? Eh bien ?

— Oh ne commencez pas, je vous en prie, dit Mercure. Vous êtes vraiment assommante, vous savez, quand vous en arrivez à ça.

— La justice, dit-elle. L'honnêteté. Je suis la fille de mon père. Et qui était *son* père ? Avec un tel sang, un tel feu, plutôt, dans les veines, il ne fallait pas s'attendre à ce qu'il vive comme une taupe dans la terre en sachant que Lumière existe et sans jamais chercher à l'atteindre.

— Il y a des raisons de croire, dit Mercure, qu'il était au courant depuis le début. Il s'est promené dans le Jardin avec Dieu.

— Et alors il a mangé ce qu'il n'aurait pas dû toucher. Il a volé la Pomme, cher dieu des voleurs. Et pour cela payé.

— Et en bref tout se passe comme prévu, et suivant le plan, et avec Notre aide.

— Le progrès doit se voir pour continuer.

— Très bien, je suis prêt à partir quand les Temps seront mûrs.

— Êtes-vous bien sûr de votre mandat ?

— Chère Minerve ! Serait-ce différent cette fois ?

— C'est toujours le même Message, bien sûr…

— Oui. Qu'il existe une Harmonie et que s'ils veulent prospérer ils doivent marcher au pas et obéir à ses Lois. Parfaitement.

— Mais les choses vont vraiment beaucoup plus mal cette fois. Les étoiles suivent leur course, vous savez…

— Et combattent aux côtés de Justice.

— A longue échéance, oui. Mais cela doit leur sembler une échéance très lointaine, pauvres choses…

— En partie par leur propre faute.

— Vous paraissez bien sévère aujourd'hui. Parfois il semble même que nous échangeons un peu nos rôles ? Vous devez vous rappeler que vous êtes dieu des voleurs parce que vous inspirez, sinon provoquez, la curiosité et le désir de s'élever, grâce à des actes tels que voler le feu ou manger le fruit défendu ou construire des tours dans l'intention d'atteindre le paradis et les dieux. Des actes qui ont, en fait, déjà été punis.

— Peut-être n'est-il pas toujours facile d'avoir la responsabilité de sa progéniture ? Le serait-ce, chère Minerve ? Car nos enfants peuvent être des actes… Dites-moi, est-il aisé pour votre Père, ou pour vous, de reconnaître pour vos parents des actes de justice qui sont en fait les effets de votre influence et peuvent en un sens être vus comme étant vous, bien que naturellement par extension ? La Justice est toujours la Justice quand elle condamne un voleur à la prison – et que le voleur a volé des livres parce qu'il n'avait pas d'argent pour en acheter. Dans ce drame nous sommes tous deux représentés – et il y a peu de doutes à avoir quant à celui qui paraît le plus attirant ? Êtes-vous sûre de ne pas trouver mon rôle céleste plus désirable que le vôtre, et cela rendrait-il compte de votre sollicitude – à laquelle j'accorde grand prix, bien sûr.

— J'aurais dû m'en douter, dit Minerve. Seul un imbécile engage une discussion avec le Maître des Mots. Enfin, je ne puis vraiment vous souhaiter une visite agréable, alors que les choses n'ont jamais été pires.

— Mais on espère, et on s'attend en vérité à ce qu'ils aient proportionnellement autant de dispositions virtuelles au bien qu'ils en ont au mal – car c'est ainsi que les choses tendent finalement à s'équilibrer.

— La sorte de remarque que j'ai l'habitude de faire, si je puis dire – et qui a tendance à vous irriter, cher Messager. Mais vous avez raison. Cette combinaison particulière de planètes va réellement devenir très puissante – l'équivalent de plusieurs siècles d'évolution en seulement dix ans ou à peu près. Je ne pense pas outrepasser mon mandat si je dis qu'il y a une anxiété. Après tout, nul n'a pu dire qu'ils se soient jamais distingués par la cohérence ou même le simple bon sens.

— Je suis sûr que l'anxiété est justifiée. Mais je m'attends à n'en trouver que quelques-uns qui m'écoutent, comme d'habitude. Cela suffira.

— Alors il nous faut espérer, dans l'intérêt de tous.

— Et si nous en arrivons au pire, nous pourrons nous passer d'eux. Le Jardinier Céleste n'aura qu'à élaguer cette branche, et en greffer une autre.

— Vous vous exprimez de façon ravissante ! Presque rassurante, en vérité, tourné de cette manière ! Mais tant de peine et tant d'efforts ont déjà été consacrés à cette planète. Tant de Messagers ont été envoyés. Le souci de notre Père (tel qu'il nous parvient bien sûr à travers son Régent, mon propre Père) est certainement manifesté par la longue histoire de Notre sollicitude ? Et il y a eu cette Alliance – le fait qu'ils y désobéissent constamment n'est pas une raison suffisante pour les abandonner entièrement. *Après tout, quand tout est dit et fait…*

— Vous faites de nouveau une référence pleine de tact à cette affaire d'ascendance ? Eh bien, quel que soit le caractère inflexible et néfaste des configurations célestes imminentes, et quelles que soient les récidives des humains, le fait que je sois à nouveau sur le point de descendre (oui, je vous accorde que je le dis en soupirant un peu) montre que nos pères respectifs se rendent bien compte de la situation. Et plus – que le résultat est attendu avec confiance.

— Je suis heureuse de vous voir aussi bien disposé.

— Chère Minerve, venez-en au fait. Vous voulez me donner quelque bon conseil, quel est-il ?

— C'est juste que – enfin, après tout, nous sommes une bonne douzaine, les enfants de Jupiter, et c'est une famille qui s'agrandit, et certains parmi nous ne sont pas si différents de la Terre, et en tant que sœur aînée vous devez voir que j'ai eu tellement d'expériences et…

— Chère, chère Minerve.

— Oh, je ne voulais pas vraiment vous irriter. Je vous quitte, alors.

— Oui, faites, au revoir. »

Et Minerve s'envole.

Quant à Mercure, le Messager, il se divise lui-même sans effort en peut-être une douzaine de fragments qui tombent doucement dans l'air vers la terre, et les Bataillons du Progrès reçoivent des renforts pour le Combat.

Ah oui, c'est très fantasque. Oui, certes le mode contemporain est grandement préférable ainsi : vu que la terre doit recevoir un complexe d'impulsions de la planète la plus proche du soleil, planète la plus proche sur la branche de la spirale partant du soleil.

En conséquence l'État-Major Permanent sur terre est renforcé et

La conférence

fut convoquée sur Vénus, et reçut des délégués d'aussi loin que Pluton et Neptune, lesquels demandaient habituellement tous les deux qu'on leur envoie une transcription. Mais cette fois tout le monde dans le système solaire serait affecté. Le Soleil Lui-Même était représenté. Mais sa Présence était générale et dominante ; la lumière brilla plus fort à un certain moment des débats et un silence momentané se fit – ce fut tout. Mais tous savaient à quel point un tel événement était rare, et le sentiment d'urgence se renforça.

Minna Erve était sur le trône. Une femme énergique et agitée, avec des yeux particulièrement frappants, le choix qui s'imposait à cause de sa position de fille aînée du Premier Secrétaire.

La conférence touchait déjà à sa fin, et il ne restait plus guère que les Instructions. Déjà ceux qui n'étaient pas de la Descente se levaient et rassemblaient leurs affaires.

Minna Erve n'avait pas terminé. « En bref, il n'y a jamais eu pire. Les ordinateurs ont vérifié et revérifié

– et vérifié encore. Cela sur conseil d'En Haut » – ici la Lumière se signala par une pulsation – « mais il n'y a aucun doute. L'équilibre des forces planétaires supporte déjà de fortes pressions adverses, qui atteindront leur point culminant d'ici dix à quinze ans. De leurs années, bien sûr. Avant que vous partiez, j'aimerais que vous regardiez ce deuxième film, Prévision (Détail). »

Les délégués échangèrent quelques regards, mais reprirent leurs places. Minna était peut-être trop consciencieuse, mais il était pourtant vrai que la plupart d'entre eux n'avaient pas compris l'urgence jusqu'à leur arrivée, et qu'ils avaient été frappés par l'atmosphère particulière de cette conférence.

Ils avaient déjà vu le Film Prévisionnel, montrant Terre comme un élément à sa place dans le système solaire. On y voyait que Terre subissait des pressions, à mesure qu'elle-même et les autres planètes prenaient les positions prévues, et d'abord par l'activité accrue de sa surface. Peu importante au début, on remarquait de plus en plus de séismes, raz de marée, mouvements excessifs de toutes sortes. Les calottes polaires commencèrent à fondre, faisant des ravages sur les côtes. La comète ajouta son lot de perturbations aux équilibres déjà délicats entre la terre et ses voisins. Les représentants de Mars et de Vénus faisaient particulièrement triste figure. Ce qui se passait n'importe où dans le système (et au-delà, naturellement) les affectait tous, mais les plus proches voisins étaient les premiers à le ressentir : la dernière fois que Terre avait été en crise, Mars et Vénus en avaient souffert tous les deux, et le souvenir de cette époque était encore vivace. Et aucun délégué n'avait pu, pas même ceux de Pluton et de Neptune pour qui les habitants de Terre étaient vraiment des étrangers, regarder la fin du Film Prévisionnel sans être frappé de crainte.

Mais c'était maintenant Prévision (Détail), Terre en gros plan, seule, sans même la Lune. Le film précédent, montrant Terre et Lune – ce qu'elles étaient – comme un atome d'une molécule, avait commencé par faire saisir les modifications des saisons, du temps, de l'activité de l'écorce, de la végétation. Celui-ci, à une échelle plus petite et plus lente, montrait l'augmentation formidable de la population tandis que diminuaient forêts et vie végétale et vie animale, et que s'étendait le désert. Car les êtres humains se multipliaient à mesure que déclinaient animaux et oiseaux, pour maintenir l'équilibre. La vie organique, nécessaire à l'équilibre cosmique, devait subsister sur terre, et lorsque les humains tuaient et détruisaient la vie organique dont ils faisaient partie leur propre accroissement venait le compenser. Mais leur agressivité et leur irrationalité ne cessaient d'augmenter. Comme toujours c'était un processus global – aucun brin ou facteur ne pouvant être isolé d'un autre. Ce n'était pas que l'agressivité et l'irresponsabilité des humains eussent augmenté à cause de l'explosion démographique ou que cette explosion eût découlé des mouvements planétaires – ces éléments n'étaient que les brins d'un processus unique.

Les délégués prenaient une mine de plus en plus sombre à mesure que les guerres, jusqu'alors limitées dans l'ensemble à des conflits locaux, s'étendaient et s'aggravaient. Vers la fin les destructions ne se réclamaient même plus d'un prétexte logique. Une décennie voyait s'allier des nations jusqu'ici ennemies ; des ennemis qui consacraient toutes leurs ressources techniques à se massacrer devenaient soudain des alliés. Et les inventions techniques échappaient à leur contrôle : les instruments de mort et de destruction massive avaient pris la relève. Quand on en arrivait à la configuration planétaire désormais désignée dans tout le système par ALERTE DE PREMIÈRE CLASSE, l'empoisonnement croissant de l'atmosphère terrestre et les émanations massives de Peur et de Mort étaient réfléchis et venaient attaquer en premier lieu Mars et Vénus dont à son tour le déséquilibre s'étendait aux autres planètes et, ce que signalait la Présence du Soleil lui-même, jusqu'au Soleil Lui-même.

Jusqu'au moment où les planètes seraient sorties de la configuration Danger, il devait s'accomplir à chaque endroit du Système des modifications que même encore, à l'instant même, les ordinateurs d'un million de laboratoires s'efforçaient de prévoir.

L'avant-dernière étape décrite par Prévision (Détail) était plus violente que la dernière. Terre oscillait et sifflait et se boursouflait, frappée par endroits par des grêles de rochers, de flammes, de liquides bouillants, convulsée par des séismes. Les hommes se battaient et luttaient. Il y avait des déplacements massifs des formes inférieures, animaux et insectes, sauterelles, rats et souris. Il y avait des épidémies soudaines. Des nations entières périssaient dans ces épidémies, quand l'air et l'eau empoisonnés atteignaient leur zone planétaire. Tant de vie animale et humaine périt que ce fut comme si le globe ralentissait, s'arrêtait. Un vide effrayant caractérisait la phase ultime. Toute vie semblait avoir disparu. Mais alors même que ce chaudron bouillonnait encore, il était possible de voir les préliminaires d'un autre motif – certains des humains s'activaient d'une façon différente. Dès que les convulsions de la terre commencèrent à s'apaiser, l'Alerte planétaire une fois terminée, ils se remirent à construire, à créer – et cette crise, comme le démontrait leur activité de plus en plus significative, avait engendré une race nouvelle. C'était une mutation. S'il ne différait guère par son aspect de l'humanité précédente, le nouvel être humain avait des facultés perceptives élargies et une structure mentale différente. Ce reste du passé, ou ce début d'une race nouvelle, avait en héritage toute l'expérience accumulée par la race humaine et était, cette fois, mentalement équipé pour pouvoir s'en servir.

Prévision (Détail) se termina et les délégués repartirent. Quand il ne resta plus que l'Équipe de Descente et Minna Erve, les cent personnes environ que cela représentait attendirent poliment que le Soleil s'en aille, s'Il le souhaitait, mais la lueur omniprésente et dorée ne faiblit pas. Certains crurent même qu'elle brilla un peu plus fort et ils en reprirent courage, le prenant pour un message d'espoir et de confiance en leur pouvoir d'accomplir ce pour quoi ils s'étaient tous portés volontaires.

Minna Erve fut alors rejointe sur l'estrade par Merk Ury.

Minna dit : « Merk va vous donner vos instructions. Mais je dois vous rappeler à tous que le Temps tire à sa fin. »

Merk dit : « Merci, Minna. En fait j'avais déjà décidé de m'en tenir aux points essentiels, d'autant bien sûr que vous avez si justement délimité le canevas.

« Le premier point – et le second et le troisième – c'est que vous ne devez pas sous-estimer les difficultés. Chacun de ceux qui sont ici a bien sûr beaucoup voyagé à l'intérieur du Système – certains peut-être en sont sortis – et vous n'avez pas besoin qu'on vous dise que connaître un endroit parce qu'on vous l'a décrit n'est pas la même chose que d'en faire l'expérience. Ce qui est une raison supplémentaire pour que ces quelques remarques s'en tiennent à l'essentiel.

« Ainsi vous savez tous, probablement, qu'au départ on doutait même que la vie puisse exister sur terre après la Crise précédente qui avait modifié l'atmosphère. Mais Nature et ses infinies ressources d'insuffisance fait vertu. Nous avions cru que rien ne pourrait vivre sur ce globe tempétueux, en éruption, instable, prédisposé aux accidents, mais de fait les formes de vie s'adaptèrent, même si la plupart ne peuvent subsister que dans certaines régions sèches et où la température est relativement égale. La plus grande partie de la planète est trop froide, trop chaude, humide, gelée, montagneuse ou déserte. Mais vous êtes tous familiarisés avec la créature qui a pu évoluer, dont la particularité corporelle la plus frappante est son système de pompage pour l'air et le liquide. En d'autres termes elle se distingue par les organes qu'elle a développés pour survivre dans un air particulièrement pénible et délétère. Mais c'est une adaptation encore inefficace et les processus mentaux de la créature sont défectueux.

« Or donc le Personnel Permanent sur terre a toujours eu pour tâche principale de maintenir vivante, par tous les moyens possibles, la notion selon laquelle les êtres humains et leurs prochains, les animaux et les plantes, constituent un ensemble, sont une unité, ont une fonction comme un organe ou un organisme dans le système entier. La tâche de notre Personnel Permanent a toujours été extrêmement difficile, la caractéristique principale des êtres humains tels qu'ils sont actuellement constitués étant leur incapacité à se sentir, ou à se comprendre eux-mêmes, de toute autre manière qu'à travers leurs propres ambitions ou fonctions. Ils n'ont pas encore appréhendé la notion de leurs individualités comme n'étant que parties d'un ensemble, en premier lieu l'humanité, leur propre espèce, et sont donc plus loin encore d'une compréhension consciente de l'humanité comme élément de la Nature, plantes, animaux, oiseaux, insectes, reptiles, composant tous ensemble un faible accord de l'Harmonie Cosmique. »

Il y eut alors des applaudissements discrets, légers, et pas uniformément approbateurs. Car Merk avait un faible pour la littérature. Merk eut un léger sourire en les écoutant. Il savait fort bien que certains des assistants pensaient qu'il ne convenait pas qu'un technicien tel que lui se complût aux arts inexacts. Il y en avait parmi eux qui affectaient d'utiliser le jargon, de mépriser la littérature et de revêtir une désinvolture facétieuse en approchant les choses sérieuses.

« Chaque individu de cette espèce est enfermé dans son propre crâne, dans son expérience personnelle – ou croit l'être – tandis qu'un grand nombre de leurs systèmes éthiques, religieux, etc. proclament l'Unité de la Vie, même la religion la plus récente et qui, d'être la plus récente est la plus influente, nommée Science, n'a que des aperçus fragmentaires et inadéquats sur l'entendement de ce fait que la vie est Une. En fait, le caractère distinctif de cette nouvelle religion, et ce pourquoi elle s'est révélée à ce point inadéquate, est son insistance à isoler, à compartimenter, à classer, et l'un de ses symptômes les plus déplorables est sa méfiance des mots et sa maladresse à les employer. » A ce point il eut un deuxième sourire, presque victorieux. Quelques-uns rirent.

« Pour résumer ces quelques remarques : notre tâche, celle du Personnel Permanent, est toujours d'inculquer et de maintenir une vérité à laquelle ces créatures ne peuvent jusqu'ici qu'adhérer du bout des lèvres, une de leurs expressions grâce à laquelle ils résument leur travers le plus accusé, l'incapacité de voir les choses sinon comme des facettes et une seule à la fois. A vrai dire, Nous – parlant bien sûr à partir de nos rôles de délégués et de représentants – » (et à ce moment la Lumière omniprésente brilla plus clair pendant un instant comme pour reconnaître l'existence de leurs dignités) « nous ne pouvons les tolérer que tant qu'ils obéissent aux instructions et conduisent leurs affaires, la vie de leur communauté de manière à s'ajuster aux nécessités du Système. Mais ils semblent incapables de se tenir bien longtemps à cette vérité élémentaire, bien qu'elle leur ait été sans cesse répétée, et cela en raison d'un autre et très puissant élément de leur façon de penser, selon lequel tout ce qu'on leur dit est déformé pour correspondre aux préjugés particuliers de leur individu ou groupe, puis ajouté, comme un caillou de plus, au monceau de demi-vérités en tout genre qu'ils affectionnent déjà. Il est donc fort vraisemblable – ou ce l'aurait été dans le passé, avant l'actuel grand (pardonnez-moi encore cet écart littéraire) bond en avant, sous l'influence du Vent Solaire du Changement » – sur ce la Lumière brilla et pour ainsi dire sourit – « que tout ce que nous avons à dire ne sera retenu sous sa forme première que peu de temps et par peu de gens, parce qu'il est dans la nature des choses, ou plutôt il est dans *leur* nature que ce simple fait – le devoir des hommes en ce qu'ils appartiennent à l'Harmonie – soit chassé au loin comme un chien enragé, soit déformé jusqu'à être méconnaissable, devienne la propriété d'une centaine de sectes antagonistes, chacune affirmant que sa version, concoctée par elle-même, est la seule correcte. Mais ces temps sont révolus, ou presque. La faculté de voir les choses comme elles sont, dans la multiplicité de leurs rapports – en d'autres termes, la Vérité – fera partie du nouvel outillage de l'humanité, qui sera bientôt inventé. Non pas, bien sûr, grâce à Nous, mais grâce à… »

La Lumière prit un ton plus grave, et la conserva. Chacun manifesta qu'il, ou elle, avait conscience, avec Merk Ury, qu'on en était arrivé au point crucial, à l'enjeu central. On vit se renforcer à la ronde l'éclat et la régularité des atmosphères individuelles, champs de forces ou auras.

« Comme chacun sait, ici – comme on vous l'a enfoncé dans la tête dès que vous vous êtes portés volontaires –, il ne s'agit pas du tout de descendre dans un enfer vénéneux sans en ressentir le moindre effet. Chacun de nous tient sa vie entre ses mains. Car ces créatures sont pour la plupart de nature malveillante et meurtrière, uniquement capables de tolérer les autres pour autant qu'ils leur ressemblent, disposées à se massacrer à cause d'une légère différence d'aspect ou de couleur de peau. De plus elles ne peuvent supporter ceux qui ne pensent pas comme elles. Bien qu'elles sachent parfaitement, en théorie, que la surface habitée du globe est divisée en milliers de régions, et qu'elles sachent que c'est uniquement par hasard qu'un individu naît parmi elles dans telle ou telle région, telle ou telle zone de croyance, cette connaissance théorique ne les empêche pas de haïr les étrangers à cette petite région particulière, et sinon de leur nuire, du moins de les isoler de toutes les façons possibles. Cela signifie que faute de savoir parfaire notre adaptation, ils nous attaqueront, nous les membres du Personnel. Il faut nous y attendre. De plus, nous devons nous attendre à ce que les colonies terrestres qui résultent des Descentes précédentes aient acquis – beaucoup d'entre elles en tout cas – ces mêmes qualités séparationnistes, anti-harmonieuses et hostiles à autrui. A moins, retenant seulement dans cette infusion toxique qu'ils nomment air le souvenir qu'ils ne doivent *pas* se laisser eux-mêmes contaminer, qu'ils ne consacrent toutes leurs énergies à élaborer des systèmes ayant eu jadis fonction de leur conserver le sens mais devenus maintenant leur propre justification.

« Or donc, comme vous le savez, ceci ne sera pas ma première Descente. »

Là encore on échangea force regards. Cette fois pour s'apporter aide et réconfort mutuels. Car aucun des présents n'ignorait les épisodes dramatiques de certaines des Descentes précédentes. Du moins de celles qui étaient documentées – la plupart ne l'étant pas, ayant été conçues pour rester inconnues des habitants de Terre. Mais dans tout le système solaire on se répétait à l'envi les récits des Descentes passées – comme des fables, pour ce qu'en savaient la plupart. Quant aux rares qui savaient qu'ils étaient d'une exactitude littérale, ces contes n'étaient pas sans les assombrir. Car la première Loi inculquée aux enfants du Système par leur Père à tous, était de s'aimer les uns les autres – autrement dit de respecter les lois d'Harmonie. Et pourtant, tout près d'eux, leurs voisins, brins de leur tresse, pouls de leur pouls, énergie de leur énergie, c'était Terre, dont les habitants non seulement ne respectaient pas la Loi, mais inclinaient à persécuter ou tuer, quand ils ne les ignoraient pas, ceux qui venaient la leur rappeler. Et une telle rechute et récidive de la part des proches voisins tendait à les faire douter de la sûreté de leur propre sécurité et santé d'esprit – car après tout chacun savait parfaitement que des accidents pouvaient arriver n'importe où, que la gestion domaniale et l'économie domestique planétaires étaient, et devaient être, subordonnées à une structure de Loi bien plus large que celle du système solaire. En bref – eux aussi pouvaient devenir des victimes ; et, hors la grâce de Lumière, passer.

Merk poursuivit : « Quand l'heure viendra, il nous appartiendra de réveiller ceux d'entre nous qui auront oublié ce pour quoi ils étaient venus ; ainsi que de recruter des habitants de Terre appropriés – c'est-à-dire ceux qui ont gardé la faculté d'évoluer en êtres rationnels ; et en général de renforcer et de défendre nos colonies sur Terre en vue de leur tâche. Il en a toujours été ainsi, bien sûr. Mais cette fois il y a tout cela et plus encore – prêter assistance au peuple de Terre au cours de la prochaine Alerte planétaire où toute vie risque d'être perdue. Mais nous avons déjà traité cette question au cours de la Conférence.

« Au risque de vous lasser, je crains d'avoir à le répéter – le répéter, le réitérer, le resouligner – il n'est pas du tout question que vous arriviez sur la planète Terre tels que vous êtes ici. Vous allez perdre presque tout souvenir de votre existence passée. Vous allez tous revenir à vous, peut-être seuls, peut-être entre vous, mais n'ayant qu'une vague sensation de vous reconnaître, et probablement désassociés, désorientés, malades, découragés, et incapables de croire, quand on vous le dira, ce qu'est réellement votre tâche. Vous vous réveillerez, certes, mais il y aura une période pendant que vous vous réveillerez qui sera comme de guérir d'une maladie, ou comme d'émerger à l'air pur en sortant d'un air empoisonné. Certains d'entre vous peuvent choisir de ne pas se réveiller, si douloureux sera l'éveil, si atroce la découverte de votre condition et de celle de Terre, il en sera de vous comme de ceux qui s'adonnent à la drogue : vous pourrez choisir de continuer à respirer l'oubli. Et quand vous aurez compris que vous êtes entrés dans le processus d'éveil, que vous avez quelque chose à accomplir, vous aurez absorbé suffisamment des caractéristiques des terriens pour être méfiants, hargneux, avares, soupçonneux. Vous serez comme celui qui se noie et entraîne son sauveteur, tant votre terreur panique vous fera vous débattre avec violence.

« En outre, lorsque vous aurez été éveillés à votre condition véritable, que vous vous serez remis de la honte ou de la gêne de voir que vous aviez sombré si bas, vous vous mettrez à la besogne d'en réveiller d'autres, et vous vous découvrirez dans la position du sauveteur avec celui qui se noie, ou du médecin dans une ville prise d'une épidémie de démence. Celui qui se noie veut être sauvé, mais ne peut s'empêcher de lutter. L'insensé a des crises intermittentes de bon sens, mais entre-temps se conduit comme si son médecin était son ennemi.

« Et voilà, mes amis – c'est ainsi. C'est le message que je vous donne. Cela va être dur. Pour le moins aussi dur que vous le pensez.

« Ce qui m'amène au dernier point. Comme quoi il n'y aura pas d'Instructions. Comment cela se pourrait-il ? Vous ne pourrez manquer d'oublier chaque mot que vous entendez ici. Non, vous emporterez des Ordres Scellés. »

Là, comme inconsciemment certains cherchaient des yeux quelque signe de ces Ordres. Merk plaisanta : « Allons, allons, qu'attendez-vous ? Un rouleau de microfilm ? Peut-être une sorte de manuscrit que vous devriez mâcher et avaler dans un moment dangereux ? Non, bien sûr que non, accordez-moi cela – par impression mentale, bien sûr. »

Sur ce ils furent d'évidence grandement soulagés et rassurés, l'impression mentale n'étant, après tout, que ce qu'on en faisait.

« Et de fait vous avez déjà été imprimés, grâce à… »

La Lumière brilla un moment – d'une brillance qu'elle continua d'intensifier.

« Oui. Nous avons la garantie absolue que notre impression mentale est de la meilleure qualité possible. Vous verrez que tout est là, quand il le faudra… » La lueur s'intensifiait, et il y eut un bourdonnement régulier et vibrant qui eut pour effet de les encourager et de les raffermir – c'était même, certains le crurent, la poussée terminale de l'Impression. Maintenant ils savaient tous que le Temps était venu. Minna Erve, les yeux brillants de larmes, tentée pourtant de rester avec eux, s'éclipsa sans cérémonie, quand Merk Ury descendit de l'estrade et prit place avec les autres dans la salle. Ils étaient tous assis en silence, ajustant leur système respiratoire. Il y avait un silence moelleux, profond, l'envers de ce puissant bourdonnement sonore. Chacun gardait fermement une pensée à l'esprit : « N'oublie pas, garde le souvenir de cet instant, garde-le bien… » mais le tournoiement doré de l'instant entraîna tout l'espace qu'ils occupaient dans un tourbillon de Lumière circulaire dont ils étaient les atomes tourbillonnaires. La pression augmenta. Le Son se fit plus haut. C'était comme une flûte. La lumière était maintenant une explosion dans l'orange, qui s'assombrissait vers le rouge. Cela pulsait et palpitait. La plainte aiguë vertigineuse du Son fut absorbée par la palpitation régulière de la lueur rouge sombre. Maintenant chacun était seul, toute sa connaissance de soi, sa compréhension absorbée par ses oreilles où régulièrement battait et battait la pulsation rouge sombre.

Aspiré en son, aspiré en mer, un bercement de mer, *boom*, shhhh, *boooom*, shhhh, *boooom*… floc-floc, floc-floc, floc-floc, floc-floc, floc-floc, va-et-vient, va-et-vient, oui, non, oui, non, oui, non. Noir et blanc, aller et venir, vient-et-va, haut et bas, *non*, oui, *non*, oui, *non*, oui, un, deux, un, deux, un, deux, et le trois c'est moi, le TROIS EST MOI. Moi en noir. Moi en noir pulsant, tapi, moi tenant, agrippant fort, boooom, shhh, boooom, shhh, bercé, berçant, le portail quelque part derrière, la porte quelque part devant, et une lumière rouge sombre figée et une pression et souffrance et puis DEHORS dans une plate lumière blanche où des formes bougent et des choses brillent et scintillent.

C'est un bon *bébé, ce fut une bonne naissance tranquille et il s'est tout de suite endormi.*

Oh, malade et nauséeux, tout en bouche et odeur malade, un estomac bercé comme bercent les bébés, oh, si malade, et trop plein et trop vide, et faim et mouillé et sentant et oh, odeurs et noir et lumière, noir et lumière, un et deux, le trois est moi. Et

C'est un bon *bébé, il dort tout le temps.*

Je m'efforce debout m'accroche en chassant de force l'estomac bercé nauséeux, l'odeur de nausée, je lutte et m'agrippe et roule et rugis immergé dans un enfer de vouloir, il faut que j'aie, il faut que j'aie, oh, lève-toi sur tes jambes alors, il faut me lever et marcher, marcher en tout cas et de toute façon et de n'importe laquelle debout et loin de ça il faut, je veux, mais ils me bercent, chuuuut, ils me chantonnent, chut, ils m'assomment avec des endormants, calmants, sirops, drogues et médecines.

Sois un bon *garçon, bébé, endors-toi.*

Oh, je dors, en bas avec les hommes morts, enveloppé de cocons de chaleur, tout en ventre et cul mouillé puant, je dois me réveiller, je dois me réveiller, je *sais* qu'il y a quelque chose de plus éveillé que cela je sais que je dois me réveiller et être mais

Sois un bon *bébé, je vais te bercer pour dormir,*

C'est un bon *bébé, il a toujours beaucoup dormi,*

C'est un bon *bébé, il ne fait jamais d'histoires,*

C'est un bon *bébé, et il a toujours dormi sans se réveiller la nuit.*

Je cours et je rampe et le monde est mon huître, je touche et palpe et renifle et goûte et une traînée de poussière par terre est une merveille, et le soleil sur ma peau est un continent et il y a lumière et il y a le noir, et le noir est pour se souvenir, derrière il y a une porte, je suis entré là, pulsant, pulsant, un et un et moi font trois, et maintenant est une lumière à mille textures qui change avec le jour, lumière merveille, lumière sortant du noir, et oh, laissez-moi sentir et grandir et trouver et lutter mais

Sois un bon *bébé et tiens-toi enfin tranquille*
Ce garçon a tellement d'énergie, il m'épuise,
Dors, bébé, *bonté divine !*
Ne peux-tu jamais rester tranquille,
Tu étais pourtant un bébé si sage.

Repoussé dans le sommeil quand je lutte pour en sortir, repoussé comme ils noient un chaton, ou un enfant luttant pour s'éveiller, repoussé par des voix des berceuses des aumônes des brutes, accroché au sommeil par médecines et sirops et tétines et la came.

Pourtant je lutte, aux abois, comme un chaton essayant de se hisser hors du seau en zinc aux bords glissants où on l'a jeté, un chat superflu inutile à noyer, mieux vaut mort que vivant, mieux vaut endormi qu'éveillé, mais je lutte, en haut en haut vers la lumière, accueillant maintenant le noir comme un pays différent, une texture différente, un état différent de la Lumière, je suis couché dans le noir et reconnais la Nuit mais

Dors, mon enfant, pourquoi ne dors-tu pas ?
Il me fait des histoires, il ne veut jamais dormir.

Mais je suis debout et sur mes pieds et cours et la découverte des sons et tonalités de Lumière fait ma journée avec sommeil et lit attendant de me saisir par le talon pour m'entraîner en bas en bas en bas et le jour disent-ils, quand je rage et pleurniche me débats, avec la fatigue l'ennemi recouvrant la découverte et merveille et délice

Couche-toi et dors, *couche-toi et* repose-toi

Sois un bon *garçon maintenant et* dors *un peu.*

Et quand la nuit vient et que je suis pris de colère encore cette fatigue me défait, encore et encore, ou frappé de rage parce que je reste éveillé et qu'il me faut encore aller loin, l'éclat de lumière sur une feuille un signal et le bruit de la pluie un très puissant tambour

Oh, maintenant va enfin dormir, *bébé, c'est l'heure de dormir,*

Pour l'amour de Dieu laisse-moi un peu la paix, silence,

Par le Christ, dors.

Et seul dans le noir et à l'écart je hurle et secoue mes barreaux et finalement je dors pour qu'ils m'aiment, je dors, j'apprends à dormir

C'est un si bon garçon, il dort très bien.

Il me fait beaucoup moins d'histoires maintenant, il s'est arrêté de ne pas vouloir dormir.

Dieu merci, il dort.

Je vais à leur école maintenant et j'apprends à être sage.

Un et un sont deux

Et le troisième est moi

Moi à moitié rabattu dans le noir, moi calmé, régularisé, avec emploi du temps, fléau domestiqué, moi le dormeur obéissant.

Mais là-bas dans le noir au fond de mon esprit il y a là où je sais très bien que se trouve la porte, derrière ou devant, en haut ou en bas, au-delà du Boooom, shhhh, l'éternel mugissement, le pouls, le rythme, le un et un, le un et deux, de l'autre côté, qui sait où et quoi – moi.

Je sais. Je me souviens. Je me souviens ? Oui, je me souviens. Je dois me souvenir. Là-bas. Où ?

Les petits jours blancs clignotent de plus en plus vite, clic clic clic, jour nuit, blancs avec des tranches de noir entre, les jours pour vivre et la nuit pour

Dormir.

Il ne dort pas très bien, docteur, il lui faut un cachet.

Les petits jours clignotent et les nuits sont tuées net avec des cachets. Mais il dort bien, il est sain et régularisé et *sage*.

Et maintenant la drogue la plus sublime de toutes, le doux rêve, doux rêves nocturnes et rêves éveillés encore plus doux. Je rêve de Jeannie avec ses cheveux châtains et ses jambes écartées comme des bras aimants.

Et maintenant je suis grand et parti, et je travaille et joue tout entier réglé ordonné et social et correct, et je dors maintenant moins que je ne l'ai jamais fait pendant ce bref et bienheureux moment, après que j'ai quitté le lit de famille et avant que je devienne lit de plumes, famille, et je suis jeune et mes rêves et ma vie sont un, des bras blancs autour de mon cou et je me noie, je me noie, elle et moi, lui et moi, en bas avec les hommes morts. En bas.

Oh, docteur, pouvez-vous me donner des cachets pour dormir. Oh, je me fais trop de soucis et, oh, je m'inquiète pour mon mariage, et, oh, je me tracasse pour mon travail, et, oh, je ne supporte pas les idées qui me viennent. Oh, donnez-moi un cachet et donnez-moi un verre et donnez-moi à fumer et donnez-moi de la came, donnez-moi assez à manger pour me rendre idiot, donnez-moi maintenant tout ce que j'avais quand j'étais bébé, donnez-moi ce que vous m'avez dressé à vouloir avant même que j'aie parlé ou marché, donnez-moi tout ce que vous voudrez, mais faites-moi DORMIR car le noir où jadis était la porte (mais y est-elle toujours ?) c'est le seul endroit où je supporte simplement de vivre. Je n'ai jamais appris à vivre éveillé. J'ai été dressé à dormir. Oh, faites-moi dormir et dormir toute la vie. Et si l'insistance du vrai souvenir me réveille avant que je n'en aie besoin, si l'urgence de ce que je devrais faire poignarde mon sommeil, alors pour l'amour de Dieu, docteur, par *bonté*, donnez-moi des drogues et remettez-moi à rêver.

Et maintenant la vie s'use et à mesure qu'elle approche de la fin les drogues s'usent aussi, moins de vie dans l'amour, moins de place pour la nourriture, moins d'estomac pour la boisson, et le sommeil est plus dur à trouver et plus mince, et dormir n'est plus la chute dans un puits noir d'oubli jusqu'au réveille-matin, non, le sommeil est mince et capricieux et plein de souvenirs et de rappels et le noir n'est jamais assez noir et

Donnez-moi des cachets, donnez-moi encore des cachets. IL FAUT QUE JE DORME.

Non, je n'ai aucun plaisir pendant mes nuits à lire penser parler et seulement survivre, non, je veux dormir, il faut que je dorme.

Dans une longue salle étroite où soixante vieillards en pyjama d'hospice sont couchés comme des nourrissons à neuf heures par des infirmières administratives, l'infirmière fait sa ronde avec soixante doses de SOMMEIL.

DORMEZ BIEN

Dans les consultations d'un million d'hôpitaux, dans les cabinets de consultation d'un million de millions de médecins, un million de millions de millions de mains sont tendues,

Docteur, donnez-moi des cachets pour dormir.

DORMEZ BIEN

Quand la terre tourne, toujours une moitié dans le noir, de la moitié sombre s'élève un gémissement : Oh, je ne peux pas dormir. Je veux dormir, je ne dors pas assez, mais donnez-moi des cachets pour me faire dormir, donnez-moi de l'alcool pour me faire dormir, donnez-moi du sexe pour me faire dormir.

DORMEZ BIEN

Dans les hôpitaux psychiatriques où les millions qui ont craqué, faisant des crevasses par où pouvait enfin entrer la lumière, les cachets sont comme les pastilles nutritives qui tombent dans les batteries de nourrissons à poulets, DORMEZ, les aiguilles s'enfoncent dans les bras tendus, DORMEZ, les tubes en caoutchouc fixés aux bras gouttent, DORMEZ

DORMEZ, car vous n'êtes pas encore morts.

Je dois me réveiller.

Il faut que je me réveille.

Je peux me sentir me débattre et lutter comme si j'avais sombré à un mille de profondeur dans une eau pesante épaisse mais loin au-dessus de ma tête dans les eaux superficielles je peux voir des vagues dentelées de soleil où nagent et dansent les poissons miroitants, oh, laissez-moi monter, laissez-moi aller vers la surface comme un bouchon ou un marsouin qui saute à la lumière. Laissez-moi voler comme un poisson volant, un poisson de lumière.

Ils me retiennent en bas, ils me couchent en bas, ils chuchotent et ils chantonnent : DORMEZ et vous irez bientôt mieux.

Je lutte pour monter, je me débats comme si j'étais à un mille sous une lourde terre noire et amère avec sur la terre des dalles en pierre, je lutte si fort et je crie : Non, non, non, non, ne le faites pas, je n'irai pas, je ne veux pas, laissez-moi me réveiller, il faut que je *remonte* du sommeil, mais

Shhhhhhh, chhut, DORMEZ et l'aiguille s'enfonce profond et je tombe dans la froide noire et obscure fosse où le fond de la mer est une terre de squelettes minuscules, détritus des continents usés, écailles des poissons et plantes mortes, une terre nouvelle où pousser. Mais pas moi, je ne pousse pas, je ne bourgeonne pas, je pends mollement comme un cadavre ou un chaton noyé, ma tête roule et je flotte et le noir me submerge, obscur et lourd.

Il dort bien, docteur, oui, il se repose bien, oui,
il est très calme, oui, il ne pose aucun problème.

Mais il faut que je me réveille.

Mais je suis lié, pieds et poings, je suis enveloppé et ligoté par les filaments des lianes de la mer des Sargasses, et je roule impuissant au fond de l'océan, en bas avec les hommes morts, et mes yeux sont obscurcis, le sommeil est plus lourd en moi que le besoin de me réveiller et de lutter.

Je dois me réveiller.

Docteur, il est très faible maintenant. Oui, il est agité entre les piqûres. Oui, il paraît confus, désorienté, incapable de se nourrir, semble vouloir se rendormir, ne veut pas s'éveiller, en colère quand je lui ai dit : Nous pensons que maintenant vous devriez vous réveiller.

Infirmière, comment pourrais-je me réveiller alors que vous me faites chut, chut, chut, chhhhhhhut, shhhhh, je suis en bas avec les hommes morts, le doux sommeil a des rêves que le jour n'a jamais connus, mieux vaut dormir où peuvent nous visiter les rêves, doux rêves prometteurs, merveilleux visiteurs de là-bas qui savent et disent que derrière (ou devant) et en bas (ou en haut) se trouve la porte qui ouvre et donne sur la douce lumière du jour.

Voyons à présent, et comment vous sentez-vous ?

Sentez ?

Nous aimerions savoir comment vous êtes.

Êtes ?

Vous avez dormi un bon moment et nous pensons qu'à présent que vous êtes reposé vous devriez être capable de vous rappeler qui vous êtes.

Qui êtes-vous ?

Je suis le Dr Y.

Je n'ai jamais connu personne de ce nom.

Ne vous souvenez-vous pas de moi ?

Ce n'est pas ce dont il faut que je me souvienne.

Non. Pas si vous ne le voulez pas. Mais qui êtes-vous ?

Pourquoi, vous ne me voyez pas ?

Je vous vois très bien, certes.

Alors vous y voilà.

Ne pouvez-vous maintenant vous souvenir peut-être de votre nom ?

Mon *nom* ! Mais j'ai eu tellement de noms.

Voyez-vous, nous avons appris quelque chose à votre sujet, mais il vaudrait mieux que vous vous le rappeliez vous-même. Pouvez-vous essayer ?

Je peux.

Eh bien alors ?

Il y a quelque chose que je devrais être en train de faire. Je le sais. Oui, *cela* je le sais.

Quoi ?

Pas cela, pas ici. Là-bas.

Là-bas ? Où ? Vous souvenez-vous un peu ?

Oui, se souvenir.

De quoi ?

Non, de qui.

Oui, c'est ce que je veux dire.

C'était là-bas, je le sais. Nous le devons. Il faut nous souvenir.

Nous ?

C'est la loi de Dieu.

Ah. Je vois. Bien, bien. Bon, reposez-vous un peu maintenant. Ce n'est pas si mal pour la première fois que vous vous réveillez vraiment.

Oh, mais j'ai été beaucoup plus réveillé que ça. Ceci n'est pas du tout être réveillé.

Oh, très bien, très bien.

C'est de savoir. L'Harmonie. La Loi de Dieu. Voilà ce que c'est. Laissez-moi… laissez-moi… Je dois… *laissez-moi me lever*.

Allons, allons, shhhhhh, ne vous excitez pas tant, soyez bon garçon. Infirmière, voulez-vous venir ici une minute ? Bien. Je vous revois demain, donc, professeur.

Demain ? *Non*, ce sera trop tard. Je dois me lever.

Dormez, mon chou. C'est ça, dormez. Voilà un bon garçon.

Il s'agit du Pr Charles Watkins, lettres classiques, Cambridge. Marié, deux fils. Agé de cinquante ans. Un portefeuille trouvé dans la rue à Parliament Square avec une photo de famille, le reste du contenu manquait. La police a rapproché cette photo de celle prise au commissariat la nuit où il a été ramassé. Épouse prévenue que son mari est ici. Lui ai parlé au téléphone. Suggéré d'attendre jusqu'à ce qu'il se rappelle qui il est. L'a bien pris. Mais trouvez pourquoi épouse ne l'a pas signalé disparu ? L'ai sondée, mais trouvé là quelque chose d'évasif. Vu le patient ce matin. Il est visiblement reposé, ne parle plus tout seul, en bref, va mieux. Il n'a pas réagi à son nom. Propose d'essayer une demi-douzaine d'E.C.T.

DOCTEUR X.

Vu que je doute fort que le traitement ait été d'aucun profit pour le patient, j'estime judicieux d'ajourner de quelques jours les chocs électriques. Écrit à Mme Watkins. Elle devrait sûrement être mieux informée qu'on n'a pu le faire au cours d'un appel téléphonique.

DOCTEUR Y.

Eh bien, comment allez-vous aujourd'hui ?

Nous sommes aujourd'hui ?

Nous sommes lundi, le 15 septembre.

Je devrais être en train de faire quelque chose. Je devrais.

Une conférence ? Un cours ? Une allocution ?

Oui oui oui. C'est ça. Ils me l'ont dit. Ils m'ont dit cela. Mais je devrais – il faut que je me lève.

Vous n'avez pas encore repris vos forces.

Suis-je donc malade ?

Pas physiquement.

Alors pourquoi n'ai-je pas repris mes forces ? Suis-je faible ?

Professeur Watkins, vous avez perdu la mémoire.

Qui est le Pr Watkins ? Est-ce le nom de l'autre ?

Non, c'est votre nom.

Le mien ? Oh non !

Mais si.

Qu'est-ce que je professe ?

Le grec. Le latin. Ce domaine.

Je ne professe *pas*. Domaine ? Ce n'est pas un mot pour ça ! Je devrais… je devrais être… dites-moi, étiez-vous là vous aussi ?

Où, professeur ?

A la conférence ? Pour les instructions ?

Ah, on vous a donné des instructions ?

Oui, oui. Je *me* souviens. De moi. Et de *Lui*, bien sûr et… et – de qui ? Nous étions beaucoup, oui…

Continuez.

L'Émanation. Oui. La lumière. C'est cela, oui, bien sûr. Dieu le Père, Amen, Amen, Amen. Et nous étions là, oui, c'était qui nous étions et c'est pour cela que je suis ici, mais j'ai perdu mon chemin dans ces domaines.

Vous avez perdu la mémoire, professeur, et on vous a trouvé vagabondant sur les quais du fleuve.

Oh, mon Dieu, j'espère qu'à présent il s'est purifié, j'espère qu'il est redevenu propre.

N'était-il pas propre ?

Plein de cadavres, vous savez.

Oh, je suis bien sûr que non. La Tamise n'est peut-être pas le plus limpide des cours d'eau, mais elle ne récolte guère de cadavres.

La Tamise ? La Tamise ?

Oui, vous étiez sur les quais. La police vous a trouvé.

Je ne me rappelle rien de cela.

Eh bien, je vais vous aider. Vous paraissiez n'avoir pas dormi dans un lit de longtemps.

Allons, bien sûr que non !

Vous aviez mangé, ont-ils pensé, mais vous étiez très fatigué…

Mangé, oh, mon Dieu oui, oh, oh, *non* –

Et c'était la nouvelle lune…

Au contraire, elle était pleine.

Allons, allons.

La Tamise, dites-vous. C'est un fleuve à marées. Pas comme cet autre. Le fleuve entre et sort, entre et sort, une marée, un et deux et moi font trois. Trois. Un fleuve à marées est comme un souffle qui respire, qui nourrit la terre de poissons et… Qui ? Qui ?

Professeur, je vous en prie. Tâchez d'y penser. Ne recommencez pas à divaguer. Essayez de vous souvenir, je vous en prie.

Dieu. Je pense. Il faut que j'emploie des mots quand je vous parle. Eliot. Il faut que j'emploie des mots. Mais en n'étant pas Dieu, quoi donc ?

Ainsi vous êtes Dieu, en plus, c'est cela ?

Vous aussi bien.

Je ne vise pas si haut, je vous l'assure.

Stupide. Vous n'avez pas le choix.

Bon, bon. Reposez-vous bien. Je dirai au Dr X. qu'à mon avis vous faites de bons progrès. Je vous verrai demain. C'est moi qui m'occuperai de vous pendant quelques jours. Le Dr X. prend des vacances.

Le Dr X. ?

Il vous a vu hier. Vous avez dit l'avoir vu.

On ne peut pas le *voir*. Je vous l'ai dit. Il n'est pas là.

Vous pouvez me voir, n'est-ce pas ?

Oh oui, très clair en vérité.

Mais pas le Dr X. ?

Non, il est entièrement opaque. Entièrement animal sans lumière. Ni lumière ni Dieu ni soleil.

Je ne dirais pas cela, vous savez.

Le savez-vous ? Le voyez-vous ? D'ici, où est la lumière ? De là-bas le Dr X. n'existerait pas. Seuls ceux qui ont la lumière peuvent se voir du pays de la lumière. On vous verrait là-bas, oui. Votre lumière est allumée, c'est une petite lueur régulière.

Quelle lumière ?

La lumière des étoiles.

Eh bien, merci. Mais je pense vraiment que vous êtes dur envers le pauvre Dr X. Il essaie de vous aider. Selon ses lumières.

Vous y voilà, c'est ce que je disais. Peu importe ce qu'il dit ou fait. Il n'est pas en existence. Je ne peux pas le voir si je n'essaie pas très fort.

Ah, enfin, je vous vois donc demain.

> Patient sujet à des hallucinations religieuses. Paranoïde. Dissocié. Je pense qu'il est tout de même plus cohérent. Pas encore eu de réponse de Mme Watkins.
>
> DOCTEUR Y.

Cher docteur Y.,

Je vous remercie de m'avoir si aimablement écrit et informée au sujet de mon mari. J'étais assez bouleversée après le coup de téléphone du Dr X. parce que je suis plutôt ignorante à propos de la santé mentale et qu'il ne m'a pas dit grand-chose. Mais je comprends que si mon mari a perdu la mémoire il n'y a pas grand-chose à dire. Je ne vois aucune raison particulière expliquant que mon mari soit « sous tension », comme vous le dites. Pas plus que d'habitude. Mais je ne suis pas nécessairement celle qui le saurait. Je ne suis pas curieuse des affaires de mon mari. Je ne saurais donc pas si quelque chose l'avait gravement bouleversé ou quoi que ce soit de ce genre. La raison pour laquelle je n'ai pas prévenu la police quand je n'ai plus eu de nouvelles de lui c'est qu'il fait parfois des choses de son côté et qu'il m'en voudrait si je m'en mêlais. Je pense qu'il vaudrait mieux vous adresser à Jeremy Thorpe au 122 Rose Road, Little Minchener, près de Cambridge, car il est beaucoup plus informé des projets de mon mari que je ne le suis. Je ne pense pas que M. Thorpe soit déjà rentré, car il est allé en Italie pour ses vacances d'été. Mais ils vont bientôt revenir.

Sincèrement vôtre,

FELICITY WATKINS.

P.-S. Vous m'interrogez sur mon mari avec les enfants. Quand il est là c'est une famille très heureuse. Vous avez parlé de lettres qui auraient pu bouleverser mon mari. Il y a des lettres qui sont arrivées juste avant qu'il ne parte pour Londres, mais à moins que ce ne soit nécessaire je préférerais ne pas les lire. Je vous les enverrai si vous pensez qu'elles peuvent servir.

Alors, professeur, vous paraissez aller beaucoup mieux. Comment vous sentez-vous ?

Pourquoi ne me laissez-vous pas me rendormir ? Vous n'arrêtez pas de me réveiller.

Hier vous étiez fâché de ce que nous vous faisions dormir.

L'étais-je ?

Oui, vous nous avez traités de tous les noms et dit que nous voulions vous maintenir embrumé.

Embrumé. Embbbrummé. Embbbrumé. Emb… ce mot sonne comme ce qu'il dit. C'est étrange. Les mots… les sons. Un mot terne et lourd. Brum. Boum. Boum boum, boum boum, boum boum. Brum, brum, brum, brum. Sa couleur est. Quoi ? Je savais. Mais plus maintenant. Le son – c'est important… oui…

Je pense que vous allez beaucoup mieux. Vous avez le teint clair, on voit que vous avez repris des forces et vous avez l'œil clair.

Aux yeux d'azur. Aux yeux de feu. Oh *non*, je dois dormir encore, là où *Ils* sont. L'éveil c'est le sommeil.

Non, professeur. Asseyez-vous. Je crains que nous ne puissions vous laisser vous rendormir. Vous avez suffisamment dormi.

Pourquoi m'appelez-vous toujours professeur ?

Pr Charles Watkins. 15 Acacias Road, à Brink. Près de Cambridge.

Mais je ne veux pas de ça. Je ne l'admettrai pas.

Je crains que vous n'ayez pas le choix, professeur. Nous savons que c'est vous.

Mais je sais que je ne le suis pas.

Ou serait-ce que vous commencez à vous souvenir suffisamment pour ne pas vouloir l'admettre ?

Pourquoi dites-vous *Ou ? Et* serait plus juste. C'est drôle, je viens de le remarquer. Les gens disent ou bien, ou ceci ou cela, à cause du boum boum, brum brum, entre et sort, noir et blanc, oui et non un et deux, le ou bien ou vient de là, du rythme, du brum brum dans le sang, mais ce n'est pas ou bien ou du tout, c'est et, et, et, et, et, et.

Quoi qu'il en soit, professeur, vous devez accepter qui vous êtes. Je vous dis la vérité. Acceptez cela – et tâchez de partir de là.

Mais si je continue, cela signifie que j'ai commencé. Tout cela ne veut rien dire pour moi. Ce n'est pas du tout à moi. C'est un rêve.

Mon cher professeur, c'est votre vie.

Une vie en rêve. Une vie qui est un rêve. Un rêve…

Non, je crains de ne pas devoir vous laisser déjà vous rcndormir.

Oh, il faut que je dorme. Je le veux vraiment. Pas ici. Là-bas. Ce que j'ai dit avant n'est pas ce que j'aurais dit si j'avais su ce que je sais maintenant. Je peux dormir ma vie. Oui. Nous dormons nos vies. Oui. Vous aussi.

Professeur Watkins, réalisez-vous que vous êtes maintenant ici depuis un mois ? Dans cet hôpital ? Nous sommes à l'Hôpital Central. En entrant vous étiez en état de choc. Vous étiez en train de vagabonder et la police vous a trouvé sur les quais. Vous teniez des discours incohérents, confus, et vous parliez tout seul. Nous vous avons mis sous sédation. Puis comme vous ne sembliez guère aller mieux nous avons essayé un traitement pour vous aider à vous rappeler qui vous êtes – ce traitement provoque souvent des somnolences, mais dans votre cas il a provoqué vraiment une grande envie de dormir. Que ce soit ou non une bonne chose dépend de l'opinion qu'on s'en fait. Mais le fait est, et je vous le répète pour que vous ne l'oubliiez pas, que vous êtes hospitalisé depuis un mois. Nous venons seulement de découvrir votre nom, votre profession, votre adresse et votre situation. Nous en savons un peu plus, si vous souhaitez l'entendre… Eh bien ? allons, essayez un peu.

Vous me dites seulement ce que vous savez. Vous me dites qu'il en est ainsi. Mais quand je vous dis ce que je sais, vous me donnez tort.

Alors dites-moi ce que vous savez. Voyons, pourquoi riez-vous ? Savez-vous que vous n'aviez pas encore ri ? C'est la première fois que je vous vois rire.

Docteur, je ne peux pas vous parler. Le comprenez-vous ? Tous ces mots que vous dites, ils tombent dans un gouffre, ils ne sont ni moi ni vous. Pas vous du tout. Je puis vous voir. Vous êtes une petite lueur. Mais une bonne. Dieu est en vous, docteur. Vous n'êtes pas ces mots.

Bon, bon. Reposez-vous donc. Étendez-vous et reposez-vous. Mais avant de vous endormir essayez de vous souvenir : vous êtes Charles Watkins. Cela fait maintenant des années que vous habitez et travaillez à Cambridge. Vous enseignez les lettres classiques. Vous donnez des conférences. Et vous ne vivez pas seul – loin de là. Je vous verrai demain.

Et comment allez-vous aujourd'hui ? Oh – doucement, vous étiez en train de rêver, c'est cela ?

En ce moment je rêve.

Non, actuellement vous êtes réveillé. C'est à moi que vous parlez, docteur Y.

Ce n'est pas différent. Un rêve, comme ça.

Oh oui, c'est différent. Ceci est la réalité. L'autre est un rêve.

Comment le savez-vous ?

Pour cela vous devrez me prendre au mot, j'en ai peur.

Si j'y étais obligé, j'aurais peur. Je ne peux absolument rien prendre au mot. Les mots sortent de votre bouche et tombent par terre. Des mots en échange ? C'est cela ? Le rêve ou la vie. Mais ce n'est pas *ou*, voilà la question. C'est *et*. Comme tout. Vos rêves *et* votre vie. Ici on peut parler, parler. Je rêve quoi que je fasse, couché ou éveillé.

Bien, bien, professeur. Je vous verrai demain. Peut-être devrons-nous essayer un nouveau traitement.

Ce patient ne s'est pas amélioré depuis mon départ la semaine dernière. Je ne vois pas ce que nous avons comme alternative aux E.C.T.

DOCTEUR X.

Je suggère de le confronter à son épouse, ou, si nous pouvons en localiser certains, à des amis.

DOCTEUR Y.

Sauf changement d'ici deux ou trois jours, nous devons le transférer au Lazaret Nord de Higginhill. Pour mémoire ceci dans l'intérêt de Central.

DOCTEUR X.

Il n'est pas inhabituel de prolonger les six semaines ordinaires de trois semaines supplémentaires. Je suggère que nous le fassions.

DOCTEUR Y.

Uniquement si nous pouvons convenir des E.C.T. Ce qui serait une raison pour la prolongation.

DOCTEUR X.

Je ne suis pas contre les E.C.T. Mais en attendant une proposition : supprimer tout médicament, y compris les somnifères, et voir ce qui se passe.

DOCTEUR Y.

Entendu

DOCTEUR X.

Comment allez-vous aujourd'hui, professeur ?

Comme vous voyez.

Vous semblez avoir beaucoup plus d'entrain.

On ne m'a donné aucun médicament depuis vingt-quatre heures.

Nous avons pensé que cela pourrait vous aider à vous souvenir.

L'infirmière m'a dit qu'on m'avait drogué depuis mon arrivée.

Je vous l'ai dit, nous vous avons mis sous sédation par différents moyens. Puis nous avons essayé un traitement auquel vous avez réagi de façon très personnelle – en dormant presque continuellement – et donc nous avons interrompu le traitement plus tôt que nous ne le faisons normalement avec ce médicament particulier.

Je pense plus clairement. Docteur Y. ?

Professeur !

J'ai une question sérieuse à vous poser.

Je vous en prie.

Votre attitude envers moi est celle-ci : je dois lui faire souvenir de ce que je sais être vrai à son sujet.

Oui, c'est cela. Bien sûr.

Mais cela signifie que vous ne *me* prenez pas au sérieux. Vous ne m'avez pas pris au sérieux une seule fois.

A cela je puis seulement répondre que je vous ai consacré personnellement plus de temps et de soins qu'à aucun autre patient depuis des mois.

Non, ce n'est pas ce que je veux dire. Je vous dis, je ne suis pas ce que vous dites que je suis. Cela je le *sais*. Je ne suis pas le Pr Charles Machinchose. Ou si je le suis nominalement, ce n'est pas la question. Mais vous ne faites que le répéter et encore et encore, sans en démordre.

Allez-y, expliquez-moi. J'écoute.

Je pourrais être n'importe quoi d'autre. Je pourrais être…

Quoi ? Dieu peut-être ?

Qui a dit cela ?

Vous-même.

J'aurais pu être mort à la guerre.

Oh, ainsi vous avez connu la guerre.

Comme tout le monde.

Certains plus que d'autres.

Nous y étions tous.

Que faisiez-vous pendant la guerre ?

Si vous savez ce que je professe, ne savez-vous pas qui j'ai combattu ?

Non, votre femme ne l'a pas mentionné. Il faut que je le lui demande.

J'ai une femme ?

Oui. Elle s'appelle Felicity… est-ce si drôle ?

Ha ! ha ! ha ! je me suis absenté de Felicity. Ha ! ha ! ha !

Je suis marié, moi aussi.

Felicity.

Et vous avez deux garçons.

Si je suis un professeur, je peux avoir une femme, mais pour ce que je sais, je suis également un marin avec une femme aux Antilles. Celle-là s'appelle Nancy.

Ah, donc vous êtes de nouveau un marin n'est-ce pas ? Étiez-vous marin pendant la guerre ?

Non, j'étais un observateur et puis le Cristal est venu. *Ils* se sont battus. Ils se sont entre-dévorés.

Ah, maintenant j'aimerais que vous m'aidiez pour ceci. Si vous n'êtes pas Charles Watkins, qui êtes-vous ?

Je pense que je suis mes amis. Et ils sont – au nom du Cristal. Oui. Une unité. L'unité.

Vous vous appelez Cristal ?

C'est clair comme de l'eau de roche. Ha ! ha ! ha ! ha !

Vous êtes bien joyeux ce matin.

Les mots sont si *drôles*. Drôles à les Féliciter.

Je vois. Eh bien, je passerai bavarder demain. Nous n'allons plus vous donner aucun sédatif ni médicament. Pas pour quelque temps en tout cas. Il vous sera probablement plus difficile de dormir. Mais essayez de vous y tenir. Et peut-être pourriez-vous tâcher de voir si vous avez quelques souvenirs de votre famille. Deux fils. Deux garçons.

Mon fils est mort.

Je puis vous assurer que ni l'un ni l'autre ne sont morts. Mais on ne peut plus vivants. J'ai vu leur photographie. Aimeriez-vous la voir ? Je l'apporterai demain.

Cher docteur Y.,
Merci de votre lettre.
J'ai décidé de vous envoyer les deux lettres que j'ai trouvées dans la veste que mon mari portait juste avant qu'il ait perdu la mémoire. J'ignore si elles seront d'aucune utilité. L'une est de lui, mais il ne l'a pas envoyée pour quelque raison. Je ne pense pas que mon mari ait jamais eu de dépression. Mais je ne sais pas

vraiment ce qu'est une dépression. Je pense qu'il est à l'opposé du genre de personnes qui ont une dépression. Il a toujours été très énergique et a accompli beaucoup de choses. Il dort toujours beaucoup moins que la plupart des gens. Au début de notre mariage je m'en suis inquiétée et puis je m'y suis habituée. Il dort parfois quatre ou cinq heures par nuit pendant plusieurs semaines d'affilée, parfois seulement deux ou trois. Cela en été. En hiver il dort un peu plus. Il dit que c'est parce que les animaux ont besoin d'hiberner. Je ne pense pas qu'il ait travaillé plus dur que d'habitude cette année. Il travaille toujours beaucoup. C'est dans sa nature. Au début de l'année, il a été d'humeur assez désagréable avec des lubies mais il est toujours difficile à vivre au début de l'été, parce que c'est l'époque des examens. Il s'est mis à bégayer assez gravement au printemps, ce qui était nouveau pour lui, mais notre médecin de famille lui a donné des sédatifs et le bégaiement s'est arrêté, mais à une période ce fut assez grave pour lui faire annuler des conférences qu'il devait donner.

Sincèrement vôtre,

FELICITY WATKINS

Cher professeur Watkins,

Nous étions convenus que je vous écrirais. Vous n'allez pas me reconnaître – ou plutôt vous ne reconnaîtrez pas mon nom. Pourtant nous nous sommes vus pendant quelques instants après votre conférence. J'espère que vous vous en souviendrez, car c'est ce que vous avez dit qui l'a déclenché. A été un cataclysme, libéré un ressort, quelque chose comme ça. Quoi ? En fait, rien d'ordinaire ou d'évident et c'est mon problème en vous écrivant. C'est tout entier fait d'intangibles. Si vous ne vous en souvenez pas, néanmoins il restera vrai que d'avoir dit ce que vous avez dit ce soir-là a été en moi le départ d'un processus remarquable et qui a coïncidé avec un processus similaire chez un de mes amis proches – et, comme nous commençons à le voir, chez plus d'une des personnes qui nous sont proches. Pourtant c'est effectivement difficile à préciser. Pour moi, ce fut précisément de vous écouter parler. Nous nous sommes demandés s'il était possible que vous ne vous en souveniez pas ? Un levain peut-il ignorer qu'il est un levain ? Je suppose que oui. Ou peut-être est-ce tout autre chose – il se pourrait qu'un homme parlant d'une estrade dans un état d'esprit particulièrement inspiré puisse correspondre, ou coïncider, avec quelqu'un qui écoute et qui est venu écouter sans attente particulière, par des voies dont nous ne savons presque rien. Mais vous écrire, cet acte de m'asseoir pour assembler des mots, dans l'espoir que les mots seront aussi forts que ceux que vous avez utilisés ce soir-là, ressemble à la propagation d'un levain ou de quelque produit chimique qui a commencé par agir à un endroit puis s'est répandu comme un aliment et un stimulant pour s'infléchir à nouveau vers son point de départ. Cette lettre est comme un serpent qui se mordrait la queue. Arrivé là vous comprendrez qu'il importe peu que vous ne me connaissiez pas, parce que je n'ai pas d'importance individuelle. Pas plus bien sûr que vous-même. J'écris parce que j'ai plus de temps que mes amis. Je suis retraitée. De l'enseignement. Mes enfants sont grands et je suis veuve. Peut-être fallait-il que ce soit moi, à cause de ma présence à cette soirée dont je suis revenue comme si une gifle m'avait sortie d'un rêve éveillé. Nous nous sommes aussi posé des questions sur les autres personnes qui étaient venues. Certaines en repartirent-elles avec le sentiment d'avoir été pénétrées d'une nouvelle sorte de compréhension ? Ou suis-je la seule ? Vous ne devez pas le savoir. Mais j'ai du mal à le croire. J'ai écouté un grand nombre de conférences au fil des ans, hélas. J'en ai même donné. Ce n'est pas la première fois que je pense que la qualité d'une conférence ou d'un conférencier n'a pas nécessairement grand-chose à voir avec les mots effectivement prononcés. Non, je ne veux pas dire que j'admire le démagogue ou l'orateur inspiré, pas du tout. Mais il existe une autre qualité. C'est celle que vous aviez ce soir-là. On peut s'imaginer que ce que vous avez dit là-bas ait pu être écouté avec ennui. Les mots étaient intéressants, oui. Mais ce n'est pas la question. L'essence de ce qui s'est passé ce soir-là dans la salle, et de ce que j'ai appris depuis, c'est que des paroles prononcées par hasard dans une pièce voisine, une musique familière écoutée avec une attention particulière, un passage d'un livre que d'habitude on jugerait banal – voire le bruit de la pluie dans les branches, ou l'éclair éclatant dans un ciel nocturne, des images et des sons aussi communs qu'une journée ordinaire, peuvent avoir précisément cette qualité dont je sais maintenant qu'elle est pour moi la plus précieuse. Et pour d'autres.

Et si vous ne savez pas de quoi je parle, alors nous devons tenir pour vraie l'idée incroyable selon laquelle non seulement l'oiseau, l'éclair, la musique, la pluie, les paroles d'une comptine

> Combien de lieues pour Babylone ?
> Quatre fois vingt et dix de plus.
> Une bougie nous suffit-elle ?
> Oui, pour le retour aussi !

mais un homme qui parle dans une salle de conférences assez laide peut être pourvu de cette qualité sans en avoir conscience. De même qu'un oiseau peut chanter tout l'été sans jamais savoir que les sons qu'il produit résonneront une vie entière aux oreilles d'un enfant dans les rues sales comme la promesse cristallisée du printemps à venir.

Si vous ne voyez pas de quoi je parle, n'y reconnaissez rien, alors…

C'était au début de l'année, le printemps s'annonçait. Je passais le week-end avec des amis près de Cambridge, des anciens élèves. Ils ont des enfants en bas âge. Ils étaient très excités, avec tout plein de projets pour un nouveau genre d'école – non, pas pour supplanter l'éducation habituelle, celle que fournit l'État, mais pour s'y ajouter. Une sorte d'école pour le week-end insistant sur un enseignement individuel peu orthodoxe. En écrivant ces mots je suis reprise d'une impression d'ennui et de banalité – mais parfois je suis attirée par cette sorte d'idée. C'est seulement qu'elles m'ont attirée de trop nombreuses fois !

Deux douzaines de parents étaient venus vous écouter parce que vous étiez mêlé depuis quelque temps à des projets similaires. A l'idée de rester assise toute une soirée dans une salle de conférences j'ai failli rester chez moi, pourtant je crois que ce genre d'efforts individuels pour éduquer, animer et inciter sont d'une importance vitale – que sans personne pour les fournir un pays s'endort comme dans du coton. Plus encore, que toute démocratie en dépend. J'y suis allée et me suis retrouvée, comme prévu, dans un espace rectangulaire enduit d'un plâtre gris pas encore sec – c'était une salle neuve. Elle était mal chauffée. Il y avait au bout une estrade en bois où se tenait l'orateur – vous. Des gens étaient assis en rangs devant l'estrade comme au garde-à-vous. Des chaises dures à dossier droit. Voilà le décor réfrigérant que nous nous donnons pour élaborer et discuter ce dont nous rêvons pour un monde meilleur ! La salle de village. La salle de quartier. La salle de l'église. Nous trouvons cela normal, bien sûr. Un homme ou une femme se tient debout sur une estrade basse avec à côté une table munie d'un verre d'eau et peut-être d'un micro et en face un assemblage de gens assis à le ou la regarder, attendant d'écouter ce qu'il ou elle va dire. De ce processus viendraient de meilleures écoles, de meilleurs hôpitaux, une société nouvelle. Nous pouvons trouver cela normal, mais quel effet cela ferait-il, vu de l'extérieur ? Un effet bizarre, j'en suis sûr. En tout cas ce soir-là c'était vous, un homme entre deux âges, un habitué des estrades, avec une aisance et un naturel faits pour ne pas déranger ou offenser votre public. Ce n'est pas une critique, même si cela peut en avoir l'air. Je me souviens de m'être assise quand vous commenciez à parler et d'avoir pensé que vous aviez une pratique parfaite de l'estrade, comme les médecins ont une pratique de la clientèle.

Je me sentais impatiente et agacée par toute cette affaire – hors de toute raison et de toute proportion. Et je m'en voulais d'être ainsi. Ce qui se disait me plaisait. J'aimais voir que tous ces parents se proposaient de consacrer du temps et de l'argent pour élever leurs enfants comme notre système scolaire ordinaire ne peut ou ne veut le faire. J'approuvais l'orateur, vous, pour autant qu'il était possible de voir qui vous étiez derrière le professionnalisme de votre débit. Pourtant je bouillonnais de révolte et de ressentiment – pourquoi *fallait-il* toujours être assis sur des chaises dures dans des salles anonymes pour entendre débattre d'idées, pourquoi, lorsqu'on veut se faire citoyen et agir avec les autres faut-il toujours qu'il en soit ainsi – et pourquoi fallait-il toujours qu'il y ait ce phénomène, des gens lassés et mécontents de ce que propose la société, pourquoi trouvons-nous cela normal – qu'il en soit *toujours* ainsi, depuis toujours et pour toujours ? Pourquoi ce qui existe, ce qui est fourni est-il toujours aussi plat et ennuyeux et insignifiant comparé à ce que n'importe qui dans la rue peut imaginer de possible et de désirable ? – sans parler de tous ces jeunes parents par profession, ayant tous fait des études assez poussées, réunis dans cette salle. Vingt ans plus tôt j'avais appartenu à un groupe de jeunes parents du même genre, à cause de mes propres enfants. Plus récemment aussi, pour les enfants d'amis personnels. Mais ce que nous avions rêvé, puis discuté, puis projeté, et enfin essayé de mettre en œuvre n'avait pas pris la forme dont nous avions rêvé au départ. Et en était resté très loin... Il y avait eu des résultats, mais rien qui ait même approché ce que nous *savions* possible. Pourquoi ?

Qu'est-ce qui tournait mal ? Qu'est-ce qui tournait toujours mal ?

J'étais assise sans faire un geste entre mon hôte et sa femme, grillant d'impatience et de révolte et d'exaspération, émotions fort déplacées pour une institutrice à la retraite, quand vous avez dit ce qui m'a si profondément frappée. Je me souviens exactement de ce que vous avez dit, parce que j'étais dans un état de concentration attentive à ce que vous disiez, malgré ma nervosité.

« Chacun dans cette salle croit, sans le savoir, ou peut-être sans l'avoir formulé, ou du moins se conduit comme s'il le croyait, que les enfants jusqu'à l'âge de sept ou huit ans sont d'une espèce différente de la nôtre. Nous voyons les enfants comme des créatures allant être piégées et corrompues par ce qui nous a nous-mêmes piégés et corrompus. Nous en parlons, et nous les traitons comme s'il était possible de provoquer des événements qui sont presque inimaginables. Nous en parlons comme d'êtres qui pourraient devenir en grandissant une race en tous points supérieure à la nôtre. Et ce sentiment est universel. C'est pourquoi le domaine de l'éducation est toujours à ce point amer et embastillé, et que personne jamais, dans aucun pays, n'est satisfait de ce qui est offert aux enfants – sauf dans les dictatures où l'avenir des enfants est modelé sur les besoins de l'État. Pourtant nous nous y sommes habitués et ne réalisons plus ce que ce fait a d'extraordinaire, et ce qu'il exprime. Car il devrait suffire d'apprendre aux jeunes de l'espèce à survivre, à retrouver approximativement les compétences de leurs aînés, à assimiler les techniques courantes. Néanmoins chaque génération semble à un certain point pousser un beuglement d'angoisse, comme si on l'avait trahie, vendue, flouée. Chaque génération rêve d'un avenir meilleur pour ses enfants, et chaque génération accueille l'émergence de sa jeunesse à l'âge adulte avec une déception profonde et secrète, même si ces enfants sont aux yeux de la société des modèles sur tous les plans. Cela vient de la croyance vivace et inavouée qu'il peut y avoir mieux que soi-même. C'est comme si les jeunes créatures humaines avançaient vers l'âge adulte dans une sorte de course d'obstacles, hérissée de dangers, tandis que les adultes s'efforcent inutilement mais vaillamment de leur fournir quelque chose de mieux. Une fois adultes, les nouveaux venus se joignent aux plus vieux, leurs parents, quand ils se retournent et contemplent leur enfance. Ils observent l'enfance de leurs propres descendants avec la même anxiété futile. Pouvons-nous empêcher ces enfants d'être piégés et abîmés *comme nous l'avons été*, que pouvons-nous faire… ? Qui n'a pas au moins une fois regardé dans les yeux d'un petit enfant et vu là une critique, une hostilité, le regard intelligent et triste d'un prisonnier ? Cela se voit chez les très jeunes, avant que l'enfant ne soit forcé à ressembler aux parents, avant que sa propre individualité ne soit recouverte par ce que disent de lui les parents. Leur « ceci est bien, ceci est mal, vois les choses comme je les vois ». »

La réunion de ce soir-là, où de jeunes parents se joignaient à d'autres pour tâcher de fournir quelque chose de mieux, une meilleure « éducation », n'était rien d'autre que ce phénomène qui se répète à chaque génération. Chaque personne assise en face de vous sur une chaise inconfortable avait l'impression que son potentiel était resté inaccompli. Quelque chose avait mal tourné.

Un processus malfaisant et douloureux s'était achevé et les avait laissés, même après des études coûteuses – la plupart des personnes présentes venant de la petite bourgeoisie –, défectueux, inaccomplis, voire pervertis. Et nous ne faisions ainsi rien d'autre que ce qu'avait fait avant nous chaque génération ; nous regardions nos enfants comme s'ils avaient en eux de quoi devenir – pour autant que nous puissions imaginer la bonne « éducation » qu'il leur fallait – des êtres très différents de nous. Ils seraient meilleurs, plus courageux, plus gais. Oh, et plus encore, beaucoup plus – nous pensions presque à eux comme si c'étaient les jeunes d'une autre espèce, une espèce libre, intrépide, pleine de virtualités, empreinte de cette qualité reconnue par tous, mais jamais définie, la qualité que perdent tous les adultes, et qu'ils savent avoir perdue.

Voilà ce que vous avez dit – et plus encore.

C'est étrange, mais je me souviens à peine de vous, de l'apparence de celui qui parlait. Je sais que j'avais l'esprit assez clair – mais même ainsi je n'avais pas l'énergie d'absorber ce que vous disiez, de contenir ma propre agitation, et de vous regarder avec attention. Pourtant c'était un soir où je pétillais d'énergie, de vitalité, d'intérêt – justement à cause de ma colère (si c'est le mot juste) de me *re*trouver là une fois de plus. Ce que vous disiez expliquait cette sensation d'uniformité, de *retour*. Pourtant les mots que vous aviez, l'énergie que vous y mettiez, le sentiment que tout cela vous inspirait – et c'était aussi notre sentiment à tous, car les jeunes parents s'agitaient, en éveil, se penchaient sur leurs sièges pour écouter et regarder tout en s'adressant aux uns et aux autres, même ceux qui se connaissaient à peine, des regards, des hochements de tête et des sourires comme pour dire : Oui, oui, c'est cela, c'est terriblement vrai et nous ne devons pas échouer, cette fois nous devons réussir… – tout cela, l'impression de se reconnaître qui emplissait la salle, nous ranimait tout d'un coup. L'uniformité avait disparu. Nos identités au jour le jour étaient tenues pour un instant à distance, même lorsque vous avez dit : « L'éducation n'a qu'un sens – qu'il faut alimenter et maintenir la curiosité vigilante, intrépide, vivante des enfants. C'est *cela* l'éducation. » Et nous, en écoutant, nous étions vigilants, intrépides, vivants. Chacun de nous était à cet instant imprégné de ces qualités. Encore sous cet effet stimulant mes amis et moi sommes retournés en voiture chez eux. Quand nous sommes rentrés dans le living qui gardait encore la chaleur et la fumée du début de la soirée, avant que nous soyons partis pour la conférence, nous nous sommes pris à bâiller. Le stimulant n'agissait déjà plus. Un des enfants a pleuré dans son sommeil et le père est monté, tandis que la mère disait qu'elle allait devoir conduire l'enfant chez un médecin, il dormait mal, s'agitait et avait des cauchemars. Je compris qu'il n'y avait aucun rapport entre ce qui se passait sur l'instant – le père monté calmer l'enfant, la mère parlant de docteurs et de médicaments – et ce que ces mêmes parents avaient éprouvé et ce vers quoi ils avaient aspiré à peine une demi-heure, ou même quelques minutes plus tôt, dans la voiture. Tout était fini. Le moment d'éveil, de réceptivité, d'énergie s'était consumé. Vos paroles – ou plutôt ce que vous aviez mis dans les mots – nous avaient rechargés, réveillés, fait reconnaître des parties de nous-mêmes habituellement cachées, enfouies… et c'était tout. La soirée se termina comme elle avait commencé, quelques adultes dans un salon qui bavardaient, buvaient, fumaient, discutaient du projet d'école de week-end pour les enfants, mais comme si ce n'était qu'une tâche de plus venant s'ajouter à leurs fardeaux déjà trop nombreux.

Or j'étais réveillée. Comme par un aiguillon. Je n'ai pas dormi. Et cette nuit-là je suis restée à ma fenêtre en me disant : Ne le lâche pas, ne l'oublie pas. Quelque chose d'extraordinaire s'est passé. Lors de cette nuit où je suis restée assise à regarder un jardin de banlieue, j'étais peut-être comme une enfant de trois, quatre ou cinq ans, une créature très différente de la personne qu'elle était condamnée à devenir. En tout cas je me souvenais de ce que j'étais quand j'étais toute petite. Je me suis souvenue de choses oubliées depuis des années. Avant que ces « ombres prisonnières » ne se soient abattues. Avant que le piège ne se soit refermé.

Et quand je suis rentrée chez moi dans mon appartement londonien, c'est resté avec moi. Qu'est-ce qui est resté ? Pas les mots que vous aviez employés. Mais le sentiment de cette qualité qu'avait eue votre discours. Cela s'accompagnait d'une reconnaissance, comme si on m'avait rappelé quelque chose que je savais très bien. J'avais une crainte sourde et frémissante d'oublier à nouveau, de laisser échapper ce que j'avais été dans mon enfance. C'était la même impression qu'au réveil après un rêve saisissant dont on sait qu'il a une importance pour soi-même, ou pour un ami. On se réveille en luttant pour conserver le rêve, son parfum, sa texture. Mais en quelques minutes le pays du rêve a disparu, son goût et sa réalité se sont dissipés dans la vie quotidienne. Tout ce qui vous reste est une conviction intellectuelle maintenue par une suite de mots. Vous voulez vous souvenir. Vous essayez de vous souvenir. Vous avez une suite de mots à offrir à votre ami, où à vous répéter à vous-même. Mais la réalité est partie, elle a disparu.

Or je *continuais* à me souvenir. C'était comme si, à n'importe quel moment où je voulais le revivre, il y avait un pont entre ce moment d'intensité où vous nous parliez des enfants, de nous tous, et la pulsation du temps où j'étais. Je me mis consciemment à chercher autour de moi cette qualité dans d'autres moments de la vie. Comme un métal autour d'un autre, enveloppant une substance d'une autre apparemment dissemblable. Cette nuit m'avait réveillée d'un coup d'aiguillon, et maintenant je me lançais dans une recherche impatiente comme enfiévrée à l'idée que cette impatience puisse se dissiper comme la lueur rémanente d'un rêve précieux et me laisse à nouveau tranquille et morte.

Puis, au bout de plusieurs semaines, il s'est passé quelque chose. Je vais l'écrire, mais je ne puis faire plus que de noter des mots. Ce fut encore un éclair de reconnaissance, de joie, de « oui, c'est ça », avec là aussi cette impression de correspondance, de résonance, de substances accordées, présente dans cet incident exactement comme elle l'avait été pendant ces cinq ou dix ou trente minutes où vous parliez de conserver ce que les enfants ont de vivant et d'éveillé en même temps que vous inspiriez à une salle pleine de gens ce dynamisme et cette vigilance. Fût-ce pour quelques minutes.

A demi consciemment, comme je l'ai dit, je cherchais, j'observais, j'essayais de retrouver cette « qualité ». Qualité que j'avais étiquetée « longueur d'onde ». Car c'était comme d'entrer soudain en contact avec un fil à haute tension. Ou d'être, momentanément, prise dans un courant différent, plus haut, vibrant, le familier devenant transparent. Alors, quand c'est arrivé, je ne m'en suis pas rendu compte immédiatement, car j'avais déjà peut-être fétichisé à l'excès ce que vous aviez fait de ce passage dans la salle de conférences – je voulais qu'il se passe la même chose. Quand c'est arrivé, c'est de façon ordinaire, de même qu'avec vous qui parliez d'éducation au cours d'une conférence de routine. Et, bien sûr, je ne m'y attendais pas juste à ce moment-là, le moment était à moitié passé quand je m'en suis rendu compte, et si mon attention n'avait pas été soudain piquée au vif, j'aurais pu le manquer entièrement.

Là encore, je suppose qu'une fois écrit cela paraîtrait peu de chose. Il arrive parfois qu'en lisant un livre ou une histoire des mots soient sans vie, on se force à terminer ou on arrête, notre attention est ailleurs. Une autre fois le même livre ou la même histoire est pleine de sens, chaque phrase ou période ou même chaque mot semble vibrer de messages et d'idées, et lire fait l'effet d'être rempli d'adrénaline.

C'est aussi possible avec des événements banals de la vie quotidienne.

Je descendais la rue qui passe devant l'université de Londres. C'était en fin d'après-midi. En mai, je pense ; en tout cas ce n'était pas encore l'été. Il avait plu. Les choses brillaient sous les réverbères. Trouvez-vous aussi qu'à la tombée du jour le monde devient plus clair et plus intense ? Et quelquefois très triste. Particulièrement quand il a plu. Enfin, passons – je sais que les atmosphères ou paysages qui nous émeuvent laissent froid quelqu'un d'autre. Je marchais vite pour me réchauffer : c'était une journée typique de printemps anglais, aussi froide qu'en hiver ! Devant l'entrée de l'université, où je passe assez souvent puisque j'habite à côté, j'ai ralenti en regardant les grands portiques et les colonnes, toute la pompe officielle de cet endroit, pensant que c'était à cet aspect impersonnel et cérémonieux qu'on reconnaissait le plus facilement un lieu d'enseignement – école, université ou collège – et qu'en elle-même cette atmosphère devait donner une certaine forme de pensée aux jeunes personnes qu'on y éduquait. J'ai vu un homme descendre les marches, mais c'était une heure où les gens rentraient chez eux, et un flot régulier franchissait les grilles. Je les regardais distraitement, pensant à la minuscule insignifiance de ces êtres humains à côté des grandes bâtisses froides qui étaient censées être à leur service, et me disant qu'aucun être d'âge tendre éduqué en cet endroit ne pourrait jamais croire que les êtres humains sont plus importants que leurs institutions. Mots, professeurs et manuels pouvaient bien dire une chose, le bâtiment lui-même criait le contraire.

Je regardais cet homme pour quelque raison, pensant que je prenais froid à rester immobile. C'était ce que je ressentais le plus clairement – que j'avais froid. En même temps je me disais que je connaissais cet homme. Et tout d'un coup, il monta en moi le sentiment très fort de le connaître – non, pas seulement de l'amitié, et souvenez-vous que j'ai soixante ans, et que je ne suis pas une fille romantique. Je ne peux pas en dire plus que ceci : je ne me souviens pas d'avoir jamais ressenti envers qui que ce soit une affinité aussi forte, comme si je l'avais réellement connu intimement et que j'avais avec lui des liens profonds. Quand cette impression s'effaça, me laissant assez stupéfaite et même amusée – je me rendis compte que, bien sûr, je le connaissais : c'était Frederick Larson. Peut-être le connaissez-vous de nom ? Non, ce n'est pas quelqu'un de connu, mais je ne pense pas que ce soit une question idiote. D'abord, combien de fois n'avons-nous pas demandé à un ami ou une connaissance à propos d'une autre : « Connaissez-vous Untel ? » et par extraordinaire cela se vérifiait. Mais dans ce cas il y a plus. Il se trouve que nous – j'expliquerai ce « nous » dans un moment – nous rencontrons entre nous, et en attirons d'autres, qu'en fait nous sommes déjà sur la même orbite, si je puis m'exprimer ainsi. Nous nous connaissons entre nous, ou avons des amis en commun. La rencontre réelle n'est qu'une confirmation d'un lien existant. De toute façon, Frederick connaît votre nom, et votre travail, et il dit qu'effectivement il vous a rencontré un jour, mais qu'il y avait d'autres gens – encore une conférence ; peu de chances que vous vous souveniez de son nom, si vous l'avez jamais entendu.

Quand il est arrivé à la grille et m'a vue dans la rue, il a dit en souriant : « Et maintenant parlez-moi de vous. »

Je vais m'expliquer. C'est une vieille plaisanterie. Il y a vingt-cinq ans que j'ai entendu parler de lui pour la première fois par ma sœur Marjorie. Elle était en Grèce avec son mari, qui était archéologue. Il a eu une sorte de maladie du sang, qui a duré longtemps et dont il est mort. C'est à cette époque que Frederick Larson, un vieil ami à lui, devint un intime du couple. Lui aussi était archéologue. Il prit un congé de longue durée pour rester avec son ami, le mari de ma sœur, jusqu'à sa mort. Ma sœur se sentait seule et misérable et m'écrivait de longues lettres, deux ou trois par semaine. Elle me parlait sans cesse de cet ami merveilleux de son mari mourant, de sa gentillesse, sa patience, sa bonté d'âme et ainsi de suite. Elle me raconta tout ce qu'elle savait de lui, sa jeunesse, ses difficultés, son éducation – tout. En bref, je savais tout de lui et il savait tout de moi, mais il ne semblait y avoir aucune raison spéciale pour que nous nous rencontrions. Nous étions pour chacun comme des personnages d'un feuilleton interminable, dont l'histoire s'écrirait à mesure qu'on la lit. Nous connaissions l'un de l'autre les détails les plus intimes. Ce n'est pas la première fois – ni la dernière – que j'ai eu ce rapport avec des gens que je n'ai jamais vus. Mais je me demande maintenant, bien sûr, si cette extraordinaire intimité de seconde main signifie que nous sommes destinés à nous rencontrer. Par exemple, un jour à une fête je me suis trouvée près d'un Américain que je n'avais jamais vu et qui pourtant me semblait familier. Je n'avais pas retenu son nom quand on nous avait présentés. Et il avait la même impression quant à moi. Nous avons commencé à nous dire ce que nous savions l'un sur l'autre, en plaisantant, sans dire nos noms. Nous nous connaissions extrêmement bien. Nous en savions chacun l'un sur l'autre plus que beaucoup de gens mêlés quotidiennement à nos existences. Tout de même, nous avons fini par sortir nos noms, et tout s'est expliqué. Le début d'une belle amitié ? Pas à cette époque, en tout cas. Il allait juste partir pour une fouille en Turquie. Je devais emmener un de mes enfants en vacances, nos vies n'étaient pas dans le même sillon. Nous avons plaisanté sur le fait qu'il n'y avait aucun sens à devenir amis, puisque nous savions déjà tout ce qu'il y avait à savoir et qu'il ne pouvait y avoir aucune surprise. Ensuite nous n'avons pas arrêté de tomber l'un sur l'autre dans la rue, chez des amis. Bien sûr il était souvent à l'étranger, et quand mes enfants seraient plus grands nous partirions en voyage avec eux. Et avant de partir en voyage je pariais en riant avec mon mari que nous allions rencontrer Frederick quelque part. C'est arrivé, plus d'une fois. A chaque rencontre l'un ou l'autre disait : « Et maintenant parlez-moi de vous. » Le plus souvent – nous le savions déjà – des amis communs avaient continué le feuilleton.

Cette fois, quand il est arrivé là où j'étais, il s'est retourné pour regarder la cour – mais c'est trop grand pour qu'on l'appelle une cour – où des personnages minuscules s'éloignaient de l'immense bâtisse à pas pressés. Il avait dû y voir ce que j'avais vu, car il a dit : « Il y a des bâtiments aussi grands que celui-là qui ont des escaliers proportionnés à leur taille. »

Je ne compris pas.

« Il y a par exemple un bâtiment à Mexico. Il a des escaliers que des êtres humains à notre échelle ne peuvent pas utiliser. Imaginez cette bâtisse avec des marches à son échelle – elles auraient la hauteur d'un homme. Ce bâtiment nous écrase à ce point à cause du rapport entre les marches et la construction elle-même. C'est dans les proportions.

— Mais ce serait un bâtiment pour géants », dis-je.

Il cita en riant : « Mais en ce temps-là, c'étaient des géants. »

Je commençais à avoir très froid, et j'étais en retard pour la visite que j'allais faire. Au moment où je le pensais, il dit : « Eh bien, je pense que nous nous croiserons une autre fois. »

Je lui avais déjà dit au revoir et j'allais repartir quand il a fallu que je me retourne. C'était comme une panique, un avertissement, le sentiment de possibilités perdues, d'occasions près de disparaître. Il me revenait en tête votre discours sur cette estrade sinistre. Frederick s'était retourné, lui aussi, après avoir fait quelques pas.

« J'ai passé l'été dernier à travailler sur un site en Turquie, dit-il. Une ville a été dégagée sur près d'un demi-arpent. Elle a dû avoir plusieurs milles de largeur. Il semble qu'il y ait un grand nombre de niveaux sous le niveau supérieur. Des êtres humains ont vécu à cet endroit pendant des milliers d'années. Pendant ce temps il est probable que le climat s'est transformé, a tout changé, la végétation, les animaux, les gens. En nous basant sur le travail d'un été et sur ce demi-arpent déterré, nous savons tout sur cette civilisation – ses croyances, ses rituels, ses habitudes, son agriculture. On a écrit des articles savants par douzaines. Moi-même j'en ai écrit trois. Hier je ne me sentais pas très bien, je suis resté à la maison et j'ai regardé la télévision entre quatre et sept. Me fondant sur cette expérience, j'en retire les conclusions suivantes sur la civilisation de la Grande-Bretagne en 1979. En premier lieu, comme trait le plus marquant d'une extraordinaire civilisation : tous les événements sont d'égale importance, que ce soit une guerre, un jeu, le temps qu'il fait, l'art de faire pousser les plantes, un défilé de mode, une chasse à l'homme.

« Autre trait, pour nous incroyable : leur faculté d'accommoder une telle variété de croyances incompatibles. Leur société est techniquement extrêmement développée, mais ils croient aussi aux sorcières, aux fées, aux surhommes, à toutes sortes de magies, et ils prennent la peine d'inculquer ces croyances à leurs enfants conjointement aux techniques scientifiques.

« En même temps ils ont une déité supérieure aux dieux subsidiaires, mais cette déité est plus arriérée qu'ils ne le sont, et moins puissante – car en fait les dieux de second ordre, comme Superman, utilisent des techniques modernes comme la lévitation et le voyage dans l'espace. Ils se concilient ou invoquent la déité supérieure en chantant pour, ou vers elle, devant des prêtres qui portent des vêtements richement ornés, élément d'un cérémonial compliqué prenant place dans des bâtiments à la décoration raffinée mais cependant archaïques et arriérés. Ces prêtres, probablement dans le cadre de ce rituel magique, produisent toutes sortes de sons, chantent, psalmodient, bourdonnent, et ainsi de suite.

« Leur emploi des sons est à la fois un défi et une énigme. Alors qu'ils communiquent entre eux uniquement de façon verbale, habituellement grâce à des conférences – un homme ou une femme parlant longuement d'un sujet unique – ils ne croient guère en l'efficacité des mots en eux-mêmes, car ces discours, ou conférences, sont introduits, accompagnés, interrompus et conclus par des sons divers, habituellement musicaux. Je suis persuadé que l'usage qu'ils font de la musique, si nous pouvions le comprendre, serait la clef de leur civilisation. Cela se rapporte probablement à l'endoctrinement ou à l'impression mentale. Il ne me vient pas à l'esprit d'autre explication pour la nature complètement arbitraire, fortuite et fragmentaire de cet accompagnement ou renforcement musical sinon qu'il doit faire partie de la technique employée par une caste secrète sacerdotale ou possédant des techniques supérieures pour contrôler la plèbe. Si cette explication est correcte, alors cette culture a fait des avancées remarquables dans certains domaines, bien qu'étant aussi arriérée dans d'autres. Ai-je mentionné que leur culture est profondément animiste, avec la croyance que les animaux et les plantes ont des caractéristiques humaines et parfois magiques... Oui, dit-il, je peux vous assurer que c'est tout à fait analogue à nos méthodes en Turquie, ou en Afrique, ou n'importe où ailleurs. Par contre, si j'avais regardé la télévision entre huit heures et minuit, mes conclusions auraient été largement différentes, mais auraient fait, bien sûr, également autorité... »

Nous sommes allés dans un pub voisin, d'où j'ai téléphoné à la personne qui m'attendait et me suis excusée de ne pas venir. Je ne pouvais pas quitter Frederick ainsi. De fait, il était dans une période de grande inquiétude. Il s'avéra que nous avions fait la même expérience quelques semaines plus tôt. Dans son cas il ne se souvenait d'aucun commencement précis à tout cela. Il ne pouvait pas dire : Tout a commencé parce qu'un soir j'étais assis dans une salle de conférences glacée pour écouter un enthousiaste de l'éducation. Non, mais un jour il s'était rendu compte qu'il était dans un état, une disposition différente. Et il ne pouvait pas définir cette disposition. Son travail, qu'il adore et qu'il fait souvent passer avant tout le reste – même avant sa femme et sa famille, comme il le reconnaît volontiers –, ce travail n'était plus qu'une routine, quelque chose qu'il fallait faire. Il pensa qu'il était peut-être malade. Il alla même chez un médecin qui lui donna un fortifiant. Il dormait de plus en plus mal. Il décrivit son sommeil comme celui qu'on a la veille d'un départ en voyage, quand il faut se lever tôt et qu'on se réveille sans arrêt pour être sûr de ne pas dormir trop longtemps.

On lui offrit une chance d'aller travailler sur un site au Soudan, et alors qu'il avait eu envie de retravailler en Afrique, il refusa. Il savait pourtant que c'était une sottise, une décision qu'il allait peut-être regretter plus tard.

Il finit par se dire qu'il devenait un peu fou, peut-être d'avoir découvert qu'il avait indubitablement atteint la cinquantaine ! Et il cessa de s'inquiéter des causes et des raisons. Il m'a dit que tout était devenu plus vivant, plus contrasté, que c'était comme d'être amoureux, cet état où tout, pendant des heures, des jours ou des semaines, est imprégné par la personnalité de l'autre personne. Pourtant il n'était pas amoureux. Et il n'y avait pas d'autre personne. Il m'a dit que c'était comme si tout – personnes, lieux, arbres, plantes, maisons – était plein de promesses, de richesses, mais que tout se détournait quand il s'en approchait. « C'était comme si j'allais devant un miroir et qu'il ne reflétait rien. » Je connais bien cette impression. Et vous ? Je lui ai raconté ce que j'avais vécu lors de la « nuit des enfants » (le titre ou mot de passe que j'ai adopté). Nous avons parlé jusqu'à la fermeture du pub, puis nous sommes allés chez moi, ayant tous les deux le même sentiment – chacun était pour l'autre une jarre pleine de possibles, mais une jarre fermée, bouchée. Et si nous parlions suffisamment il en sortirait une révélation quelconque, un indice.

Une difficulté venait de ce que nos vies avaient été si différentes, lui toujours en voyage, découvrant toujours des villes et des endroits nouveaux, et moi institutrice, ménagère et mère ayant rarement quitté l'Angleterre. Pourtant nous avions vraiment cette chose en commun, d'avoir été atteints d'une sorte de vigilance supplémentaire. Les réactions des autres nous paraissaient lentes. Ils avaient l'air à moitié endormis. Mais cet état avait son revers, car c'était une tension et une difficulté – un défi difficile à relever.

J'ai décrit en détail cette rencontre avec Frederick, parce que ce fut comme la « nuit des enfants ». Maintenant je vais abréger et tâcher de mettre un peu d'ordre.

Frederick et moi nous sommes vus presque tous les jours – nous en sommes maintenant au début de l'été, fin mai-début juin. Comme je l'ai dit, je suis à la retraite et il s'était retrouvé désœuvré. C'est quelqu'un d'énergique et il n'aime pas l'oisiveté. Il s'était engagé à faire deux conférences sur la fouille en Turquie. Il avait déjà souvent donné des conférences. Un soir il est venu me voir, vers dix heures, disant qu'après s'être levé pour commencer à parler, deux heures plus tôt, à sa première conférence, il s'était mis à bégayer si fort qu'il n'avait pas pu continuer. Il ne pouvait pas, littéralement, sortir les mots de sa bouche. On l'excusa, disant qu'il était surmené, et ainsi de suite. Des excuses, beaucoup d'embarras. Il était venu me voir en état de choc, stupéfait, et plus qu'un peu effrayé. Il en revenait à croire qu'il avait peut-être une maladie. Pourtant, alors qu'il n'avait pas pu prononcer deux phrases de suite – n'avait pas dit un seul mot sans bégayer – avec moi il ne bégayait plus du tout. Il était normal. Tout d'un coup, il se rappela que cela lui était déjà arrivé, environ dix ans plus tôt. Mais la chose avait été si déplaisante qu'il l'avait chassée de son esprit. « C'était une chose si bizarre, dit-il, pour moi qui ai la parole si facile, que je ne pouvais pas faire le rapport avec moi : il me semblait vraiment qu'il s'agissait de quelqu'un d'autre. » Il venait de terminer un travail d'un an sur le site d'une île grecque. Il faisait des conférences sur l'*Iliade* et l'*Odyssée*, les rapprochant de certaines découvertes que ses collègues et lui avaient faites. Il se mit à bégayer. Il se força à continuer, car c'était une chose qui ne lui était jamais arrivée, mais au bout de quelques minutes il fut pris d'une crise de bégaiement si féroce qu'il dut s'interrompre et arrêter la conférence. C'était comme si, dit-il, sa langue avait été engourdie ou gelée. Il rentra chez lui et termina à voix haute le texte qu'il avait eu l'intention de présenter au public. Il le fit avec la plus grande facilité, avec son aisance habituelle. Mais il s'aperçut que lorsqu'il parlait il y avait un autre courant de mots parallèle au courant des mots qu'il prononçait réellement, et que ce courant parallèle exprimait des opinions non pas précisément inverses de celles qu'il énonçait, comme un écho ou une image dans un miroir – ce qui, dit Frederick, aurait pu évoquer une sorte de signification psychologique –, mais des opinions partant plutôt sur une tangente et dont il aurait pu jurer, comme il dit, qu'il ne les avait jamais lues et n'en avait pas entendu parler. Des idées dingues, loufoques, timbrées, saugrenues. Mais il ne pouvait empêcher ce flot silencieux de s'écouler, très distinctement, tandis qu'il produisait son discours raisonnable et logique. Il dit avoir senti que s'il relâchait un seul instant sa censure ou sa vigilance, ses lèvres se mettraient à énoncer le second courant de dingueries et qu'il resterait aussi impuissant que la poupée d'un ventriloque.

Bref – il annula la série de conférences et partit en vacances avec sa famille. Il prit les sédatifs prescrits par son médecin, les vacances terminées il repartit bientôt sur une autre fouille, et il oublia bien vite qu'il eût jamais bégayé.

J'entre dans les détails du bégaiement plus que je ne l'aurais fait si, lors de cette « nuit des enfants », vous n'aviez dit en passant que vous aviez eu un problème de bégaiement.

Frederick annula son cycle de conférences sur la Turquie. Il alla voir un psychiatre qui ne fut capable de déterrer aucun problème personnel : Frederick affirmant être content de son travail, de sa vie, de ses habitudes, de sa femme et de ses enfants – maintenant adultes. Il décrivit ensuite à ce médecin son état d'esprit des dernières semaines, et découvrit qu'il était atteint de la ménopause masculine ainsi que de troubles maniaco-dépressifs. Ce en quoi il trouva un intérêt académique, mais aucune aide. Il lui vint à l'esprit qu'en allant chez le médecin il avait tracé un autre sillon parallèle, « comme une voie de chemin de fer », dans son existence. Les discussions avec le médecin sur sa condition se poursuivaient côte à côte avec cette condition, sans l'influencer d'aucune sorte, ni affecter ce qui l'intéressait vraiment – qui était et qui est les discussions avec moi, et avec une ou deux autres personnes. A ce point je dirais simplement que peu après notre rencontre, Frederick et moi avons fait tous deux d'autres rencontres, de la même qualité. Ces rencontres eurent lieu séparément, et par hasard, pourtant l'ami de Frederick et le mien se connaissaient et avaient en fait le genre de rapports que Frederick et moi avions eus pendant plusieurs années – cet interminable feuilleton. Si vous venez nous voir, ce que cette lettre, je l'espère, aura pour effet de réaliser, vous me rencontrerez donc, ainsi que Frederick et deux autres personnes, dont les vies à tous ont été changées ces derniers mois, mais de façon très difficile à décrire, si légers, si imperceptibles sont ces changements pour un œil extérieur. Retour à Frederick. Après une demi-douzaine de rendez-vous chez le psychiatre, Frederick bégayait toujours dès qu'il approchait le moindre détail de sa profession, et avait toujours la langue facile et bien pendue sur tout autre sujet.

Le psychiatre lui proposa divers traitements, rien que des drogues, mais Frederick le quitta et se trouva un spécialiste du bégaiement, pas un docteur, quelqu'un d'étranger à la profession médicale. Cet homme avait une méthode pour guérir les bègues en les faisant parler très lentement, articulant chaque lettre, ménageant des pauses entre chaque mot. Les sons qui en sortent sont dénués de sentiment, sans la fluidité et les variations habituelles de la parole. C'est un langage de machine. Mais la méthode guérit effectivement certaines personnes. Frederick était bien allé à une demi-douzaine de cours, quand il lui vint que la méthode était une façon de bloquer sa propre spontanéité ou créativité. La méthode n'était qu'une censure. Surveiller chaque syllabe qui sortait de sa bouche ne signifiait pas seulement concentrer toute son attention sur ce qu'on disait – c'était renvoyer la censure plus loin, dans son propre esprit. Trier ou choisir les mots quand ils sont déjà au bout de la langue, c'est trop tard. Non, le choix doit se faire avant, en pensée. Frederick s'aperçut qu'il y arrivait très bien. En classe on aurait dit quelqu'un venant d'apprendre l'anglais et devant préparer chaque phrase avant de la prononcer. Ou quelqu'un vivant sous une dictature, devant surveiller ses paroles. Mais quand il retombait dans un incontrôlable bégaiement, c'était pareil qu'avant, quoique moins fréquent. Il arrêta les cours et décida de ne pas revoir le psychiatre. Il avait compris qu'il y avait quelque chose qu'il devrait comprendre.

Nous avons réexaminé ensemble sans relâche la période précédant la première crise de bégaiement plus de dix ans auparavant. C'était son travail sur la Grèce, qui avait donné un livre intitulé, je crois, *Homère sous un nouveau jour* – ou quelque chose comme ça. Mais nous avons trouvé que cela venait de plus loin. Avant la Grèce, il était allé en Afrique. Il avait séjourné dans une tribu dont l'existence était réglée par le mouvement d'un fleuve. Il y a une crue annuelle, et une vaste plaine disparaît sous les eaux. Dans la plaine se trouvent des monticules où sont situés les villages. Alors – et c'est de cela qu'il s'agit – Frederick eut cette idée : en supposant qu'une certaine année la crue monte de vingt pieds plus haut que d'habitude et inonde les villages, puis que les gens décident de ne pas retourner dans ces villages mais d'aller vivre ailleurs, il faudrait alors très peu de temps, peut-être pas plus de deux ou trois ans, pour qu'il soit impossible de savoir que des êtres humains y avaient vécu. Les huttes étaient en bois et en terre. Les toits en chaume. La plupart des récipients étaient en bois. La poterie n'était pas cuite mais séchée au soleil, faite pour être jetée sans problème après usage. La tribu était restée pacifique depuis un certain temps – les armes, des lances, étaient en fer, cérémonielles. L'eau et les fourmis pouvaient tout détruire en quelques mois. Les seuls objets de ces villages qui survivraient seraient les objets modernes en plastique et ferblanterie. Et cette société aurait pu avoir existé des milliers de fois, sur ces mêmes monticules, entrecoupée d'inondations, et rien n'en serait resté, absolument rien. Pourtant, se dit Frederick, si l'on juge une société sur son harmonie, sa responsabilité vis-à-vis de ses membres et sa non-agression envers ses voisines, c'était effectivement un haut niveau de civilisation. De plus – et c'est là que Frederick se sentit touché – c'était une société mieux intégrée à la nature que toutes celles qu'il avait connues, et en Afrique c'est beaucoup dire. Non seulement la vie de cette tribu était fondée sur la crue et la décrue du fleuve, mais imprégnée de rituels par rapport aux saisons, aux vents, au soleil, à la lune, à la terre. Néanmoins, pour l'anthropologie conventionnelle dire qu'une société est animiste, liée à la nature, équivaut à dire qu'elle est arriérée, barbare.

Frederick repartit de cet endroit profondément troublé. La visite de cette tribu, et les réflexions qui en résultaient, ébranlaient sa confiance en l'archéologie – c'est ainsi qu'il le vivait. Qu'il avait l'équivalent des « doutes » pour un croyant, et qu'il devait les surmonter pour aller de l'avant. Son idée première était que notre société est dominée par les choses, produits, possessions, machines, objets, et que nous jugeons les sociétés précédentes à leurs produits – des objets. Qu'il n'y a pas d'autre moyen de connaître les idées d'une société antique qu'à travers la barrière de la nôtre.

Cette expérience, décida-t-il, avait sur lui des effets « malsains » et « morbides ».

Je suis sûre qu'à ce point vous avez compris que Frederick est un homme qui a toujours été plein de vitalité, de confiance en lui, ne craignant jamais d'exprimer ses opinions, de prendre parti – de s'affirmer.

S'il avait été moins sûr de lui, ce séjour en Afrique lui aurait probablement fait beaucoup moins d'effet.

Mais il surmonta ce découragement passager et se lança dans ses conférences sur la Grèce, qu'il dut abandonner à cause de son premier accès de bégaiement.

Pour en arriver à la période ayant immédiatement précédé notre rencontre devant les grilles de l'université de Londres.

Il y avait eu un incident, apparemment mineur… il était allé rendre visite à un collègue qui faisait des fouilles dans le Wiltshire. Il avait passé la nuit dans l'auberge du coin et était allé le lendemain matin sur le site pour voir son vieil ami. C'était le milieu de la matinée, et le travail battait son plein. Le professeur lui-même, une demi-douzaine d'amateurs venus pour le plaisir et deux étudiants en archéologie. Ils avaient dégagé un fossé remblayé de cailloux. Le professeur n'avait pas vu arriver Frederick. Il disait que ce type de fossé indiquait que c'étaient les fondations d'un bâtiment en pierre – les pierres qui avaient été calées sur ces moellons ayant été réutilisées plus tard pour d'autres constructions. Là-dessus un des étudiants glissa d'une petite voix timide qu'il était allé récemment en Afrique et qu'il avait observé dans un des villages où il était passé les villageois en train de construire une case en torchis étayé de perches, et en chaume. La première étape était de creuser une tranchée, la seconde d'y planter les poteaux des murs, la troisième d'entasser des moellons dans la tranchée autour des poteaux. Le professeur ne fit pas de commentaire. Il s'éloigna, Frederick le suivit et signala sa présence. Le professeur lui fit faire le tour de la fouille, et en arrivant près du fossé plein de cailloux il dit : « A mon avis c'est la fondation d'une construction en bois et non en pierre, après tout, certains peuples primitifs commencent en effet une case en... », etc., et ainsi de suite. Mais s'il n'y avait pas eu cet étudiant retour d'Afrique, la voix professorale aurait proclamé de toute son autorité que cette construction avait dû être en pierre. Et c'était ainsi qu'on en arrivait aux affirmations pleines d'assurance de l'archéologie. Ce fut cet incident mineur qui rappela à Frederick certaines appréhensions qui l'avaient troublé l'été précédent en Turquie. Pour autant qu'« appréhensions » soit le mot qui convienne.

Pendant tout l'été qu'il passa en Turquie il repensa à son séjour en Afrique plus de dix ans plus tôt, dans cette société soumise au fleuve. Il ne pouvait pas se défaire de ce souvenir, bien que les deux endroits n'eussent presque rien en commun, l'un étant submergé plusieurs mois de l'année, l'autre en altitude, sec, exposé aux vents. Il ne pouvait pas s'empêcher de réfléchir aux fondements de l'archéologie moderne, qu'il acceptait d'habitude comme des inconvénients qu'on ne peut pas éviter. Particulièrement son financement – que le financement d'une fouille en soit toujours la clef décide notamment qu'elle ait lieu ou non. Certaines personnes trouvaient l'argent plus facilement que d'autres. D'autres ne pouvaient jamais en obtenir, ou alors avec de grandes difficultés. Certains pays faisaient facilement accorder les crédits, d'autres non. Certains pays avaient une période de popularité, étaient en vogue pendant quelque temps, puis étaient « finis », comme une mode vestimentaire. Lui, Frederick, en particulier, travaillait sur ce site et non sur un autre où il aurait voulu aller, parce qu'il avait pu obtenir l'argent d'une source américaine – un musée manquant d'une certaine catégorie d'objets qu'on savait pouvoir trouver en abondance à cet endroit.

Certaines idées étaient admises, parfois pendant des siècles ou des dizaines d'années, elles dominaient l'archéologie, et soudain on les mettait en doute. Que « la Grèce est la mère de la civilisation occidentale et Rome son papa » gouverna longtemps l'archéologie et les fouilles – et pourtant lui, Frederick, serait capable de prouver que les Arabes, Maures et Sarrasins étaient les parents de cette civilisation « occidentale », la source de ses idées, de sa littérature, de sa science, en s'appuyant sur le même genre de preuves qui ont fait de nous les héritiers légitimes de la Grèce et de Rome... ses conclusions ne seraient pas nécessairement plus vraies, mais ses bases seraient tout aussi convaincantes.

Pendant tout l'été il s'amusa à mijoter l'un après l'autre des articles décrivant la civilisation qu'il mettait à jour du point de vue d'une autre société que la nôtre – Rome, la Grèce, les Aztèques, etc., et ainsi de suite. Pour se moquer il ébaucha mentalement plusieurs versions de l'article qu'il publierait probablement sur son travail de cet été.

L'article commencerait, ou finirait, sur la phrase rituelle comme quoi bien sûr les conclusions tirées étaient provisoires étant donné le manque d'informations, le manque d'argent, le manque de temps, qu'une fraction seulement de ce niveau avait été exhumée, sans parler de tous les niveaux plus profonds. Puis, ayant jeté cet os aux chiens du doute, tout ne serait plus qu'affirmations péremptoires. L'article s'attirerait les foudres des professeurs, chapelles et théories opposées. Il en sortirait des manuels pour les universités et les écoles. On y trouverait des affirmations telles que : L'écriture ne fut pas découverte au Moyen-Orient avant deux mille ans avant Jésus-Christ. Les Sumériens avaient telle et telle croyance. Les astronomes des Akkadiens croyaient ceci et cela. Les Égyptiens momifiaient leurs prêtres-rois parce qu'ils voulaient conserver longtemps leurs corps. Le monde a été créé par Dieu il y a quatre mille ans. Les civilisations africaines avant la venue de l'homme blanc étaient inexistantes/barbares/nombreuses/arriérées/rares ou autres selon ce qui avait cours à l'époque. Et ainsi de suite. Frederick repartit de Turquie dans un état d'esprit troublé qu'il relia à ce qu'il avait ressenti après son séjour en Afrique. Il se trouva qu'il tomba par hasard sur un livre décrivant la crise intérieure d'un pasteur victorien doutant de l'existence de Dieu. Frederick fut frappé de la ressemblance de ce personnage avec lui-même : énergique et sûr de lui. Cet homme avait été saisi de Doutes sur la date exacte de la création du monde par Dieu. Son état d'esprit était très proche de celui de Frederick au moment de cette lecture. Il s'apprêtait à décider qu'il était moralement obligé de quitter l'Église, quand son dixième enfant, une fille, se fiança à un pasteur. C'était une union bienvenue et qu'on n'espérait plus, car la fiancée, à près de trente ans, était une vieille fille. Le père savait que sa fille perdrait cet homme si lui, son père, faisait étalage de ses Doutes et quittait l'Église. Car s'il quittait l'Église le scandale éclabousserait sa famille, or le fiancé de sa fille était un personnage conventionnel avec un avenir à préserver. La crise paternelle devint alors un bel exercice d'équilibre entre les responsabilités : sa conscience, ou l'avenir de sa fille. Très tourmenté, il retarda son départ de l'Église jusqu'après le mariage de sa fille. Ce qui signifia qu'il dut marier (officiant personnellement) sa fille à son gendre pasteur, l'esprit rempli de ses Doutes. Mais quand il fit son examen de conscience, après la cérémonie, il découvrit que ses Doutes avaient grandement diminué. Comme si l'acte même d'officier les avait allégés. « C'était mon amour pour ma pauvre fille ; mes craintes pour son avenir inconfortable ; le tourment de penser que ma propre souffrance et mon trouble puissent en empoisonner d'autres – c'était cela qui m'avait fait agir, croyais-je alors dans ma mauvaise foi. Dieu soit loué qui dans sa grande miséricorde, à travers ma propre région des ténèbres, m'a ramené vers Lui… »

En bref, la crise victorienne était finie. Frederick en tira deux conclusions. L'une, c'était que ce conflit effrayant, douloureux et très réel avait eu lieu à peu près cent ans plus tôt, ce qui n'était rien, même d'un point de vue humain. En vérité, c'était un conflit très courant. Certains des meilleurs esprits de l'époque victorienne en avaient été torturés, voire s'étaient effondrés. Des carrières avaient été ruinées, des familles détruites, des vies gâchées. Mais, à peine quelques décennies plus tard, ces Doutes paraissaient ridicules. (Les Doutes étaient ridicules dans un contexte religieux, car à notre époque les Crises de Doutes sont surtout vécues dans un contexte politique.) L'autre, c'était que son état d'esprit après le séjour en Afrique, son état d'esprit provoqué par la fouille en Turquie, était identique à celui du pasteur victorien dans son conflit religieux. Mais le victorien n'avait pas eu le bénéfice de la psychologie moderne. (Bien qu'il ait pu se souvenir que les mains du teinturier sont asservies à son art.) Par contre lui-même, Frederick, n'avait absolument aucune excuse à ne pas regarder en face ce qui le tracassait et qui n'était rien de moins, malheureusement, que de Profonds Doutes sur ce qui se passait en archéologie. Des doutes sur ses bases, prémisses, méthodes, et avant tout sur ses préjugés inconscients.

S'il devait se conduire comme l'avait fait ce pauvre victorien, il faudrait qu'il accepte ce travail au Soudan sous prétexte que sinon sa femme devrait se passer d'une croisière de plaisance à Madère qui lui tenait au cœur, et il n'était pas juste qu'elle souffre de ses crises de conscience. Mais s'il le faisait, et comme l'Esprit du Travailleur est conditionné par son Travail, il aurait bientôt tout oublié de ses Doutes, qui lui paraîtraient vite stupides et malsains. Heureusement, l'épouse de Frederick est unc fcmmc dc bon sens dont l'attitude envers l'archéologie consistait surtout à penser que cela leur procurait d'agréables vacances, à elle et à ses enfants, et tout ce qu'elle dit à Frederick c'est qu'elle aurait eu mauvaise grâce à se plaindre de ne pas aller à Madère alors qu'elle avait fait bien d'autres voyages. Elle partit en Espagne chez un ami qui avait une villa, laissant Frederick à Londres.

Et maintenant voici un détail psychologique intéressant... dans un récit dont j'espère que vous conviendrez qu'il n'en est pas dépourvu. Frederick avait entièrement oublié les Doutes que lui avaient laissés son séjour en Afrique – ce qui n'est pas étonnant, puisque c'était arrivé dix ans plus tôt. Mais il oublia aussi ses Doutes de l'an passé après la fouille en Turquie. Les oublia complètement, jusqu'il y a peu de temps, après cette visite dans le Wiltshire, quand il fit délibérément l'effort de se souvenir de choses qu'il aurait pu avoir enfouies parce qu'elles étaient trop pénibles. Puis il était tombé dans un état d'esprit euphorique ou de ménopause masculine ou maniaco-dépressif (mettez une pièce et faites votre choix !) qui lui avait fait grand plaisir. Si plaisir est le mot juste pour ce genre de bénéfice. Il parcourait Londres et s'amusait à visiter des musées et à regarder des poteries, des lances et des cailloux et des objets et à inventer des théories aussi fortes et convaincantes que celles qui avaient cours sur les sociétés anciennes. Et voilà que j'en suis à la fin de ce que j'ai accepté d'écrire pour vous le raconter. Si ce que j'ai dit ne signifie rien pour vous, j'aurai fait une erreur, mais j'ai du mal à le croire. Je ne sais pourquoi, mais je suis sûre que vous comprendrez. Aimeriez-vous venir me voir la prochaine fois que vous serez à Londres ? J'en serais ravie, ainsi que Frederick et les autres.

Incidemment, à propos du bégaiement de Frederick, au cas où cela pourrait vous servir, il s'est guéri en laissant sortir le « flot parallèle » d'idées, ou de mots, qui venait inhiber les choses plus conventionnelles : il l'écoute, puis l'exprime. A voix haute. Soit tout seul, avec un magnétophone, soit devant moi. Les résultats sont surprenants...

Je compte sur le plaisir d'avoir de vos nouvelles.

Sincèrement vôtre,

ROSEMARY BAINES

Chère mademoiselle Baines,

Je ne crois pas m'être jamais senti si flatté. Quel résultat pour ce qui n'était pour moi, je crains d'avoir à vous le dire, qu'une routine habituelle. Pour mes péchés j'ai donné bon nombre de conférences hors de mon propre domaine. Ma femme dit que j'ai trop d'énergie pour mon bien. Peut-être a-t-elle raison. Les remarques qui vous ont frappée de façon si disproportionnée – si je puis avoir cette franchise ! – font partie de mon répertoire de clichés. Quand je me trouve manquer d'idées ou de souffle, j'ai quelques vieux trucs en réserve pour m'aider à repartir. Bien sûr, je pense que l'éducation n'est pas ce qu'elle devrait être. Comme la plupart des gens. Je crois devoir admettre que ce qui a été jadis une croisade, une idée fixe s'est plutôt refroidi. Quant à ce que vous me dites si aimablement à propos du bégaiement, je vous en suis bien sûr très reconnaissant. Depuis quelque temps je souffre de surmenage, du moins d'après mon médecin, et il m'est venu une tendance à bégayer. Mais il ne me semble pas l'avoir fait lors de cette conférence ? Or vous semblez vous en souvenir remarquablement bien, dans tous les détails. Peut-être ma plaisanterie au sujet du bégaiement a-t-elle eu un effet prophylactique ? J'ai vu que cela pouvait arriver. En ce qui concerne Frederick Larson, il me semble connaître ce nom, mais sans plus. Je veux bien croire que nous nous sommes rencontrés. A mon avis, il donne trop d'importance au bégaiement. Pour moi je m'en suis débarrassé en me souvenant de parler très lentement et distinctement, en particulier lorsque j'étais fatigué, et surtout en n'oubliant pas de prendre les cachets prescrits par le médecin. Je regrette d'avoir à vous décevoir en répondant d'aussi mauvaise grâce à votre lettre si extraordinairement longue. Mais hélas je ne suis pas encore à la retraite, et n'ai pas tout mon temps. Ce qui m'excuse de ne pouvoir accepter votre invitation extraordinairement aimable de vous rencontrer ainsi que M. Larson. Je viens très rarement à Londres et quand c'est le cas mon temps est pris par des entretiens et des visites en rapport avec mon travail.

Bien à vous,

CHARLES WATKINS

Cher docteur Y.,

Le Pr Watkins est venu me consulter au printemps de cette année, au sujet de son bégaiement. Je lui ai prescrit du Librium et des vacances. Je lui ai aussi indiqué l'adresse d'un orthophoniste quand son bégaiement a persisté. Il y a cinq ans que je suis ce patient. J'ai repris cette clientèle en 1964. Pendant cette période il n'a pas été malade, sauf pour une grippe l'an dernier. Au mois de mars il m'a paru en excellente forme physique. Il a dit avoir maigri. Lorsque j'ai reçu votre lettre, j'ai demandé à sa femme de venir me voir. Je la connais plutôt mieux que je ne le connais, car je m'occupe des enfants. Elle ne semble guère en mesure de nous éclairer. Mais, dans son intérêt, je suggère qu'elle aille voir son mari le plus tôt possible. Je ne suis, bien sûr, que cet ustensile démodé, un médecin de famille, et je n'en sais pas autant que je le devrais sur les troubles mentaux. Mais Mme Watkins est soumise à une grave tension.

Sincèrement vôtre,

DOCTEUR Z.

Bonjour Charles.

Vous êtes…

Je suis ta *femme*.

Voulez-vous vous asseoir ?..................................
....

Je suis désolé, je ne sais pas quoi dire.

Mais Charles, ce n'est pas possible que tu ne me reconnaisses pas ?

Je suis désolé.

Mais je ne peux pas simplement…

Alors, Felicity…

Comment sais-tu que je m'appelle Felicity ?

Ils me l'ont dit. Ils m'ont dit que vous viendriez peut-être aujourd'hui.

Alors tu n'as pas demandé à me voir ?

Non……………………………………………………

Charles, tu es devant moi et tu me dis… oh non, je ne peux pas y croire. Oh je regrette tellement.

Dites-moi, alors.

Te dire quoi ?

Par exemple, depuis combien de temps sommes-nous mariés ?

Quinze ans.

……………………………………………………………

Le docteur dit qu'il a eu d'autres cas. Je ne suis pas le seul, tant s'en faut. Pourquoi riez-vous ?

Tu dis toujours ça, de cette façon-là, « tant s'en faut ».

Ah bon ?...

Quand ils m'ont dit que vous veniez, j'espérais qu'en vous voyant je me souviendrais…

Et non ?

Non. Vous êtes tellement en colère. Je ne m'attendais pas à cette colère.

En colère ? Bien sûr que non, je ne suis pas en colère. Quelle drôle de chose à dire. Ce n'est pas de ta faute si tu as perdu la mémoire. Il y a des gens à qui cela arrive. Je te plains beaucoup. Vraiment.

Non, vous êtes en colère.

Eh bien, si j'étais en colère… c'est tellement toi, Charles. Tout le temps, depuis que j'ai appris que tu avais perdu la mémoire, je ne peux pas m'empêcher de penser : c'est tellement Charles.

Mais pourquoi ? Ai-je déjà perdu la mémoire dans le passé ?

Non. Enfin, pas pour autant que je sache. Tu ne m'en as jamais parlé, en tout cas. Mais tu ne me racontes rien, n'est-ce pas ?

Là, je disais bien que vous êtes en colère.

Oh *non*, maintenant je suis à nouveau dans mon tort. *Seulement, je ne peux pas croire*..............................

....

Ne pleurez pas.

Nous avons vécu ensemble pendant quinze ans. Quinze ans, Charles.

Je regrette. Je regrette vraiment beaucoup, Felicity. Et maintenant vous êtes encore plus fâchée.

Je ne suis pas fâchée, mais je ne peux pas m'empêcher de pleurer. Tu n'en ferais pas autant ?

Je vous en prie, allez-vous-en. Il faut que vous partiez. Je ne vous connais pas, voyez-vous, Felicity ?

> Patient a reçu aujourd'hui la visite de son épouse. Visite a pris fin sur demande du patient. Épouse sujette à l'hystérie, préférable de la tenir à l'écart du patient pour l'instant, selon moi.
>
> DOCTEUR X.

Docteur X., il faut vraiment que je vous voie.

Ah, madame Watkins, je croyais que vous étiez rentrée chez vous. Eh bien, asseyez-vous, je suis très content de vous voir. Alors, que puis-je faire pour vous ?

Que pouvez-vous faire pour moi ! Docteur X., cela va bientôt faire deux mois qu'il est ici.

Oui, j'en ai peur. Mais il va mieux, pensons-nous.

Comment jugez-vous du mieux, alors ? Comment ? Vous dites qu'il ignorait qui il était en arrivant ici. Et il l'ignore toujours. Alors en quoi va-t-il mieux ?

Il est en meilleur état. Plus reposé.

Reposé ? Était-il malade en arrivant ?

Non, il n'avait pas la grippe, ni la bronchite.

Je sais que je suis très bête, docteur. Je le sais bien. Mais que vous soyez sarcastique ne m'aide pas. Vous dites qu'il va mieux. Mais je ne l'ai jamais vu dans un état pareil. Jamais. Il est si maigre. Et il a l'air faible et chancelant.

Il est très compréhensible que vous soyez bouleversée.

Oh merci. Merci beaucoup.

Voyez cela de notre point de vue. Votre mari a été amené ici il y a presque deux mois par la police, en état de choc, s'étant fait voler, sans papiers ni argent, sans savoir qui il était. Il parlait tout seul, avait des hallucinations, un délire religieux et paranoïaque. Nous avons fait ce que nous avons pu pour qu'il aille mieux, c'est tout.

Et vous dites qu'il va mieux ?

D'après moi, il va micux.

Puis-je voir le Dr Y. ?

Certainement, mais il n'est pas là aujourd'hui.

Il n'était pas là hier non plus. Il m'a écrit au sujet de mon mari, vous savez.

Il passe deux jours par semaine dans un autre hôpital.

Quand revient-il ?

Demain.

Alors pourrai-je le voir ?

Certainement. Dites en sortant au bureau que vous voulez revenir demain, et demandez-leur un rendez-vous.

Oh, je vous en prie, ne croyez pas que je veuille être grossière, docteur, je ne voudrais pas.

Pas du tout. Nous avons l'habitude, madame Watkins.

Oh, docteur Y., je suis restée en ville pour vous voir.

Et je suis très content que vous l'ayez fait. Comment trouvez-vous votre mari ?

Comment le saurais-je ? Comment pourrais-je le dire ? Oh, je trouve qu'il a l'air terrible, terrible… Je ne vois pas comment c'est possible !

Oh, croyez-moi, cela arrive.

Non, non, ce n'est pas ce que je veux dire. Que les gens ne perdent jamais la mémoire. Mais… êtes-vous marié, docteur ?

Oui, je suis marié.

Depuis combien de temps êtes-vous marié ?

Neuf ans. Non, dix.

Imaginez que ce soir en rentrant chez vous vous arrivez dans votre chambre, et votre femme est là, et elle vous regarde et vous parle comme elle l'a toujours fait et soudain elle dit qu'elle ne sait pas qui vous êtes…

Oui, madame Watkins, j'ai essayé d'imaginer que cela arrivait. J'ai vraiment essayé.

Mais… ce n'est pas de cela que je me plains. Il semble que je n'arrive pas à me faire comprendre. C'est plutôt – comment pouvez-vous dire, alors, qu'il a perdu la mémoire ?

Maintenant je ne comprends pas… cigarette ? On nous apporte le thé dans une minute.

S'il a perdu la mémoire, alors pourquoi parle-t-il comme il a toujours parlé ? Les mêmes phrases. Tout pareil.

Ah, maintenant je comprends.

S'il avait perdu la mémoire, s'il ignorait vraiment qui il est, alors il serait comme – un enfant nouveau-né.

Sur certains plans je crains que ce ne soit vrai.

Non, je ne pense pas qu'il le soit. Si ce qu'il était avant a été annulé, balayé, alors il pourrait tout aussi bien nous arriver comme – oh, je ne sais pas, comme un indigène des mers du Sud ou un Allemand ou un martien ou quoi que ce soit.

Je vois ce que vous voulez dire. Je comprends, vraiment. Ah, voici le thé.

Merci. Donc ce n'est pas qu'il a perdu la mémoire. Il est toujours le même. C'est juste qu'il ne se souvient pas – de moi. Et des enfants.

Il dit ne se souvenir de rien du tout. Ni de son enfance. Ni de ses parents. De rien.

Pourtant, docteur Y., quand vous lui dites : Vous souvenez-vous de votre enfance ? Il répond : Non, je ne me souviens pas de mon enfance. Il ne dit pas – oh, je ne sais pas : Abracadabra, ou Worra worra worra worra. Oh, ce n'est pas pour plaisanter, je vous assure. Je suis très loin de plaisanter. Oh, Dieu, je sais que c'est stupide de pleurer.

Madame Watkins, voudriez-vous le revoir – c'est-à-dire s'il accepte ? Cela pourrait aider.

Si *qui* accepte ?

Oui, je vois où vous voulez en venir. Mais, voyez-vous, je suis dans le noir autant que vous. Plus. Vous le connaissiez bien et pas moi. Si vous lui reparliez, si vous le laissiez s'habituer – et, ne le prenez pas mal, si vous essayiez de ne pas pleurer…

Docteur, je lui ai pris la main, et c'est mon mari, souvenez-vous, et il a eu l'air de – il a eu l'air d'un homme avec une femme qui flirte avec lui et qui n'est pas sûr d'en avoir envie.

Écoutez, ma chère. Je vais vous faire une proposition. Reprenez une tasse de thé et une cigarette. Passez-vous de l'eau sur le visage – il y a un lavabo par là. Je vais lui demander d'avoir une autre conversation avec vous. Mais ne venez pas si vous ne pouvez pas vous arrêter de pleurer. Comprenez-vous pourquoi ? Si vous vous montrez trop émue, cela peut avoir pour effet de le bloquer – essayez d'être à l'aise et détendue, et il lui reviendra peut-être quelque chose.

J'essaierai, docteur.

Eh bien, Charles, j'ai parlé avec le Dr Y.

Oui.

Je l'aime bien.

Je peux le voir.

Le voir ?

Il y en a qu'on ne peut pas voir du tout.

Oh, oui...

Je ne comprends pas cela, inutile de prétendre le contraire. Mais je voudrais te demander quelque chose. C'est dur pour moi, Charles. Ne te fâche pas, je t'en prie...

Je ne crois pas avoir senti la colère, jusqu'ici. Je ne l'ai pas sentie. Mais je peux voir les émotions sur votre visage et les visages des docteurs et des infirmières.

Mais tu m'as demandé de partir. Que ressentais-tu à ce moment-là ?

Je sentais, pas recommencer cela, pas cela encore.

Quoi ?

Vous avez demandé ce que je ressentais. C'est cela que je ressentais – si c'est un sentiment. Je ne voulais pas de ça. Je ne veux pas de ça, voyez-vous.

Voyons, Charles, je suis très calme, et je ne pleure pas du tout. Mais je veux que tu me regardes, et que tu me répondes. Quand tu me vois assise ici, suis-je exactement pareille pour toi aux… oh, je ne sais pas… aux infirmières, ou aux docteurs ?

Pareille ?

Je veux dire, tu ne me connais pas un peu plus ?

Je vous connais, je vous connais très bien.

C'est *vrai* – oh, alors…

Je les connais aussi. Regarder c'est connaître.

Oh, je vois.

Vous êtes tous très…

Très quoi ?

Vous êtes tous tellement – grands. Très brillants. Très brûlants et lumineux. Vous faites pression sur mes globes. Vous faites pression dans mes yeux. C'est trop.

As-tu peur de moi, Charles ?

Votre colère…

Charles, quand tu dis ne te souvenir de rien, c'est bien ce que tu veux dire ? Ni de moi, ni de tes enfants, ni de ta maison ?… Ni de ta mère et ton père ? Tu aimais bien ton père, Charles, tu l'aimais beaucoup, tu ne t'en souviens pas ?..

Mon esprit est plein de souvenirs.

Oh, alors tu – mais le docteur dit…

Je ne me souviens pas des choses dont vous parlez.

De quoi te souviens-tu alors ?........... Charles ? ....Tu ne réponds pas… Dis-moi, ce dont tu te souviens se relie peut-être quelque part à la vérité ?

La vérité est un drôle de mot, n'est-ce pas ?

Oh, Charles, tu n'avais pas l'habitude de philosopher !

Philosopher ? Qu'est-ce....................................

Comment se fait-il que tu connaisses très bien certains mots, et pour d'autres c'est le vide ?

Je peux vous le dire, si vous voulez. Certains mots – correspondent. Un mot tombe de votre bouche et correspond à quelque chose que je connais. D'autres mots ne collent pas avec ce que je peux voir.

Mais que *vois*-tu ? Charles ? Dis-moi ?.................

Felicity – parlez-moi, vous. Dites-moi ce que vous pensez. Dites-moi ce que vous savez. Vous êtes ma femme ? Alors, parlez-moi de cela.

Charles ! Bon, très bien, je vais essayer. Nous nous sommes mariés à Londres, au bureau d'état civil de Kensington. En février. C'était en 1954. Il faisait très froid. Et puis… nous sommes allés passer notre lune de miel dans une ferme du pays de Galles. Nous n'avions pas beaucoup d'argent. Nous y sommes restés trois semaines. Nous étions très heureux… Charles ? Dois-je continuer ? Après cela nous sommes allés à Cambridge, dans un appartement. Plus tard nous avons eu une maison. Jimmy a été mis en train au pays de Galles. Jimmy est notre fils aîné. Nous avons été très heureux.

Pourquoi êtes-vous tellement plus jeune que moi ?

Mais… eh bien, tu es tombé amoureux de moi, Charles.

Et je n'en suis pas étonné.

Charles, pour l'amour de Dieu, ne flirte pas avec moi, je ne peux pas le supporter. Je suis ta femme.

Je regrette.

Tu t'inquiétais, tu disais que quinze ans c'était trop. Mais j'ai dit : absurde ! et j'avais raison, cela n'a jamais fait aucune différence. J'étais une de tes étudiantes.

Oh oui, ils n'arrêtent pas de me dire que j'enseigne. Enseigner. C'est un drôle de mot…

Veux-tu que je continue ?.................................
.... Je crois que je vais m'en aller maintenant, si cela ne t'ennuie pas, Charles. As-tu envie que je revienne ? Je ne veux pas dire demain, parce que tante Rosa est avec les enfants et qu'elle doit rentrer pour être avec tante Anna, parce que tante Anna ne va pas très bien, elle a une rechute de sa bronchite, et bien sûr je ne peux pas laisser les garçons tout seuls, mais je pourrais revenir dans quatre ou cinq jours si je peux m'arranger pour que Mme Spencer vienne passer un ou deux jours..................... Je vais sonner le docteur. Au revoir, Charles.

Mme Watkins a passé une heure avec le patient aujourd'hui. Elle dit qu'il ne se souvient pas du tout d'elle. A mon avis, cette visite a été utile au patient et devra être bientôt renouvelée.

DOCTEUR Y.

Je ne suis pas d'accord. Il faudrait tenter les E.C.T.

DOCTEUR X.

Patient a eu une nuit très agitée avec retour de ses hallucinations. L'ai mis sous Équanil.

DOCTEUR Y.

Cher docteur Y.,

Vous m'avez demandé dans votre première lettre si je ne me souvenais de rien au cours de mon mariage qui m'ait paru étrange à l'époque. Je ne pense plus savoir désormais ce que veut dire étrange – pas après avoir vu Charles dans cet état. Mais je vous envoie, après avoir passé une nuit blanche à y réfléchir soigneusement, la première lettre que m'a écrite mon mari. Je l'ai trouvée vraiment très étrange à l'époque, parce qu'il ne m'avait rien dit jusque-là de son amour, alors que j'étais son élève depuis sept mois et demi. Je n'avais alors que dix-huit ans. Je n'ai plus trouvé cela étrange plus tard, quand j'ai accepté de l'épouser, mais peut-être m'étais-je habituée à lui. Je ne sais pas si vous trouverez que c'est une lettre étrange. Les circonstances étaient que je n'avais jamais pensé à lui de cette manière. Je l'admirais beaucoup, bien sûr. Un après-midi, après la classe, il m'avait offert une tasse de thé et nous avions bavardé. Je trouvais ses manières étranges, mais il est étrange de tomber amoureux. Quand j'ai reçu cette lettre, je n'ai pas su quoi penser, d'autant que je me suis sentie de plus en plus heureuse et fière. Et plus tard, quand nous avons décidé de nous marier, j'ai oublié de le trouver étrange et même encore maintenant je ne sais qu'en penser. Je vous prie de me renvoyer la lettre quand vous l'aurez lue. C'est une des choses auxquelles j'attache le plus grand prix.

Sincèrement vôtre,

FELICITY WATKINS

Oh mon Dieu, Felicity, je n'ai pas dormi depuis que je vous ai vue – Hier ? – Je ne sais pas – Je revois sans cesse votre visage – vos cheveux brillent trop pour mes yeux. Ce sont d'abord vos cheveux – je cherche toujours des yeux votre tête qui brille dans la classe obscure – Vous êtes une lueur dans un monde méchant – oui, et il suffit de regarder – toucher aussi – Ce serait trop de joie – Et pourtant si je peux regarder toucher aussi pourrait se faire – pour nous deux ? – Comment puis-je oser le penser ? – et pourtant hier avec vous je savais autre chose – vous aussi – je n'ai pas dormi – Je suis vieux, Felicity – trente-cinq ans. Vous, dix-huit ? Un bébé ! Mais les filles n'ont pas d'âge – elles brillent dans les coins sombres – si vous pouviez – je pense sans cesse à vous quelque part dans une grande forêt avec le soleil tombant à travers les branches et vous et votre tête brillant si fort et vous qui me souriez – souriez – voulez-vous ? oh, je ne sais pas si – Je me demande si même je vais poster ceci – c'est une chose qu'être assis là à mettre des mots sur le papier avec au moins cinquante pensées qui défilent pour un mot – alors pourquoi l'envoyer si je ne peux pas envoyer les pensées – une sur cinquante – tellement diluée – est-ce même digne de votre attention ? – Je me demande – vous pourriez prendre le mot pour le Je vous aime. Oui, c'est cela, je sais – vous ne feriez jamais de moi un des cochons de votre enclos – non, j'en suis sûr. Elle a des cheveux jaunes et brillants et aussi des yeux bleus, elle a dû avoir – mais c'est l'âme qui compte. Pas comme cette brune, cheveux noirs et dents blanches et lèvres rouges – voilà les couleurs des porchères. Et en temps de guerre aussi – Le clair et le foncé qu'il y a. Mais la cheveux-jaunes l'a enfermé lui dans son enclos et le nourrit de cosses. Ensuite un veau à l'engrais ? Mais je n'ose pas – Oui. Voudriez-vous – Je n'ai jamais osé, j'ai été seul à cause de cette peur. *Elle* est morte, et donc n'a jamais pu m'enfermer dans son étable. Dois-je avoir peur de vous ? Felicity Felicity Felicity Felicity – vous avez un nom comme un rayon de soleil qui correspond à vos cheveux. Si je vous vois sourire demain je saurai. Je vous aime. Felicity Felicity Felicity Felicity Felicity Felicity Felicity

Cher docteur Y.,

Je ne saurais dire à quel point je suis peiné d'apprendre que Charles Watkins est malade et hospitalisé sous votre garde. Oui bien sûr, je ne serai que trop heureux de pouvoir apporter une aide quelconque. Il se trouve que j'ai appris sa maladie à mon retour d'Italie, hier soir, et ma femme a téléphoné à Felicity Watkins.

Non, je ne pense pas que Charles ait montré cette année des signes particuliers de tension ou d'effort, mais ce n'est pas le genre de personne à qui on prêterait spécialement attention s'il dépassait parfois les bornes, or je crains de ne pouvoir expliquer cela sans entrer considérablement dans le détail de nos relations. Qui n'est pas, loin de là, que je suis son « supérieur » – Felicity Watkins a-t-elle dit que je l'étais ? Si oui, je considère que c'est douloureusement et tristement significatif – non à cause de Felicity, mais à cause de Charles. Il est, et ce depuis qu'il s'est joint à nous, la « vedette » de notre département lettres classiques, même lorsque j'étais nominalement son supérieur, et théoriquement chef du département. J'espère que cela ne ressemble pas à une critique. Une lettre est une chose malaisée, et j'aurais certainement préféré en parler avec vous, mais le trimestre commence demain et, hélas, nécessité fait loi.

J'ignore si cette sorte de commentaire peut vous apporter une aide quelconque, mais récemment je me suis mis à écrire un récit de ma propre vie, une sorte de bilan. Il m'a semblé utile de le faire, à l'âge de cinquante ans, ayant largement dépassé la moitié du chemin. Mais quand j'en vins à le relire, cela parlait plus de Charles Watkins que de moi-même. J'ai toujours été conscient de l'influence qu'a eue Charles sur moi, mais peut-être pas vraiment de son importance. Bien sûr, tout ce genre de choses me dépasse, et particulièrement quand on en arrive aux abîmes des dépressions mentales, ce genre de choses, mais de mon point de vue l'essence de ce genre de choses est ceci : que je n'ai jamais aimé Charles. Je crois que je ne l'admire pas, ni ne l'approuve. Et pourtant, il a certainement eu la plus grande influence sur ma vie.

Vous m'interrogez sur ses débuts.

Nos parents étaient amis. Ils nous ont décrits comme des « grands copains » presque dès que nous sommes nés. Je crois que cela fait faire à Charles la même grimace qu'à moi – et qu'à l'époque aussi. Nous sommes allés à la même école préparatoire. Nous ne nous sommes particulièrement distingués ni l'un ni l'autre. Nous sommes restés liés par nostalgie – une alliance d'aide et de défense mutuelles, si vous voulez. Je ne vois pas cette période du tout de la même manière que Charles, ce qu'il est assez pénible de voir apparaître les rares fois où nous en discutons. En bref, je pense qu'il était plutôt salaud. Mais pas délibérément ni consciemment. Mais passons cela et choisissons un incident typique à Rugby, où nous sommes allés étudier ensemble. L'été où nous avons eu nos seize ans, notre professeur principal a invité six d'entre nous à faire un stage de voile sur l'île de Wight. J'étais un des six. Les invitations n'étaient pas « personnelles » mais distribuées chaque année aux vacances par une sorte de système tournant, de façon assez honnête et régulière. Le principal était un homme gentil, qui a eu la meilleure des influences sur mes jeunes années, et sur celles de Charles aussi, j'oserai le dire. La raison qui m'avait fait inviter cet été-là tandis que Charles ne l'était pas tenait simplement à ce que j'étais très légèrement plus vieux. Or j'avais fait pas mal de voile pour diverses raisons et mes parents étaient plus aisés que ceux de Charles. Je savais qu'il n'aurait aucun plaisir à rentrer passer l'été chez lui, et pour toutes sortes de raisons. Pour abréger, je suggérai au principal d'envoyer Charles à ma place. Là encore, je dois vous demander de croire sur parole qu'il était impossible que Charles ignorât que c'était de ma part un réel sacrifice. Le professeur principal fut surpris, et touché. Non, ce n'est pas pour cela que je l'ai fait. Il était juste, étant donné les circonstances, qu'on aurait pu attendre de Charles qu'il montrât un sentiment quelconque. Quand Wentworth lui dit que je m'étais retiré en sa faveur, Charles se contenta de hocher la tête. Wentworth fut tellement surpris qu'il répéta ce qu'il venait de dire – que j'avais offert de me retirer – et Charles dit : « Oui, merci, j'aimerais bien », et je ne lui en dis pas un mot, puisque lui-même n'en fit pas mention. Or la saison fut particulièrement belle, et je restai coincé avec une bande ennuyeuse, et je crains d'avoir passé beaucoup trop de temps à penser à cette autre bande là-bas, sur l'eau, et à l'attitude plutôt extraordinaire de

Charles. Je n'en ai jamais parlé. Je ne pouvais pas m'y résoudre, c'était trop fort. Pas avant plusieurs années, après la guerre, en fait. Je lui ai dit dans les moindres détails – peut-être espérais-je rendre ce souvenir moins cuisant – ce que j'avais ressenti tout au long des vacances. Il m'a regardé et a dit : « Eh bien, tu n'étais pas obligé de me l'offrir, n'est-ce pas ? »

Et, bien sûr, c'était vrai.

Je suis sûr que cela paraît très peu de chose et très mesquin, et qu'il peut suffire de le mentionner pour grandement me discréditer. Mais vous m'avez demandé ce que j'en pensais, et ajouté que « tout ce que je pourrais dire avait une chance d'être utile ».

Pour moi cet incident résume quelque chose de Charles.

Je dois dire à ce point que dès l'âge de neuf ans nos rapports avaient pris une forme immuable : Charles était le drôle de type original et excentrique, et Jeremy un gars sérieux et digne de confiance. J'ai toujours joué le jeu et j'y suis resté, en quelque sorte, coincé. Mais quand je dis à Charles et à d'autres que ce que j'admire en lui c'est son originalité et sa hardiesse de pensée, et ainsi de suite, ce n'est pas du tout la question. Car en fait il y a quelque chose de trop insouciant, presque fumeux, dans son « originalité ». Je suppose qu'il est un peu anarchiste. Bien sûr, son expérience l'a poussé dans ce sens.

Son père était dans les affaires et s'est mal tiré de la Crise. Charles a commencé à travailler alors que je suis allé à l'université. Il a fait toutes sortes de métiers, et il était question qu'il parte pour la guerre civile en Espagne, mais il ne l'a pas fait. La guerre a éclaté, et il s'est tout de suite engagé. Je suis resté tout le temps dans l'aviation, et lui dans l'infanterie, puis dans les blindés. Nous nous sommes vus une ou deux fois. Je savais un peu ce qui lui arrivait, grâce à des amis communs. Il a refusé d'être nommé officier, plus d'une fois. C'était tout à fait lui. Je lui ai demandé pourquoi, et il s'est mis à hurler de rire en disant qu'il avait refusé d'importuner autrui. A l'époque – comme aujourd'hui – j'ai trouvé que c'était une pose. Et pas convaincante. Ce que je lui ai dit. Je pourrais dire qu'il en « naquit du ressentiment », mais comme j'allais écrire ces mots j'ai compris que cela avait pu faire naître du ressentiment en moi, mais pas en Charles, je ne pense pas. Nous ne nous sommes pas disputés, mais j'admets que j'aurais aimé le faire – pour une fois.

Quand la guerre a pris fin, Charles est retourné à l'université. Ce dont il s'est tiré fort bien et sans difficulté. Il a une facilité assez commune – une mémoire quasi photographique. Pour un examen il étudiera nuit et jour pendant un mois, aura des notes phénoménales – et aura presque tout oublié trois mois plus tard. C'est ce qu'il en dit lui-même.

Très bien. A l'époque où il a pu demander un poste, je donnais des cours depuis quatre ou cinq ans. J'étais en position de tirer des ficelles ou du moins d'intervenir amicalement. Il y avait une douzaine de candidats pour ce poste et Charles était le plus jeune, et celui qui avait le moins d'expérience. Et donc il a eu le poste et grâce à moi – mais ce n'est pas la question. Qui est celle-ci. Pendant la semaine fatidique, quand tout était en suspens, il est venu me rendre visite. Il était mal soigné, mal vêtu, un peu flamboyant – comme d'habitude. Rien de terrible – pas comme nos étudiants actuels, loin de ce niveau d'exhibitionnisme, mais très agaçant. Je lui ai dit qu'il devrait prendre son apparence plus au sérieux, et qu'il me mettait dans une position difficile. Il a écouté, n'a pas dit grand-chose. Quand je l'ai revu, il avait décroché le poste – et il était exactement comme moi. Il faut que je m'explique. Nous sommes différents, physiquement, mais j'ai quelques particularités. Non que je l'aie su avant que Charles ne me les ait montrées ! Il s'était équipé d'une vieille veste à moi – l'avait demandée à ma femme, qui la jetait. Il avait acheté une pipe, ce qu'il n'avait encore jamais fumé et s'était fait couper les cheveux comme moi. La première fois que je suis tombé sur lui, j'ai cru que c'était une blague monstrueuse. Mais pas du tout. Pensez-vous que ce serait devenu comme une plaisanterie entre nous ? Ou du moins une discussion ? Non, il n'en fut pas dit un mot pendant longtemps. Pourtant, tout le monde l'avait remarqué, commenté. Quand j'entrais dans une pièce, ou que je le voyais dans la rue, c'était comme de voir une monstrueuse caricature de moi-même.

Lorsque quelqu'un a fini par le mentionner (il se trouva que ce fut ma femme) et que je l'ai regardé en espérant quelque commentaire, il s'est contenté de hocher la tête, l'air un peu impatienté, mais guère. Avec un léger froncement de sourcils, comme pour dire : oh ça, quel détail…

Je suppose que ce ne sera pour vous aussi qu'un détail. Mais j'ajouterai que maintenant, plusieurs années plus tard, les gens ont tendance à penser que c'est moi qui ai copié Charles, me suis modelé sur lui. Ce qui en dit long sur la manière dont nous sommes tous deux jugés. Et, oui, cela me reste sur le cœur.

Maintenant, un épisode datant de l'été dernier. Il se trouvait que ma femme et moi traversions une période orageuse. J'étais surmené, elle aussi. Nous avions décidé de passer les vacances séparément. Nous savions que nous étions sur la pente glissante du divorce. Nous nous étions disputés, nous nous étions fait des scènes, tout ce genre de banalités, et j'oserais dire que nous étions avant tout émotionnellement épuisés. Elle choisit d'aller chez sa mère en Écosse et de laisser les enfants chez des amis – il se trouvait que c'étaient les Watkins. Tous les deux ont été d'une solidité à toute épreuve au cours de cet épisode. Charles a conduit Nancy chez sa mère. Nancy était dans un état proche de l'hystérie, comme elle serait la première à le reconnaître. Or il m'est assez difficile de décrire ce qui s'est passé de manière à en montrer l'importance. Ce n'est pas que Charles se soit mal conduit, bien au contraire. Nancy dit qu'il s'est montré gentil et serviable. Mais avant même qu'ils soient arrivés en Écosse elle était complètement démontée par son attitude – qui était que tout cela n'avait pas grande importance. Pour lui il allait de soi qu'elle serait retournée avec moi avant la fin de l'année – mais si ce n'était pas le cas, et alors ? A ce point je dois mentionner Felicity, sa femme. C'est pour moi une amie précieuse. Je la connais depuis qu'elle est toute petite. Non, je ne suis pas amoureux d'elle, ni ne l'ai jamais été, mais nous avons toujours su que nous étions très proches, et que si nous ne nous étions pas mariés chacun de notre côté, nous aurions pu très bien nous accorder. Ma femme l'a toujours su, ainsi que Charles, il n'y a rien à cacher.

Avant de repartir, Charles a passé deux jours chez la mère de Nancy pendant lesquels il a eu un comportement sans reproche, soutenant Nancy contre sa mère, qui était plutôt hostile, l'emmenant se promener et ainsi de suite. Mais son attitude ne faisait qu'en rajouter – non qu'il fasse exprès de traiter ce drame à la légère, mais c'était implicite dans son attitude. Il a passé tout un après-midi, m'a-t-elle raconté, à démontrer qu'il aurait pu l'épouser, elle, et moi Felicity, et que ce serait la même chose, et que nous prenions tous cette affaire beaucoup trop à cœur. Oui, « nous prenions cette affaire beaucoup trop à cœur ». Il parlait du mariage, tout de même. Après tout, nous ne sommes pas des Hottentots. En tout cas, Nancy est devenue à moitié folle à cause de lui. Elle dit avoir eu l'impression que toute sa vie était tournée en ridicule et qu'elle n'avait pas plus d'importance qu'une chatte ou une chienne. Enfin, elle était *déjà* suffisamment bouleversée. Finalement, elle lui a crié de partir et de la laisser seule. Plus tard elle s'en est excusée, bien sûr, j'ai insisté là-dessus, car il avait été d'une gentillesse extraordinaire, ainsi que Felicity. Plus tard ma femme m'a dit que la vraie crise de l'été n'avait pas été le fait qu'elle m'ait quitté pour nous donner un peu de repos à tous les deux, mais les quatre ou cinq jours en compagnie de Charles. Un peu plus et elle se serait tranché la gorge, dit-elle, ou du moins elle l'aurait fait si elle avait pu se dire que cela avait la moindre importance de le faire ou non.

J'ai choisi le dernier incident parce que c'est une illustration de quelque chose d'assez fondamental chez Charles. Le fait qu'il ne fasse pas même semblant de ménager les sentiments ordinaires. Peut-être sont-ils moins importants que nous ne le pensons. Mais peut-être respecterais-je mieux son attitude si je croyais qu'elle résultait d'un conflit, qu'il y ait jamais *pensé*, ou même qu'il en ait souffert, et non que ce soit sa nature.

Maintenant, ce dernier incident. Au printemps de cette année, il y a eu chez nous une soirée qui m'a certes paru fort déplaisante, mais je pense que j'ai l'habitude d'être mal à l'aise lorsqu'il s'agit de Charles. Se trouvaient là ma femme Nancy et moi, Charles et Felicity, deux autres membres de notre équipe – comme il me plaît de l'appeler ! – et un visiteur venu d'Amérique. Autant je n'aime pas me dire que nous devons être en représentation pour les pompiers qui viennent nous voir, autant j'estime qu'il existe quelque chose comme le tact. C'était la première fois que notre Américain visitait notre pays, et il espérait – il se peut encore qu'il y parvienne – passer un an parmi nous. Charles s'est conduit de façon scandaleuse, je l'ai cru ivre, bien qu'il n'ait pas l'habitude de boire. Disons plus simplement qu'il s'est conduit comme un adolescent, si je puis me permettre cette comparaison démodée, mais je ne suis pas de ceux qui s'enorgueillissent de flatter la jeunesse. Charles n'était même pas spirituel, ce qui lui arrive très souvent. Il se conduisait comme un rustre, un malappris, et un idiot. Les Classiques n'étaient qu'une « lavasse » et la série de cours que nous avions établie à son intention une « pâtée pour les cochons ». Et ainsi de suite. Je crains que ses épithètes n'aient été plutôt limitées, mais c'est dans la nature de l'humour adolescent.

Or si j'étais un réactionnaire imperméable aux idées nouvelles ce serait plus facile à comprendre, mais je ne le suis pas. Je ne me souviens même pas d'avoir jamais refusé d'écouter Charles ou quiconque ayant un point de vue nouveau. Mais dire que tout ce qui est enseigné sous la rubrique Classiques est une pâtée pour cochons du début à la fin, et n'a jamais rien été d'autre, et que nous n'avons jamais eu la moindre idée de ce qu'ont enseigné Platon ou Socrate ou Pythagore – etc., ainsi de suite, ce genre de choses… Alors je l'ai nettement et sèchement interrompu plus d'une fois au cours de la soirée, et il est reparti assez tôt. Sa femme Felicity, agacée, n'est pas rentrée en même temps que lui.

Or le lendemain il est venu me voir en exigeant d'être chargé d'organiser le travail du trimestre suivant d'après des idées qu'il ne me paraît pas indispensable d'exposer en détail – il suffit de dire que son point de vue revenait à tirer un trait sur plusieurs générations de chercheurs. Pourquoi pas, dit-il ? C'est une banalité historique de constater que des idées valides pendant plusieurs siècles disparaissent du jour au lendemain. Je dois dire que Charles se plaît particulièrement à parler en termes de siècles, sinon de millénaires, ce qui est toujours une marque de paresse intellectuelle, selon ma façon de voir. Néanmoins, je lui ai demandé ce qui lui donnait l'assurance – ou ai-je dit la suffisance ? – de parler de telle manière des œuvres de savants qui lui étaient infiniment supérieurs. N'avait-il vraiment aucun scrupule ? Il a dit que non, qu'il était « parfaitement évident pour un esprit sans préjugés » qu'il avait raison.

Je dois avouer que nous nous sommes violemment disputés. Je pense que ce fut notre toute première dispute – ce qui est stupéfiant. Il n'avait qu'injures et dérision à la bouche. Naturellement d'habitude il est plutôt affable, ou affiche l'indifférence. J'étais patient – je suis en fait quelqu'un de patient. Il est devenu de plus en plus déplaisant. Comprenez qu'il était tout le temps sous-entendu qu'à l'évidence il avait raison et que je pourrais le voir si je n'étais pas si stupide. Finalement, je lui ai demandé de partir avant que je ne perde mon sang-froid.

Le lendemain matin il m'a appelé – comme si de rien n'était. Sans explications. Agissant, à son habitude, comme si un incident sans importance était dépassé. Non qu'il ait été dans son tort, non. Pas plus que j'étais *moi* raidi dans mon erreur et qu'il avait été obligé d'entrer de force dans mon carcan – bien que je suppose que c'était implicite. Non, c'était qu'il ne s'était rien passé qui eût la moindre importance. Et c'était intolérable, car en fait, ce qu'il avait fait, et en face d'un collègue américain qui allait peut-être travailler avec nous, c'était de condamner non seulement notre équipe et son travail, et bien sûr nos carrières à chacun, mais tout ce qui avait été accompli jusqu'alors dans notre discipline. Ou presque. Or, ayant fait cela, et s'étant conduit avec une grossièreté choquante, il me proposait tranquillement de nous rencontrer pour discuter d'une série de conférences que la veille encore il avait même refusé d'envisager et dont il avait parlé dans les termes les plus injurieux. Son attitude revenait à dire : je regrette de n'avoir pas été tout à fait dans le ton, hier soir, mais j'avais une migraine.

Je ne sais pas si j'ai réussi à vous faire sentir l'atmosphère particulière de cet incident.

Je ne crois pas pouvoir vous en dire plus, bien que des exemples de ce genre ne manquent pas.

Je suis actuellement dans l'état d'esprit qui m'est

habituel lorsque je pense à Charles – il m'oblige à me demander ce que signifie aimer ou détester une personne. Nous avons toujours fait partie de la vie l'un de l'autre. Nous avons les mêmes amis. En y réfléchissant, je suis d'avis que Charles Watkins est quelqu'un de destructeur. Négatif, peut-être, serait mieux. Je trouve qu'il m'agace, et bien souvent qu'il est un raseur. Je conclus de tout cela que nous savons peu de chose sur les rapports humains.

Bien à vous,

JEREMY THORPE

P.-S. J'espère que vous me ferez savoir si je puis par ailleurs être d'une aide quelconque. Il va sans dire, j'espère, que je ferais n'importe quoi pour Charles. Une idée m'a frappé : j'ignore si vous avez été contacté par Constance Mayne, ou si son nom a été même mentionné ? Elle a été la maîtresse de Charles, elle l'est peut-être toujours. C'était une de ses élèves. Non, je n'ai en rien à me plaindre de la conduite de mon collègue, car elle n'est devenue sa maîtresse qu'après avoir cessé d'être son élève. Et je ne suis pas un moraliste. Si je vous le dis, c'est qu'à mon avis Felicity, sa femme, ignore son existence. Si vous pensez que cela puisse être utile, faites-le-moi savoir et je trouverai son adresse. Elle habitait Birmingham la dernière fois que j'en ai entendu parler.

Cher docteur Y.,

Puis-je vous « aider » à « réhabiliter » Charles Watkins ? Je ne sais pas. Oui, je le connais, et même très bien. Vous êtes vraiment plein de tact. J'étais sa maîtresse. Vous devez le savoir car autrement, pourquoi m'avoir écrit ? Il m'intéresserait d'apprendre qui vous l'a dit, mais je ne pense pas que vous le ferez. Eh bien donc, à propos de Charles… il a perdu la mémoire ? Il ne se souvient plus de qui il est ? Je suis désolée de l'apprendre, mais en quoi cela me concerne-t-il ? Non, je ne pense pas me montrer malhonnête. J'aimerais être concernée, mais vu la situation je crois que vous devriez vous adresser à sa femme, Felicity Watkins. Je suppose que vous l'avez fait. Vous a-t-elle dit de me contacter ? Si oui, c'est bien ce que j'attendrais d'elle. Ce que je veux dire là, précisément, c'est que ce serait si sacrément noble et au-dessus des émotions humaines ordinaires, tout à fait comme Charles. Je suis sûre que ces choses-là déteignent. On dit que les gens mariés en viennent à se ressembler, mais bien sûr je ne peux pas le savoir.

Après (croyez-moi) y avoir dûment réfléchi, je me contente de vous envoyer la lettre ci-jointe. Une lettre que j'ai écrite à Charles. Lettre que j'ai écrite après avoir dûment réfléchi. Pendant des années. Ce que je veux dire c'est que j'aurais pu écrire cette lettre plus tôt, mais j'étais une idiote et je ne l'ai pas fait.

J'ai envoyé cette lettre (qui est jointe) à Charles à son domicile. Non par malveillance, mais je n'avais pas d'autre adresse. Il est venu en toute hâte. Quand je dis en toute hâte, je veux dire, pour lui. Il s'est passé une dizaine de jours. Il a pris le train jusqu'à Birmingham. Il a apporté ma lettre. C'était, comme la situation le permettait, une visite charitable. Il a passé la nuit. Pourquoi pas ? Les vieilles habitudes mettent longtemps à mourir. Le matin, quand il est parti, la lettre était sur ma table de nuit. Ce dont il s'agit, mais je ne pense pas que pour vous ce sera la question, c'est qu'il ne l'avait pas laissée exprès, ou comme un commentaire d'après rupture – nous avions après tout effleuré son contenu la nuit précédente. Pour m'exprimer avec modération. Non, il l'avait oubliée. Elle lui était entièrement sortie de l'esprit. Ainsi, je saisis cette occasion de la lui retourner, par votre entremise. Il aura peut-être envie de se rafraîchir la mémoire – quand il l'aura retrouvée.

Désolée de ne pouvoir vous être utile.

Avec mes bons souhaits

CONSTANCE MAYNE

Cher Charles,

Ne crains rien, ceci n'est pas un de ces rabâchages larmoyants et *baveux* que je t'ai écrits quand tu as décidé que tu en avais assez de moi. Aucun risque. Je suis très loin de ça maintenant. Je me suis réveillée ce matin en pensant qu'en ce mois de juin cela faisait trois ans que tu m'avais quittée.

Ton souvenir
Penser à toi
Si doux, si pur
Au triste fil des ans
C'était bou hou
Bou hou, bou hou, bou hou. BOUH !

Loin d'être *bou hou*, je m'en suis rendu compte, j'étais dans une bonne vieille rogne, une bonne vieille colère. Enragée. Ce qui me vient, Charles Watkins, c'est que je ne ressens pas pour toi le moindre *bou hou*, je te hais.

Plus encore, je ne peux simplement pas digérer ta bon Dieu d'incroyable prétention.

Maintenant je vais te raconter une histoire.

Il y avait une jeune étudiante sérieuse et idéaliste en littérature et langues qui alla, Dieu ait pitié d'elle ! écouter un cours, où elle entendit un professeur Fou affirmer qu'il n'y avait qu'une seule littérature et qu'une seule langue, nommément le grec (ancien, pas moderne). Et tel était son pouvoir de persuasion que cette imbécile d'étudiante a laissé tomber son aimable et *utile* littérature et le français et l'espagnol et l'italien pour passer à l'inutile et ancien grec, uniquement parce que ce professeur l'avait dit. Trois ans passèrent où cette imbécile d'étudiante transpira et obtint d'assez bonnes notes pour recevoir un ou deux sourires approbateurs du professeur Fou. Le jour où elle sut qu'elle avait obtenu son B.A., voyez cela, il se trouve que cette idiote d'étudiante est à Londres et voilà que le professeur Fou fait un cours à la télévision sur la Grèce, Berceau de la Civilisation Européenne. Intellectuel par-ci et moral par-là, et ainsi de suite, mais pas un mot, se dit cette étudiante idiote et du sexe féminin, sur les femmes, encore moins sur les esclaves dans ce paradis de la supériorité morale, la Grèce ancienne. L'étudiante imbécile prend un taxi vers la fin du cours à la télé, elle va à la B.B.C. et quand il sort de l'immeuble avec son air, oh, tellement classique et tweed, costume en gros drap, pipe et charme bourru, tout le bazar, elle lui dit : « Dans tout cela il n'y a pas eu un mot sur les femmes ou les esclaves. » Ce à quoi le professeur Fou répliqua : « Oh, c'est vous, Connie ? Bien travaillé ! Félicitations pour vos notes ! Alors, vous vous préoccupez des femmes et des esclaves, n'est-ce pas ? Qu'est-ce que vous faites pour eux ? » Il fallut à l'étudiante imbécile cinq secondes de vertige ébloui pour voir où il voulait en venir et elle lui dit : « Juste, vous y êtes. » Sur quoi elle refusa de retourner à l'université pour passer son M.A. et continuer probablement jusqu'au Ph.D. et ainsi de suite, *ad infinitum*, mais elle partit pour Birmingham, trouva un emploi dans une usine avec des femmes fabriquant des récipients en plastique pour détergents, découvrit qu'elles étaient vraiment des esclaves tout en étant des femmes, et elle fit des scandales et du tapage avec le délégué syndical, devint elle-même déléguée et communiste et revint trois ans plus tard à Cambridge apprendre la bonne nouvelle. « Alors très bien, je l'ai fait », dit-elle en pleurant et elle lui raconta ces trois dures années, vraiment très dures, très très dures, la saleté de boulot pénible intolérable pour les femmes fabricantes de récipients plastique pour détergents de Birmingham, et il ôta sa pipe de sa bouche et dit : « Bravo ! » Et puis il dit : « Allons nous mettre au lit. »

Oui, je *sais* s'il faut rire ou pleurer. Ce matin je ris, et Dieu sait qu'il est temps.

Ainsi commence l'amour du siècle, à Birmingham la plupart du temps, mais un professeur de lettres classiques actif et populaire avec une femme et deux fils n'a pas tellement de temps de reste pour s'amuser, et l'idiote déléguée ne voit presque jamais son amour. Entre-temps cette même stupide déléguée a un galant, un amoureux fidèle, sérieux, qui est le délégué de l'atelier des composants hommes, où des hommes font des récipients en plastique pour des postes à transistors, car puisque ce sont des hommes – et donc plus avancés et évolués – ils peuvent installer ces boutons et vis et manches et trucs difficiles, bien plus compliqués que des récipients pour détergents. Ce soupirant amoureux et fidèle se fait sacquer par la déléguée idiote à cause de l'Amour du Siècle. Triste et solitaire elle dit : « Bou hou, Bou hou, épouse-moi », et il dit, le professeur Fou dit : « Ne sois pas stupide. » « Mais alors, tes serments, ton amour, ta passion ? » pleure-t-elle. « Qui croit un mot de ce qu'on lui dit au lit mérite ce qui lui arrive. »

Pas mal pour un professeur, non ?

« Mais j'ai deux fois changé toute ma vie pour toi », elle pleure, sanglote, gémit, se lamente.

« Personne ne te l'a demandé », dit-il, ôtant à cet effet sa pipe de sa bouche.

« Qu'est-ce que je vais faiiiiiire, gémit-elle. J'ai perdu mon vrai et juste et véritable amour, le délégué, et je ne peux pas t'avoir, ma vie est vide et je veux une famiiiiille. »

A quoi il répond : « Eh bien, qu'est-ce qui t'en empêche ? »

Vous penseriez que la fille avait fini par comprendre ? Vous le penseriez, n'est-ce pas ?

Enfin. Tu te souviendras de ce moment, si tu as le temps de te souvenir de quoi que ce soit, comme d'un tas de lettres larmoyantes venues de moi. Mais en fait il se passait que j'étais en train de me demander, oui : qu'est-ce qui m'en empêche ? Car il se trouvait que j'étais enceinte, mais en ne le sachant qu'à moitié.

Alors, je suis retournée à Birmingham, j'ai eu un beau petit garçon plein de santé, de huit livres un quart, conservant plus ou moins dans tout ça mon emploi avec l'aide de quelques emballeuses en plastique affectueuses et bonnes – il y a deux ans de ça.

Bou hou, bou hou, tout le temps.

Oui, mon fils a deux ans et il s'appelle Ishmael, est-ce que cela te plaît ?

Non, je ne veux fichtrement rien de toi. Rien. Si tu veux voir l'enfant, très bien. Si tu ne veux pas, très bien.

Je m'en moque.

Je peux me débrouiller toute seule, merci beaucoup.

C'est ce qui me vient en tête, oui, c'est vrai, et *merci beaucoup*, je le pense. Je n'ai besoin de personne, non, pas moi.

Je quitte Birmingham le mois prochain et je vais passer l'été chez une gentille tante en Écosse, et j'apprendrai le grec à quelques idiotes sans jugement qui seraient mieux employées à apprendre une langue utile, italien, français ou espagnol. Mais que, hélas, je ne suis pas qualifiée pour enseigner à quiconque, grâces te soient mille fois rendues. Non, je ne t'en blâme pas, oh bon Dieu non.

J'ai appris hier par une vieille copine d'école que tu passes ton temps à dire que les Classiques sont un tas de vieilles croûtes et que tout ce qu'on enseigne actuellement est complètement encroûté et que personne ne comprend ce dont il s'agissait vraiment. Sauf toi, bien sûr.

Félicitations. Oh, félicitations. Je ne suis pas surprise que tu aies perdu ta voix – comme me dit un petit oiseau ? – et que tu ne puisses plus débiter !

Je te l'ai dit, tu ne tiens pas debout.

Avec haine. J'y tiens.

CONSTANCE

Cher docteur X.,

Je peux très facilement répondre à votre question : oui, Charles Watkins est venu me voir au milieu du mois d'août dernier. C'était un soir tard. Un mercredi, je pense, mais je crains de ne pas vraiment m'en souvenir.

Sincèrement vôtre,

ROSEMARY BAINES

Cher docteur Y.,

Après avoir posté ma lettre – deux lettres, en fait – je me suis souvenue de quelque chose à propos de Charles que vous devriez peut-être savoir.

C'est au sujet de la dernière guerre. Bien sûr, pour moi c'est plutôt du réchauffé, mais presque dès que j'ai vraiment bien connu Charles j'ai pensé que la dernière guerre ne lui avait pas fait grand bien. J'ai rencontré une fois (avec Charles) un ami de Charles, qui m'a dit que Charles lui avait dit un jour qu'il (c'est-à-dire Charles) avait décidé tout au début de la guerre qu'il n'y survivrait pas. Il a souvent été en danger. Ses amis, c'est-à-dire les hommes avec qui il se battait, ont tous été tués autour de lui, deux fois. Il est resté le seul survivant d'un groupe de copains, deux fois. Une fois en Afrique du Nord et une fois en Italie. Quand il est arrivé à la fin de la guerre il ne pouvait pas croire qu'il était encore vivant. Il a dû apprendre à croire qu'il allait continuer à vivre, m'a dit cet homme. Qui s'appelle Miles Bovey. Je vous mets son adresse parce que vous pourriez peut-être l'interroger. Il disait qu'à la fin de la guerre Charles a eu une longue période où il ne voulait pas se mettre à vivre. Il buvait à l'époque. D'après Miles, mais je n'ai jamais vu Charles boire plus que la normale. Puis Charles est retourné à l'université. Charles m'a dit une fois quelque chose dont je me suis souvenue. Il disait que depuis la guerre il n'arrivait pas à croire que les gens trouvaient réellement importantes les choses dont ils disaient qu'elles étaient importantes. Il disait qu'il avait dû apprendre à « jouer à de petits jeux ». Il disait que Miles Bovey était « la seule personne qui l'ait jamais vraiment compris ». Je lui ai demandé quels petits jeux et il a dit : « tout ce foutu bazar ». Inutile de le dire, j'ai dit : « L'amour aussi ? » Je ne me souviens pas de ce qu'il a dit à ça.

Sincèrement vôtre,

CONSTANCE MAYNE

Cher docteur Y.,

Merci de votre si aimable lettre d'explications. Il n'était pas possible de conclure grand-chose de la lettre du Dr X.

Oui, je suppose qu'on pourrait dire que Charles Watkins « n'était pas lui-même » ce soir-là, mais souvenez-vous qu'à cette date ce que je connaissais de lui se limitait à la conférence que j'avais écoutée, et à quelques remarques sur lui faites par des amis communs.

Je ne peux pas vous dire si cette conférence a eu de l'importance pour lui. Elle en a certainement eu pour moi. Je lui ai écrit une longue lettre lui disant que c'était important et pourquoi. L'écrire fut peut-être une erreur, mais en y repensant je ne le regrette pas. Nous devons parfois courir le risque d'embarrasser certaines gens en réclamant plus qu'ils ne veulent – ou peuvent – donner. Ma lettre était une réclamation. Je le savais, bien sûr. Que disais-je donc ? pourriez-vous demander. Mais pour répondre, il me faudrait écrire la même lettre. Qu'il suffise de dire que je l'ai entendu parler, et que certaines choses qu'il a dites m'ont fait réfléchir d'une façon nouvelle. Ou ressentir d'une façon nouvelle. Pas d'une façon extérieurement spectaculaire, bien sûr. Ma lettre est restée sans réponse. J'ai pensé une ou deux fois à en écrire une autre, au cas où il n'aurait pas reçu la première, mais il n'y avait vraiment aucune raison de le penser. J'en ai conclu que ma lettre avait manqué de tact, ou était mal tombée, et que je n'entendrais jamais parler de lui.

Mais j'étais attablée ce soir-là dans un petit restaurant grec de Gower Street où je vais assez souvent. Frederick Larson était avec moi – l'archéologue. Soudain Charles est entré et s'est assis avec nous en disant : « J'ai pensé que je vous trouverais là. »

Ce n'était pas du tout aussi étrange que cela en avait l'air. D'une part, il savait où j'habitais, car il avait bien reçu ma lettre, et il avait été voir chez moi si j'étais là. Quand il avait vu que non, il avait parcouru les rues voisines pour voir si j'étais dans un pub ou un restaurant. Comme c'était le cas.

Et son arrivée peu conventionnelle correspondait à ses manières bizarres. Au début Frederick et moi avons cru qu'il était ivre. Puis que c'était peut-être la marijuana, ou pire. Ensuite Frederick le pressa de manger, et ce signal me fit voir que ses vêtements avaient justement l'air sale et fripé si peu convaincant qu'ont les vêtements sales quand ils sont habituellement bien entretenus.

Comme ce n'est pas le genre de personne qu'on s'attendrait jamais à voir porter des vêtements dans lesquels il aurait dormi, cela m'empêcha de voir tout de suite que tout ce qu'il portait était noir de crasse, et qu'il avait aussi les mains noires. Et il dégageait une odeur de fatigue rance.

D'abord, il a refusé de manger, ou plutôt il semblait ne pas entendre quand on le lui offrait. Puis il s'est mis à manger des petits pains qui étaient sur la table, et Frederick a tout simplement commandé pour lui sans rien lui demander, et quand c'est venu nous avons vu qu'il était affamé. Il parlait tout le temps, d'une façon décousue. Je ne sais pas vraiment de quoi. Quand il parlait, cela avait un sens. Il bavardait comme si nous étions tous les deux des amis de longue date et capables de saisir toutes ses références à certaines personnes ou certains endroits. Ce qui rendait l'ensemble moins extraordinaire, c'était que nous avions effectivement tous les deux l'impression qu'il était un vieil ami, car nous avions beaucoup parlé de lui. Il faisait allusion à quelque voyage qu'il se proposait de faire, et semblait même penser que nous pourrions nous joindre à lui. Arrivés là, bien sûr, nous avions compris qu'il n'était pas du tout « lui-même » – comme vous dites.

Une fois le repas fini nous l'avons invité chez moi. Nous y sommes allés à pied. Ce n'était pas à plus de deux cents mètres. Dans mon appartement, il n'a pas voulu s'asseoir. Il ne tenait pas en place, allait examiner de près les objets, la surface des murs, ainsi de suite. Mais j'ai eu l'impression qu'il oubliait ou perdait tout intérêt à l'objet qu'il avait si soigneusement examiné dès qu'il l'avait reposé. Cela dura deux ou trois heures.

Il parlait de sortir du piège, de sortir de prison, de s'évader – ce genre de discours. Et nous n'avons pas trouvé cela aussi étrange que peut-être pensez-vous que nous l'aurions dû, parce que nos propres pensées allaient dans des directions analogues – ou cela en avait l'air, mais je suis sûre que vous vous êtes déjà aperçu qu'il est possible de parler pendant des heures, voire des jours ou une vie entière, avec un ami, avant de découvrir que les mots employés représentent des choses très différentes.

Je n'ai aucun moyen de savoir quelle réalité avaient ce soir-là pour Charles les prisons, les filets, les cages, les pièges dont il parlait. Si l'on peut dire qu'un flot de paroles aussi décousues et incohérentes soit « parler ». Frederick Larson et moi donnons un sens précis à ces mots. Mais Charles ? Je ne puis dire. A un moment, lorsque Charles est sorti de la pièce (il a soudain vu qu'il avait les mains sales et il est allé se laver), nous nous sommes demandé s'il fallait appeler un médecin, et nous avons décidé de ne pas le faire. Il nous paraissait capable de se débrouiller tout seul. Peut-être avons-nous eu tort – après tout il y avait la crasse de ses vêtements, le besoin évident qu'il avait de se nourrir, plus généralement sa fatigue et sa tension. Mais je ne suis pas de ceux qui croient que les crises des autres personnes doivent être arrêtées net, ou étouffées par des drogues, ou endormies de force, ou qui prétendent qu'il n'y a pas de crise, ou que si elle existe il faut la cacher ou la déguiser ou la prendre à la légère. Je suis certaine que d'autres personnes, et ce seraient celles dont un médecin pourrait dire qu'elles ont le sens des responsabilités, se seraient arrangées pour qu'un médecin vienne et fasse enfermer Charles – excusez-moi de le dire de cette façon. Mais son état d'esprit – pour autant que je pouvais en juger – n'était pas si différent du mien à certains moments de ma vie que je trouve des plus précieux et des plus révélateurs.

Et puis, en plus, je voulais continuer à l'écouter.

Ses remarques paraissaient décousues, mais elles avaient une logique interne, un fil, qui venait à première vue de la répétition de certains mots ou de certaines idées. Parfois on aurait dit que la sonorité, non le sens, d'un mot ou d'une syllabe d'une phrase faisait naître le mot ou la phrase suivante. Ces moments-là donnaient une impression de superficialité, qu'il était « parti », insensé. Mais il nous faut peut-être commencer à réfléchir au rapport de la sonorité avec le sens d'un mot. Bien sûr les poètes le font tout le temps. Et les médecins ? Les sons, la fonction du son dans la parole… nous n'avons encore aucun moyen de savoir – n'est-ce pas ? – comment un courant verbal peut suivre une réalité intérieure, des sons exprimer un état ? Mais cet ordre d'idées n'a peut-être aucune utilité pour vous.

Vers minuit il était clair que les nécessités de la vie ordinaire allaient faire pression sur Charles. Car autrement il n'aurait pas fait un geste. Frederick devait rentrer chez lui. L'annonce de son départ a fait que Charles s'est rendu compte qu'il était minuit. Il est parti en même temps que Frederick. Par une sorte d'automatisme. Il aurait pu tout aussi bien rester. Dans la rue il a dit à Frederick : « Je vous reverrai la prochaine fois. » Et il s'est éloigné. Et c'est tout ce que nous avons su de

Charles jusqu'à ce que je reçoive une lettre du Dr X. de votre hôpital.

J'espère que le récit plutôt inadéquat de cette soirée pourra vous être utile. Je suis désolée qu'il soit si malade. D'une certaine façon, je l'envie. Il y a beaucoup de choses dans ma vie que je serais très heureuse d'oublier. Peut-être pourrais-je venir le voir ? J'aimerais le faire, si cela peut servir.

Sincèrement vôtre,

ROSEMARY BAINES

Cher docteur X.,

Je ne suis que trop heureux bien sûr de vous aider de quelque manière que ce soit.

J'ai connu Charles Watkins par périodes au cours de nos années d'études. Nous étions dans des écoles différentes. Quand la guerre a éclaté, nous nous sommes trouvés tous les deux en Afrique du Nord. Charles a été plus souvent que moi au combat. J'étais dans les Renseignements, moins actifs à ce stade. Nous nous sommes vus de temps à autre, puis je suis allé en Yougoslavie et lui en Italie. Oui, pour lui la guerre a été dure, mais plutôt au sens où il a fait dès le début le boulot le plus dur, l'infanterie et puis les blindés. Nous ne nous sommes pas revus jusqu'à la fin de la guerre. Nous nous sommes rencontrés à nouveau en 1945 et nous avons passé quelques mois ensemble. Nous nous sentions assez secoués et nous avions besoin tous les deux de la compagnie de quelqu'un qui soit capable de le comprendre. Personnellement je ne crois pas que les gens soient « changés » par l'épreuve. D'après mon expérience, certaines caractéristiques ressortent, ou apparaissent. En ce sens je n'ai pas trouvé Charles Watkins « changé » par la guerre. Mais cela l'avait certes rendu malade. J'aimerais voir Charles si c'est possible. Je pense que son commandant pourrait vous aider. C'était le major-général Brent-Hampstead de Little Gilstead, dans le Devon.

Sincèrement vôtre,

MILES BOVEY

Cher docteur X.,

Charles Watkins a servi sous mes ordres pendant quatre ans. Il a donné satisfaction en tous points, étant sérieux et digne de confiance. Il a refusé quelque temps de passer officier malgré mon insistance, à cause d'amis dont il ne voulait pas se séparer. Compréhensible, mais j'ai été heureux qu'il change d'avis, vers la fin de la guerre. C'était pendant l'affaire d'Italie. Il a terminé lieutenant, je crois, mais nous parlons d'il y a vingt-cinq ans. Je regrette d'apprendre qu'il n'est pas en bonne forme.

Bien à vous,

PHILIP BRENT-HAMPSTEAD

DOCTEUR Y. J'aimerais que vous essayiez quelque chose d'autre, professeur. Je voudrais vous voir assis, tâchant de vous détendre et d'écrire tout ce qui vous viendra sous la plume.

PATIENT. Quelles sortes de choses ?

DOCTEUR Y. N'importe quoi. N'importe quoi pouvant nous indiquer une piste.

PATIENT. Le fil d'Ariane.

DOCTEUR Y. Exactement. Mais espérons qu'il n'y aura pas de Minotaure.

PATIENT. Mais peut-être se trouverait-il aussi que c'est un vieil ami ?

DOCTEUR Y. Qui sait ? Alors, voulez-vous essayer ? Une machine à écrire ? Un magnétophone ? On me dit que vous êtes un très bon conférencier.

PATIENT. Quelle quantité de talents je possède sans rien en savoir.

> Le délai accordé au patient expire à la fin de ce mois. Pas de raison à première vue pour ne pas le transférer comme il en a déjà été discuté au Lazaret Nord.
>
> DOCTEUR X.

Le patient étant très docile et maniable et coopératif et disposé à aider d'autres patients, je suggère que ce mieux soit consolidé en prolongeant son séjour dans les conditions actuelles. Une prolongation supplémentaire de trois semaines n'est pas sans précédent.

DOCTEUR Y.

Cher docteur X.,

Merci pour votre lettre. Je suis si contente que mon mari aille tellement mieux. En est-il à se souvenir de moi et de sa famille ?

Sincèrement vôtre,

FELICITY WATKINS

PATIENT. Oui, j'essaie, mais je ne sais pas sur quoi écrire.

DOCTEUR Y. Pourquoi pas la guerrc ?

PATIENT. Quelle guerre ?

DOCTEUR Y. Vous étiez dans l'armée, pendant la dernière guerre, en Afrique du Nord et en Italie. Votre commandant était un certain major-général Brent-Hampstead. Vous aviez un ami appelé Miles Bovey.

PATIENT. Miles. Miloš ? Miloš, oui, je crois vraiment que… mais il est mort.

DOCTEUR Y. Je puis vous assurer que non.

PATIENT. Ils ont tous été tués, d'une façon ou d'une autre.

DOCTEUR Y. J'aimerais le lire. Voulez-vous essayer ?

On devait nous donner nos instructions dans la tente du C.O. Jusque-là je ne savais pas à quoi m'attendre. On m'avait dit que j'avais été choisi pour une mission spéciale, mais pas ce qu'était cette mission. Je n'avais jamais pensé que ce serait en Yougoslavie.

Les Alliés soutenaient Mihailovich. Il y avait depuis quelques mois des rumeurs selon lesquelles Mihailovich soutenait Hitler et que c'était Tito la véritable opposition – à qui nous devrions apporter toute l'aide possible. Mais Tito était un communiste. On ne savait pas grand-chose de lui. Et la situation en Yougoslavie était confuse, avec les anciennes querelles intestines et religieuses qui se réglaient sous couvert de la lutte entre Tito et Mihailovich.

La campagne d'appui à Tito était d'abord venue de la gauche, qui affirmait que l'Angleterre refusait de soutenir Tito parce qu'il était communiste, et que cela faisait partie d'une manœuvre plus large consistant à rester alliés à l'U.R.S.S. tout en contenant ou en détruisant les mouvements communistes locaux. Finalement Churchill avait mis son grain de sel, était passé par-dessus la tête des « huiles » pour écouter les conseils mieux informés de la gauche au sujet de la Yougoslavie. Il avait été décidé d'établir une liaison avec les partisans de Tito et de gagner leur confiance envers les Alliés, et particulièrement l'Angleterre, en les persuadant que nous n'allions plus soutenir Mihailovich ni aucun autre mouvement proche des nazis. Nous allions offrir aux Partisans des armes, des hommes et du matériel. Mais à cette époque on ne savait pas exactement où ils se trouvaient. On avait décidé de nous parachuter en groupes là où on pensait qu'il y avait des Partisans.

Il y avait une vingtaine d'entre nous ce soir-là dans la tente du C.O. On nous avait choisis pour des raisons très diverses. Mais nous parlions tous français ou allemand ou les deux. Nous savions tous faire du ski, et dans la vie civile on pouvait nous décrire comme des athlètes. Dans l'ensemble, nous ne nous connaissions pas. Je me suis assis près d'un homme qui est devenu un ami intime pendant notre période d'entraînement. Il s'appelait Miles Bovey.

Pendant le mois suivant on nous a mis à l'épreuve de toutes les façons, on nous a endurcis physiquement, entraînés au parachute, appris à utiliser le matériel radio, et convenablement instruits de l'histoire du pays, surtout en rapport avec les conflits nationalistes et religieux que nous allions trouver.

A nos dernières instructions, nous n'étions plus que

douze. Deux hommes s'étaient tués en parachute. Un autre avait craqué et était entre les mains des psychiatres. Il y avait eu d'autres accidents, plus ordinaires, une cheville foulée, une épaule démise, mais cela suffisait à disqualifier un homme pour le parachutage et l'équipée qui devait suivre.

Miles Bovey et moi devions rester ensemble. On devait nous lâcher sur les montagnes de Bosnie pour contacter les Partisans.

Ces dernières instructions étaient surtout faites pour nous dire comment survivre si nous ne trouvions pas immédiatement la guérilla. Et que faire au cas où nous serions capturés par les Allemands ou les groupes locaux à la Quisling. Ces instructions étaient très naïves par rapport à ce qui nous paraît maintenant aller de soi quant à la torture, la préparation pour y résister, les drogues, les méthodes psychologiques. On nous avait donné à tous deux capsules de poison à prendre en cas de nécessité extrême. Mais il y avait dans ces dernières instructions l'idée implicite qu'on s'attendait à ce que nous résistions à la torture si nous étions pris, à ce que nous y fassions face. L'idée que les êtres humains ne peuvent pas résister à la torture ou aux méthodes psychologiques et qu'on ne doit pas s'y attendre ne faisait pas encore partie de la culture générale. Je ne me souviens pas d'avoir entendu exprimer cette idée, même sous-entendue, à aucun moment de la guerre. Je ne me serais pas permis de la considérer, et si je l'avais entendue proposer par quelqu'un d'autre j'aurais été choqué. Et pourtant, la torture avait été et était à l'époque portée aux sommets de sophistication que nous lui connaissons partout où la guerre s'était étendue ou risquait de s'étendre. Nous étions comme des paysans au milieu d'une société technologique. Nous croyions encore au pouvoir de l'héroïsme envers et contre tout. Je sais bien que des hommes continuent de résister à la torture dans des conditions impossibles, mais ces pressions terrifiantes ont favorisé la compassion : maintenant pour tout soldat qui peut avoir à affronter la torture il est acquis que s'il ne peut y résister, s'il craque, il n'est pas un lâche et un poltron, et personne nulle part ne pensera qu'il l'est. Le Progrès.

Je me souviens très clairement de mes rêveries en ces quelques jours d'attente, ces rêves éveillés qui sont la meilleure des préparations en vue d'une épreuve ou d'un danger. Mes rêves éveillés – ou mes plans – auraient pu sortir d'un roman d'aventures pour adolescent, ou de *Beau Geste.* Le sordide, l'horreur et la saleté des caves, la perversion psychologique de la torture moderne m'auraient pris complètement par surprise si j'avais eu la malchance d'être pris.

Miles Bovey et moi fûmes lâchés ensemble par une nuit noire et très froide, dans une obscurité complète. Nous aurions pu tomber vers un désert, vers la mer – ou monter vers le vide de l'espace – aussi bien que vers des montagnes où nous savions qu'il y avait des villages et qui étaient pleines de groupes de combattants, les Partisans et leurs adversaires, les Chetniks.

Bovey sauta le premier. Il me fit un petit signe et un sourire en sautant – ce fut son dernier contact avec l'humanité. Je n'ai même pas vu sous moi la tache blanche de son parachute quand je suis tombé dans la nuit. La petite lueur de l'avion a disparu là-haut dans le noir, et je suis tombé en me balançant jusqu'à ce qu'une autre noirceur monte en se balançant – j'ai manqué de quelques pieds la cime d'un grand pin et je suis tombé comme une masse dans un espace entre des rochers pointus. Je me suis légèrement blessé à la jambe. Il était quatre heures du matin, et il faisait encore nuit. Il y avait des nuages ; ils avaient attendu que le temps se couvre. Je n'osais pas appeler Miles. J'ai tassé le parachute derrière un rocher, pour cacher sa blancheur, et me suis assis dessus. Il faisait extrêmement froid. Je suis resté assis jusqu'à ce que la lumière me parvienne, filtrée par les conifères. J'étais sur le flanc d'une montagne. Il faisait encore noir sous les arbres tandis que le ciel s'illuminait d'une lumière rose d'aurore. J'ai vu un reflet blanc en l'air à une centaine de mètres et je n'ai pas bougé avant de pouvoir déterminer que c'était, comme je l'avais pensé, le parachute de Miles. Mais cela aurait pu être une plaque de neige sur une branche.

Le parachute pendait d'une haute branche, frémissant et ondulant sous la brise de l'aube. Je suis sorti prudemment de derrière mon rocher et j'ai trouvé, à quelques pieds de l'arbre où était son parachute, Miles, tout à fait mort. Il n'avait pas été abattu, comme je l'ai d'abord pensé d'après la tache de sang noir sur son front. Il s'était écrasé sur le grand pin. Son parachute s'y était accroché. Il était resté pendu comme dans une toile d'araignée. En voulant se déharnacher, il était tombé, et sa tête avait heurté un rocher. La chute n'avait pas fait plus de dix mètres, et tout autour du rocher qu'il avait touché, le sol de la forêt était couvert d'une litière de feuilles pourries et d'aiguilles de pin. Cela devait s'être passé quelques minutes à peine avant mon atterrissage. J'avais eu toute la chance dont il avait manqué.

Le parachute retenait la lumière et faisait un signal visible à plusieurs milles. Il fallait que je grimpe sur l'arbre et que je le décroche. Le tronc s'élevait tout droit sans une branche sur une vingtaine de pieds, mais il se hérissait de nombreux bouts de bois pointus. Je montai en l'enserrant des bras et des jambes, essayant d'éviter les bouts pointus, et essayant aussi de guetter quiconque pourrait venir examiner cette tache blanche et brillante là-haut. J'arrivai au niveau de la première branche quand j'entendis un bruit qui pouvait être le craquement d'une brindille ou le déclic d'un fusil, et je restai immobile et indécis avant de me dire qu'il n'y avait rien de plus dangereux pour moi que ce tas de blancheur frémissante. J'escaladai le reste du tronc aussi vite que je pus, m'allongeai sur le ventre le long de la branche à angle droit où pendait le parachute et me mis à ramper. J'avais juste attrapé la soie, je la tirais et la secouais pour la libérer des branchages qui la retenaient, quand je vis descendre de la crête cinq soldats qui pointaient leurs fusils vers moi. Je n'avais aucun moyen de savoir si c'était des Partisans ou des Chetniks. Je m'assis donc sur la branche comme un gosse pris à voler des pommes et continuai de tortiller et de secouer le parachute pour le dégager. Je vis que le deuxième soldat était une fille. C'était la plus belle fille que j'eusse jamais vue. Elle avait d'épaisses tresses noires dans le dos, tombant de sa casquette, des yeux noirs d'Orientale et un visage comme celui d'Aphrodite.

Je vis l'étoile rouge sur leur poitrine et je dis : « Je suis un soldat anglais. »

Le chef dit quelques mots aux autres, qui abaissèrent leurs fusils.

Il me dit, en français : « Nous vous attendions. »

« Juste le temps de sortir ce parachute », dis-je, et à ce moment-là il se libéra et tomba mollement sur le sol.

Le soleil s'était levé. La forêt était inondée d'une lumière d'un rouge doré. Les oiseaux chantaient. En bas tous les cinq avaient la tête levée vers moi. Ils souriaient. Je dis : « Mais mon ami a été tué. »

La fille est allée droit vers lui, pour s'assurer qu'il était mort. C'était une étudiante en médecine qui jouait le rôle de médecin pour son groupe de Partisans. Je veux dire ici qu'elle s'appelait Konstantina et que je l'ai aimée dès ce premier moment, et elle aussi.

Lorsque j'eus fini de descendre en glissant de l'arbre, elle avait fini d'examiner Miles et elle s'occupa de mes mains écorchées par le tronc rugueux, et de ma jambe qui me faisait très mal à cause du coup reçu en atterrissant. Les autres creusaient déjà une tombe dans la forêt. Les premiers moments de ma rencontre avec les Partisans, avec Konstantina mon amour, furent un enterrement. Ils creusaient le sol meuble et feuillu avec leurs mains, leurs poignards, leurs cantines. Avant de coucher Miles dans sa tombe nous avons pris son équipement, très précieux pour ces soldats sous-équipés au jour le jour, et j'ai récupéré ses capsules de poison là où je savais qu'il les avait cachées, dans sa ceinture.

Nous l'avons laissé là et sommes descendus tous les six dans une vallée où un torrent se gonflait de neige fondue, nous avons passé le torrent et sommes montés jusque sur un sommet où la neige était encore épaisse et hivernale bien que le soleil printanier fût assez chaud pour nous faire replier nos capotes et les porter sur nos paquetages. Là-bas, juste en dessous de la ligne des neiges, se trouvaient des grottes et à l'intérieur le quartier général provisoire de ce groupe de Partisans : ils ne restaient jamais nulle part plus de quelques nuits.

Dans d'autres pays occupés par les nazis il y avait le schéma des gens qui les combattaient et de ceux qui collaboraient avec eux par sympathie naturelle ou croyant qu'ils allaient gagner. Dans certains pays le schéma était très simple. Les gens d'une ville, d'un village savaient que tel et tel était un nazi, et que tel et tel ne l'était pas. Les pays nordiques paraissaient plus sincères que ceux du Sud. La Norvège, par exemple, ou la Hollande. Une information venue de la Hollande occupée pouvait dire que les nazis avaient pendu ou fusillé ou emprisonné douze membres de la Résistance ; que certains membres de la Résistance avaient commis tel et tel acte de sabotage. Mais en Yougoslavie les choses étaient à l'extrême opposé. L'information n'était pas : les Allemands sont entrés dans tel et tel village et ont abattu vingt membres de la Résistance yougoslave, mais : « Les collaborateurs croates sont entrés dans tel village serbe et ont exterminé tous ses habitants », ou : « Des troupes musulmanes ont massacré tous les habitants du village de… », ou : « Les Partisans pénétrant dans tel village après de durs combats ont trouvé tous les habitants assassinés par – les Croates », ou – mais c'était sans fin, avec des catholiques, des musulmans, des Monténégrins, des Herzégoviniens, des Croates, des Serbes, et ainsi de suite, et ainsi de suite.

Quand j'émergeai de l'épaisse forêt sur l'espace entouré de rochers devant la grotte, je vis une douzaine de soldats qui surveillaient notre approche, accroupis ensemble pour leur repas du matin, du pain et une sorte de saucisse. Tous étaient jeunes, et certains étaient des filles. Ma présence fut expliquée en quelques mots. On me passa un morceau de pain grossier. Une boîte pleine d'eau circulait. Pour moi c'était un moment de puissante émotion : je rejoignais les célèbres Partisans dont on racontait les exploits un peu partout. Leur héroïsme avait la simplicité des temps révolus, une franchise nette, comme les héros sous les murs de Troie. C'était le même genre de gens. Quand j'eus le temps de regarder où je me trouvais, d'examiner leurs armes et leur équipement, je vis que ce devait être une lutte très simple et très dure. Quand ils avaient des uniformes, ils les avaient pris sur des ennemis morts, de sorte que bottes, casquettes, vareuses et ceinturons étaient de tous les styles. Certains n'avaient pas d'uniforme, ils mettaient tout ce qui pouvait servir à se protéger dans ces montagnes sauvages, des bottes de paysans, des serre-tête tricotés d'étudiants. L'étoile rouge sur la casquette ou la poitrine était leur élément commun.

Ce groupe de jeunes soldats comprenait des Serbes, des Croates, des Monténégrins, des catholiques et des musulmans. Nulle part ailleurs que dans ces montagnes, au milieu de ces soldats, de ces camarades, il n'aurait été possible pour ces gens de se rencontrer, de se prendre par la main, de s'appeler par leurs noms, Miro, Miloš, Konstantin, Slobo, Vido, Edvard, Vera, Mitra, Aleksa… de prendre pour lien l'étoile rouge et d'oublier le reste.

Aujourd'hui, revivant en imagination ce moment où je sortis de la forêt avec les autres pour m'asseoir avec eux et manger le pain de campagne et boire l'eau froide de la montagne, je repense surtout à ce qui à l'époque me parut aller de soi – leur extrême jeunesse. Aucun n'avait plus de vingt-cinq ans. Je ne les avais pas moi-même. Parmi eux, et parmi ceux que je rencontrai dans les montagnes les semaines suivantes, se trouvaient les hommes et les femmes qui après la guerre sont devenus les dirigeants de la Yougoslavie nouvelle, une nation défendue et créée par les très jeunes.

Je crois qu'un homme qui s'est battu avec ces jeunes gens et qui doit maintenant se tenir sur une estrade dans une grande salle pour faire une conférence, ou un cours, doit souvent, après un quart de siècle, baisser les yeux sur les visages levés des étudiants qui sont rebelles et hargneux et critiques et indisciplinés et qui dans tous les pays du monde rejettent ce que leur offre la société... cet homme, un professeur peut-être, qui a des responsabilités, une place dans la société, regarde ces visages et pense que des jeunes gens exactement comme ceux-là, des « enfants » pour leurs aînés, ont combattu l'armée la plus féroce et terrifiante de l'Histoire, celle d'Hitler, se sont battus sans armes, sans vêtements chauds, souvent sans nourriture, toujours inférieurs en nombre – se sont battus et ont gagné, et ont créé une nouvelle nation.

Je suis resté avec eux pendant... je pourrais dire trois mois. C'est seulement dans l'amour et dans la guerre que nous échappons au sommeil de la nécessité, à la cage de la vie ordinaire, pour atteindre un état où chaque jour est une grande aventure, où chaque instant tombe net et clair comme un flocon de neige qui plane lentement près d'un rocher noir et luisant, ou comme une feuille qui tournoie jusqu'au sol de la forêt. Trois mois de vie ordinaire peuvent ne pas être beaucoup plus que de se tourner d'un côté sur l'autre lors d'un sommeil particulièrement lourd et inconfortable. Cette période dans les montagnes avec cette troupe de jeunes soldats – c'est comme si je me souvenais de chaque respiration que j'ai eue. Me rappeler cette époque c'est comme des yeux amis qui se posent avec amour et curiosité sur votre visage, et vous sentez votre visage s'élargir dans un sourire sous la chaleur que vous engendrez à deux.

La troupe comprenait de douze à trente membres. Un homme, ou une fille, arrivait tranquillement au camp avec un sourire, une poignée de main, laissait glisser son paquetage et son fusil, et devenait l'un – ou l'une – de nous. Ou quelqu'un s'en allait tranquillement pour prendre un message, ou en reconnaissance, ou pour aller se glisser dans un village familier, chercher des vivres ou des fournitures. Nous ne sommes pas restés plus de deux jours sur ce versant montagneux en face des grottes. Il fallait m'amener au Q.G. des Partisans pour délivrer des messages et réunir leurs messages et les nouvelles à rapporter en Afrique du Nord. Nous devions nous déplacer prudemment, parce que les montagnes n'étaient pas seulement pleines de Chetniks mais de villageois ordinaires qui avaient fui leurs demeures pour vivre une existence de hors-la-loi jusqu'à ce que les neiges de l'hiver imminent les forcent à redescendre vers la mort ou la servitude aux mains des Allemands ou des Chetniks.

Se tenir très haut sur un escarpement rocheux, contempler en bas et tout autour des centaines de milles de montagnes et de vallées et de rivières et de collines : c'était le paysage le plus sauvage du globe, et rien ne bougeait dans cette immensité qu'un oiseau suspendu en l'air ou, très loin, la fumée s'élevant d'un village trop distant pour voir si c'était la fumée du pillage ou celle d'un foyer ordinaire. Le monde tel qu'il était avant que l'homme ne l'ait rempli et souillé. Mais, tandis que vous étiez là dans l'attente et la contemplation, vous étiez pris d'un autre sentiment. Sur un versant montagneux, très haut de l'autre côté d'un torrent de montagne, il y avait un éclair métallique qui, même en scrutant et fouillant du regard, ne se répétait pas : le soleil s'était pris au canon d'un fusil, ou à un couteau. Des arbres deux milles plus loin peints en jaune cendré, vert et gris-bleu par le printemps se couvraient d'un barbouillage indistinct qui était : un arbre au feuillage tardif, une verdure si maigrement éparpillée sur la structure des branches qu'elle semblait grise ? – ou était-ce la fumée d'un feu des Partisans ? Les jumelles rapprochaient de l'œil la colline d'en face et le barbouillage était bien de la fumée, pas un feuillage naissant, mais les gens sous les arbres, qui avaient fait le feu, portaient des habits gris et indistincts, et il était difficile de dire si c'étaient des villageois, des Chetniks ou des Partisans. Ou, la nuit, nos foyers tenus derrière un tas de terre ou de branches coupées, gardant les flammes basses mais claires et brillantes pour interdire à un ennemi sur une pente voisine la vue d'une fumée, un bref éclat rouge s'estompait déjà dans l'obscurité d'en face, et nous savions qu'à un mille ou un demi-mille de nous un autre feu avait échappé à l'écran de terre ou de broussailles ou de branches entassées pour être repris et enfermé à nouveau – mais par qui, ami ou ennemi ? L'un d'entre nous alors, avec un signe et un sourire, ou la conviction sévère des très jeunes à qui le devoir interdit le sourire et la gaieté, se glissait hors du cercle peu élevé de nos flammes pour la forêt et reparaissait une ou cinq heures plus tard avec : « Des gens du village. » Ou, « Des Croates. » Ou, avec lui (ou elle), sortait des arbres un groupe de soldats portant l'étoile rouge, nous saluant de la poignée de main qui était la promesse d'une vie que nous connaîtrions tous après la guerre, quand les combats auraient pris fin.

Ces vastes montagnes où nous nous déplacions comme les premiers hommes sur la terre, découvrant des richesses à chaque trouée dans la forêt, fleurs, fruits, volées de pigeons, cerfs, torrents d'une eau bondissante et jaillissante bourrés de poissons, ces montagnes abritaient une centaine, non, un millier de groupes, se déplaçant tous sans bruit sous les grands arbres, les yeux sans cesse à guetter l'ennemi, des gens qui dormaient la main sur leur fusil et qui avaient appris à reconnaître un ami autant par une reconnaissance instantanée de sa camaraderie et de son optimisme héroïque qu'à son étoile rouge.

Quand cette guerre serait finie, nous le savions tous – et nos mains confiantes, nos sourires, notre dévouement le promettaient –, cette terre si riche et si belle s'épanouirait dans une tendre harmonie qui était tout autant un souvenir qu'un rêve pour le futur. C'était comme si chacun de nous avait vécu cela, au temps jadis, à une autre époque, dans un pays comme celui-là, avec un air frais et parfumé, des arbres géants et intacts, parmi des gens descendant d'une royauté naturelle à qui haine et malveillance étaient étrangères. Nous étions tous liés les uns aux autres par un autre temps, un air différent. Tout le mesquin et l'ignoble étaient hors la loi. Nous ne nous souvenions que de noblesse.

Si je dis tout cela en mettant mon amour en second c'est parce que c'était un amour qui avait fleuri grâce à cette époque et à ce lieu. Non, bien sûr, je ne veux pas dire que si je l'avais rencontrée de façon ordinaire, en temps de paix, nous ne nous serions pas reconnus. Mais notre amour fut pendant ces quelques semaines un aspect de la haute et belle camaraderie du groupe dans lequel les individus n'importaient pas, puisqu'un individu n'était important que dans la mesure où il ou elle était un gage de l'avenir, et où les individus venaient et s'en allaient et restaient toujours les mêmes, étant de par leur nature partagée purs et nobles et étrangers à tout sentiment de laideur de race ou de nationalité ou de religiosité hostile. Notre amour fut porté, ou contenu par le groupe, c'était sa fleur, et cela alors que certains camarades ne l'approuvaient pas, pensaient et disaient qu'une guerre de ce genre n'était pas le lieu pour aimer. Mais de telles critiques étaient faites dans un esprit de camaraderie, avec une simple franchise, sans malice ni désir de blesser. Il n'y avait rien que nous ne pouvions dire les uns aux autres. Il n'y avait pas de critique que nous ne pouvions faire et qui, après réflexion, écoutée ou refusée, ne participait pas d'une conscience accrue, laquelle – ce qu'assumait chacun d'entre nous – serait la plus grande de nos contributions à cette guerre qui n'était pas seulement une guerre contre les méchants de notre propre nation (quand j'étais avec eux je sentais comme eux, j'étais yougoslave) : les collaborateurs, les Chetniks, les riches égoïstes, mais contre tout le mal du monde entier. Sur ces hautes montagnes, nous combattions le Mal, et nous étions sûrs de vaincre, parce que les étoiles dans leur course étaient nos alliées, dont la victoire viendrait enfin quand les pauvres et les humbles et les doux auraient hérité de la terre, quand le lion se coucherait à côté de l'agneau et qu'une tendre harmonie régnerait sur la terre. Nous savions tout cela, car c'était comme si nous nous le rappelions. Et de plus, n'étions-nous pas en train de le vivre, de nous aimer les uns les autres et d'aimer l'univers ? Le fusil à la main, des grenades dans nos poches, de la gélinite dans nos sacs, marchant aussi silencieusement que des voleurs entre les arbres immenses de ces magnifiques forêts, nous savions que nous étions des gages du futur, en nous-mêmes absolument sans importance, parce qu'en tant qu'individus nous ne pouvions avoir de l'importance, et qu'en plus nous étions pour ainsi dire morts. Des hommes et des femmes avec qui j'ai vécu, et combattu, pendant quelques mois, un grand nombre a été tué, la majorité – comme ils savaient que ce serait. Cela ne comptait pas. Ce qui était versé ne pouvait pas se perdre, parce qu'enfin l'espoir était né en l'homme, le communisme – et son étoile rouge d'espoir brillait pour que tous les pauvres travailleurs, pour que tous ceux qui partout souffraient la voient et la suivent. A l'intérieur de cet Amour général la partisane et moi nous nous aimions. Nous en parlions à peine, nous étions rarement seuls, nous étions des soldats, pensant des pensées de soldats. Quand nous nous retrouvions tous les deux seuls, ce n'était pas parce que nous l'avions préparé. Un accident de notre vie en groupe nous envoyait dans un village abandonné pour dénicher de la nourriture, ou on nous mettait de garde ensemble. Mais nous étions de garde, et devions nous conduire de façon responsable. Je ne me souviens pas quand je l'ai embrassée pour la première fois, mais je me souviens de nos plaisanteries sur le temps qu'il nous avait fallu pour nous embrasser. Nous avons dormi ensemble une fois, affolés par le chagrin, lorsqu'on m'a dit que dans une semaine j'en aurais fini avec ma mission et avec la Yougoslavie – et avec Konstantina.

C'était après qu'on m'eut emmené au quartier général de Tito, donner et prendre des informations, que j'avais fait ce que j'étais venu faire. La question était alors de savoir comment je pourrais repartir. Ce ne pouvait pas être par air. Il était déjà dangereux de parachuter des hommes, mais impossible à ce stade pour un avion d'atterrir. Je dus trouver mon chemin jusqu'à la côte, d'où un pêcheur m'emmena dans un petit bateau jusqu'à une île où j'en retrouvai d'autres qui avaient été en mission en Grèce et en Yougoslavie. Et comment nous sommes retournés en Afrique du Nord, c'est une autre histoire.

Les semaines qui précédèrent ma liaison avec le guide qui devait me conduire à la côte furent remplies de combats dangereux. Notre groupe fit sauter une voie ferrée, détruisit deux ponts, livra deux sanglantes batailles contre des groupes de Chetniks bien supérieurs en nombre. Ces batailles nous laissèrent affaiblis et dégarnis. Certains de nous furent blessés. Vito, le chef, fut tué, et Miloš, qui était un ancien camarade d'école de Konstantina, devint chef de groupe. Elle-même devint commandant en second et encore plus occupée qu'elle ne l'était déjà. Car il y avait encore beaucoup à faire et beaucoup moins de gens pour le faire. Mais il ne cessait d'en arriver de nouveaux. Je me souviens d'un soir où nous étions à flanc de coteau au-dessus d'un village que nous savions occupé par les troupes allemandes et croates. C'était un village où Miloš avait des amis – ou plutôt avait eu des amis. Il disait comment, le lendemain, il pourrait descendre se glisser dans le village, déguisé, avec une des filles. Il s'agissait de se procurer une robe paysanne ordinaire et un fichu. Vera, une des filles, avait eu ce genre de tenue, mais elle l'avait perdue dans les récents combats. Nous étions assis dans la nuit, parlant à voix basse, serrés les uns contre les autres, affamés et glacés parce que nous n'osions pas allumer un feu, quand nous vîmes deux personnes sortir des buissons et venir vers nous. Des fusils se dressèrent, mais Miloš cria : *Non* – juste à temps. Deux jeunes garçons coururent silencieusement sur l'herbe, en souriant. Miloš les embrassa. Ils étaient du village, avaient appris notre présence dans les montagnes voisines, étaient venus se joindre à nous. C'étaient deux frères, seize et dix-sept ans. Aucun n'avait même tenu un fusil jusqu'à ce jour. Ils avaient apporté deux vieux revolvers de la guerre de 14. Ainsi que du pain et des saucisses – mieux reçus encore que les revolvers. Cette nuit nous commençâmes à les entraîner à l'art de la guérilla et en deux semaines ces deux garçons furent aussi adroits et débrouillards que n'importe lequel d'entre nous. Si les souvenirs de guerre sont terriblement précieux, c'est surtout qu'en temps de guerre nous apprenons à nouveau ce que la paix ne devrait jamais nous laisser oublier. Que « n'importe quelle cuisinière peut apprendre à gouverner l'État ». En temps de guerre chaque petit employé, chaque ménagère enfermée chez elle apprend ce qu'il ou elle est capable de faire. En temps de paix, ces deux écoliers seraient devenus ce que la petitesse de la vie au village leur aurait permis de devenir. En Angleterre, des garçons de leur âge, en tout cas ceux des classes moyennes, sont des enfants gâtés. A la guerre, dans notre groupe de guérilla, c'étaient des traqueurs, des tireurs d'élite, des espions brillants, des voleurs et des chapardeurs, capables de marcher vingt-quatre heures de suite en restant alertes et pleins de vie, sachant trouver des baies, des champignons, des racines comestibles, suivre la piste d'un cerf ou d'un faisan et le tuer sans bruit et sans gaspiller de précieuses munitions. Que pourrait-il vraiment leur arriver dans la vie d'après la guerre – à eux et à des millions comme eux dans les pays où opéraient guérillas et partisans et clandestins – qui soit à la hauteur de ce que leur avait donné la guerre ? A moins, bien sûr, qu'ils n'aillent en prison (où beaucoup se trouvent encore) et y apprennent une autre sorte d'adresse et d'endurance. Pendant moins d'un mois que je passai avec les deux garçons, j'appris à nouveau ce que j'avais déjà compris dès mon premier jour chez les Partisans : que n'importe quel être humain n'importe où verra fleurir en lui une centaine de talents et de facultés insoupçonnés si on lui donne simplement l'occasion de les utiliser. Ces deux garçons survécurent à la guerre. Tous deux ont maintenant des postes importants dans le gouvernement de leur pays. Ils ont fait leur éducation avec la guérilla dans les montagnes et dans la forêt.

Ils ne furent pas les seuls à fuir en secret les villages. Grâce à ce recrutement, notre groupe atteignit presque la trentaine, paraissant chaque jour de plus en plus jeune. Les « vieux » parlaient en blaguant des « enfants ». Miloš était « l'ancien ». Il avait vingt-quatre ans.

C'était l'été, mais nous étions toujours à court de nourriture, et nous n'avions presque plus de médicaments. Konstantina en était réduite à quelques bandes et pommades. Il fut décidé qu'elle et moi irions au village où vivait sa tante pour essayer de nous réapprovisionner. D'après le plan, nous devions aller jusqu'à la lisière d'un champ au-dessus du village, où les femmes travaillaient dans les maïs. Konstantina connaissait bien le village et les habitudes des gens. Elle savait qu'ils sympathisaient avec nous, et haïssaient l'occupant croate. Les femmes apporteraient une jupe, une blouse, un fichu. Konstantina les mettrait, se joindrait aux paysannes, rentrerait avec elles au village à midi, et irait chez sa tante. Là elle enverrait sa tante se procurer des pansements, des désinfectants, des médicaments et des vivres. Il n'y avait qu'un seul danger que nous puissions imaginer, c'était qu'à cette époque de l'année les femmes souvent ne rentraient pas chez elles pour le repas de midi, mais l'emportaient dans les champs où elles travaillaient. Mais l'une d'elles pourrait courir au village et envoyer la tante de Konstantina nous voir dans la forêt. Ou bien, si tout cela était trop dangereux, si les troupes de l'occupant étaient trop vigilantes, nous devrions rester à la lisière du champ au-dessus du village, une des femmes descendrait un message à la tante, et on pourrait nous apporter les provisions là où nous étions.

Mais tout s'est passé très simplement. Nous avons quitté nos amis de bonne heure, avant que le soleil ne soit levé, et nous avons atteint le village au milieu de la matinée. Nous avons rampé sur le ventre jusqu'en lisière du champ. Souvent les champs étaient gardés. Mais c'était apparemment une scène agréable et paisible. Les femmes étaient occupées à biner entre les hauts plants de maïs, en parlant et en riant. Konstantina appela une femme qui leva la tête, étonnée, et qui, comme elle l'avait appris de la guerre, saisit la situation en un instant, nous fit un seul geste, « Je comprends, restez tranquilles », et avança lentement en travaillant dans notre direction, tout en continuant de bavarder avec une autre femme à une dizaine de mètres. Quand elle nous eut rejoints, elle et Konstantina parlèrent à voix basse, l'une dans le champ, l'autre dans les épais taillis qui le bordaient. Les lèvres de la femme remuaient à peine. A cela comme à sa finesse et à sa prudence, nous pouvions très bien voir l'état du village sous occupation militaire. Elle nous dit qu'avec les femmes se trouvait dans le champ l'épouse d'un homme dont on connaissait les sympathies pour les Allemands. Il fallait imaginer un plan pour se débarrasser d'elle. Mais la chance était avec nous. Nous n'étions pas cachés dans les buissons depuis plus d'une heure, à regarder travailler les femmes pleines d'entrain, que la femme dangereuse retournait d'elle-même chez elle. Elle dit qu'elle avait du pain à cuire. Ensuite tout alla très vite. Une des femmes fit un saut chez elle et rapporta un ballot de vêtements qu'on jeta dans les buissons où nous étions couchés. Konstantina, en quelques instants, de soldat devint jeune fille. Elle sortit des arbres vêtue d'une longue jupe bleue avec une blouse blanche et un châle blanc et se joignit aux femmes, se courbant avec les gestes de qui tient et manie une binette. Quelques minutes plus tard, les femmes rentrèrent toutes au village, Konstantina au milieu d'elles.

Le champ qui descendait jusqu'au village était désert. Les plants de maïs étaient d'un vert franc intense et luisant. Tous les arbres et les buissons alentour avaient l'abondance et la luxuriance du début de l'été. Le ciel était profond et bleu. Il faisait assez chaud. Les plants de maïs étaient à ce stade où ils ont atteint toute leur hauteur, mais où il semble encore que l'élan de leur sève les fait monter. Ils étaient très droits et les tiges étaient aussi raides que des cannes à sucre. La houppe de chaque plant avait blanchi mais tout juste. Des arpents entiers de hautes plantes vertes étaient couverts de houppes blanches et nattées qui ondulaient, mais qui gardaient un reflet verdâtre. Les épis qui poussaient lourdement sur les tiges n'étaient pas encore pleins, et la soie douce qui pendait au bout de chaque épi était fraîche et neuve. Aucune n'avait séché. Chaque épi avait sa langue de soie rousse et brillante, un jaillissement rouge et doux. Ce matin il avait plu. Les pointes des feuilles courbes et les soies rouges et pendantes laissaient tomber de grosses gouttes luisantes de pluie. La terre avait un parfum frais et sucré. Une vapeur légère montait du champ. Tout dans ce champ avait l'éclat d'une vitalité jeune et pourtant mûre. Une semaine à peine et le tournant serait passé, la descente aurait commencé, les feuilles arquées tout juste teintées de jaune, les crêtes des plants très blanches et durcies, le rouge foncé des houppes séchant et se figeant. C'était comme voir une vague juste avant qu'elle ne déferle et ne se brise.

En bas dans le village un peu de fumée montait dans le bleu. Il n'y avait personne à voir. Le silence était absolu. Pourtant le village était occupé, et nous savions que deux semaines plus tôt une douzaine de personnes avaient été fusillées dans la grand-rue. Ils avaient ravitaillé les Partisans, et pour l'aventure d'aujourd'hui des gens pourraient se faire tuer, si nous faisions du gâchis. Mais tout continuait d'aller bien.

Bientôt une douzaine de femmes revinrent du village vers le champ, en prenant leur temps. Elles reprirent les binettes où elles les avaient laissées. Maintenant Konstantina avait un outil et travaillait avec les autres. J'aurais pu jurer qu'elle travaillait pour le plaisir, se rappelant la paix et la vie au village. Elle dirigea lentement son travail jusqu'en bordure du champ, et l'instant d'après avait laissé tomber la binette et roulé près de moi. Sous ses jupes longues étaient pendus des paquets de pain, de viande, de saucisses, et même des œufs. Sa tante passa, la binette montant et descendant, un paquet vola dans les buissons où nous étions cachés, et je tendis la main pour décrocher des branches le précieux matériel médical. Déjà Konstantina avait quitté sa tenue de paysanne et était redevenue soldat. Elle rejeta le ballot de vêtements dans le champ ; et après un bref au revoir, au revoir, entre elle et la femme qui binait à moins de six pieds, nous partîmes. L'expédition était un succès. Il n'y eut aucune conséquence pour les villageois. Et avant l'hiver les nôtres mirent l'ennemi en déroute et le village redevint lui-même.

Nous répartîmes soigneusement les provisions sur nos personnes. Nous étions maintenant lourdement chargés, et il était difficile de garder un pas léger, mais il le fallait. Nous avions près de dix milles à franchir pour retrouver notre groupe, dont nous savions qu'il se dirigeait vers un sommet que nous pouvions voir droit devant nous. Mais entre nous et ce sommet se trouvaient d'autres montagnes, plus basses, des rivières, des vallées. Ce n'étaient pas dix milles de promenade.

Quand nous sommes arrivés environ à mi-chemin, nous avons fait halte sur le flanc de la montagne précédant celle où nous nous rendions. C'était le milieu de l'après-midi. Le soleil était en face de nous, nous l'avions dans les yeux. Le ciel n'avait toujours pas un nuage, et tout était un miroitement et un éblouissement de lumière sur le ciel, les feuilles, l'herbe, les rochers. Nous avons décidé de nous reposer quelques minutes. Ce n'était pas que nous nous apprêtions à relâcher notre garde, à devenir négligents. Mais nous avions accompli notre tâche, et pensions n'avoir pas mis en danger nos alliés du village. Nous nous sommes assis le dos contre un gros rocher, nous tenant la main comme des enfants. En face une clairière s'ouvrait entre de très vieux et très grands arbres sur la pente qui descendait la colline. D'un côté de la clairière se trouvaient quelques rochers peu élevés, tachés et mouchetés de lumière jaune. Un jeune arbre au bas de la clairière faisait un nuage de fleurs d'un rose crémeux où se pressaient des papillons. Tout était très silencieux.

Dans cette scène de parfaite paix sylvestre entra un cerf. Ou plutôt il s'agit de réaliser que le cerf était là, qui nous regardait, depuis quelque temps. Il se tenait à environ vingt mètres, près du tas de rochers. C'était parce que la lumière s'émiettait sur les rochers et les plantes et le cerf que nous n'avions pas vu l'animal. Maintenant il était difficile de comprendre comment nous ne l'avions pas vu. C'était un beau spectacle, une bête dorée avec une robe chaude et riche et ensoleillée, et ses petites cornes aiguës pointées en avant, noires et vernies. Nous nous sommes levés. J'ai pensé que si un cerf aussi près de nous nous avait si facilement échappé, un ennemi pouvait tout autant nous avoir échappé. Elle a eu probablement la même idée. Puis je me suis demandé un instant si je ne devais pas tuer l'animal et le ramener au camp. Mais il était toujours dangereux de tirer. Nous ne savions pas qui pouvait être sur ce versant – peut-être en train de nous regarder, tout comme l'avait fait le cerf, avant que nous ne l'ayons vu. Et nous étions très lourdement chargés. L'idée de l'abattre s'effaça. J'étais content de le laisser aller. Car il avait un air si délicieux debout là-bas, la tête un peu baissée, nous regardant un peu de côté, du coin de l'œil. C'était un petit cerf, ne dépassant pas de beaucoup la ceinture de Konstantina. J'ai ressenti soudain un bonheur incroyable. L'apparition de ce bel animal me paraissait couronner cette journée magnifique. J'ai regardé Konstantina pour partager ce plaisir, mais elle ne souriait pas. Elle était sérieuse, sévère. Il y avait entre ses sourcils un petit pli que je connaissais bien : il montrait qu'elle était intriguée, perplexe. Elle regardait ce cerf d'un air de doute. L'animal était beaucoup plus près. Je me souviens d'avoir pensé que peut-être nous nous étions avancés vers lui sans le savoir, de même que nous nous étions levés automatiquement en le voyant – alertés par sa vue, comme si c'était effectivement un ennemi. Je me suis dit que la jolie cavalcade en biais du cerf était trop légère et délicate pour l'avoir si vite rapproché. Puis le cerf fut tout près. Il continuait à faire le même mouvement, un léger tremblement semi-circulaire avec ses cornes, et je sentais qu'il me fallait observer ce mouvement, qui était si gracieux. Et soudain, alors qu'il me venait à l'esprit que ce joli petit animal pourrait être dangereux, Konstantina émit un son bref, un cri d'avertissement, et fit un pas devant moi alors que la bête s'élançait en avant et donnait du tranchant de ses cornes noires et effilées.

Et puis rien ne se passa. Le cerf était immobile, du sang dégouttant de ses cornes maintenant abaissées, juste en face de Konstantina qui se tenait entre la bête et moi. Alors elle se mit à glisser vers le bas. C'était comme si elle avait choisi de se laisser fléchir sur les genoux. Je la rattrapai, la prenant sous les bras.

Je dis : « Konstantina », sur un ton d'étonnement, ou même de reproche. Je n'avais toujours pas vraiment compris que cette charmante créature l'avait blessée.

Puis son poids l'entraîna jusqu'au sol de la forêt, et je tournai son visage vers moi et je vis qu'elle avait les yeux fermés et que le sang coulait de son ventre. Elle était d'une pâleur verdâtre.

C'est alors que je compris. Suivirent des minutes d'incompétence et d'impuissance angoissée. Dans un paquet à deux pieds d'elle se trouvaient les fournitures médicales, mais rien qui puisse étancher une blessure. Plus tard je réalisai que c'était sans importance, qu'elle n'était pas sauvable. Je relevai sa vareuse, abaissai son pantalon militaire et découvris son ventre. La corne de cerf, aiguisée comme un bistouri, avait tranché en travers de ses entrailles. Je pensais qu'elle ne rouvrirait pas les yeux. Je croyais qu'elle allait mourir immédiatement, car son pouls avait déjà presque disparu et son visage était rétréci par la mort. Je cherchai ma capsule de poison, ne voulant pas qu'elle endure la souffrance de cette horrible blessure, mais avant que je l'eusse trouvée elle ouvrit les yeux, sourit, les referma et mourut.

Je l'ai allongée sur le sol de la forêt. J'ai vu que le cerf avait un peu reculé ; il se tenait près des rochers où je l'avais vu en premier. Je me suis demandé encore si je devais l'abattre, sachant cette fois que si je le faisais ce serait par vengeance. Il ne m'est pas venu à l'esprit qu'il pouvait encore être dangereux. Il avait tué Konstantina parce qu'elle s'était mise devant moi pour me sauver de ses cornes tranchantes. Il pourrait encore s'approcher et me tuer. Mais je n'y ai pas pensé. J'ai oublié le cerf.

Je savais qu'il me fallait enterrer Konstantina. Je n'avais rien pour creuser une tombe. Mais j'avais déjà assisté à bon nombre d'enterrements en forêt. Je me suis mis à genoux et j'ai commencé à creuser les feuilles avec les mains. La lumière était très lourde et jaune et forte. Elle donnait au visage de Konstantina une patine jaune.

J'ai continué à creuser. C'était très facile. Le terreau feuillu était l'œuvre de nombreux automnes. L'humus au parfum fort et sucré qui était la chair des feuilles de la forêt me venait plein les deux mains. J'ai travaillé sans arrêt, régulièrement, méthodiquement, voulant faire vite et bien. Je savais que si ni moi ni Konstantina ne nous étions montrés à dix heures du soir, les nôtres enverraient des équipes de secours à notre recherche. Ils savaient que nous étions plus lents et vulnérables que d'habitude – et que notre chargement était précieux.

Le soir allait bientôt venir… et le soir était venu. J'avais creusé dans l'humus un trou profond de cinq pieds et large de trois. Je l'ai fait glisser dans cette fosse, de sorte qu'elle y soit allongée, et je me suis couché sur le ventre au bord de la fosse, et j'ai couvert son visage avec des feuilles vertes et fraîches. J'ai posé ses mains sur sa poitrine. J'ai rejeté sur elle le terreau de feuilles. Je jurais et pleurais tout ce temps, mais en silence : plus tard j'ai vu que je m'étais mordu les lèvres jusqu'au sang. Bientôt l'endroit de la forêt où elle reposait ne s'est plus reconnu qu'à la surface froissée des dernières feuilles d'automne. A l'époque, je n'ai pu signaler sa tombe. Debout tout près j'ai repéré trois arbres dont les lignes d'intersection se croisaient là. J'ai coupé de grands bouts d'écorce à ces arbres, puis j'ai frotté de terre les entailles blanches pour qu'un ennemi ne les remarque pas.

Une fois la guerre finie j'ai pris un avion jusqu'à Belgrade, un train jusqu'au village où nous étions allés ce jour-là, et je suis parti dans les montagnes avec un ami. L'ami était maintenant au gouvernement, et il avait fait partie de notre groupe – mais après mon départ. Nous nous étions rencontrés pour la première fois à Londres. Nous avons trouvé ensemble cet endroit au flanc de la montagne grâce aux cicatrices maintenant vieillies des trois arbres. Nous avons érigé une simple pierre tombale. Avec cette inscription :

Konstantina Ribar
Partisane
Elle a donné sa Vie pour l'Humanité

Et, bien sûr, pour moi.

Quand elle a été enterrée, le soleil couchant était juste au-dessus du sommet que je devais atteindre avant le lever de la lune. La clairière était maintenant inondée de la lumière jaune du soir. Et quand j'ai ramassé les paquets et les ballots de vivres et de médicaments, essayant de faire avec les charges de deux personnes un fardeau commode pour une seule, j'ai réalisé que pendant tout ce temps, deux ou trois heures, ou plus, le cerf était resté là, à vingt pas, au milieu des rochers. Je crois que ce fut le bruit de ses sabots claquant sur une pierre qui me fit lever les yeux. Il me faisait face, là encore, et sa tête à nouveau se mit à bouger délicatement de biais quand je m'approchai de quelques pas pour le dépasser. Une de ses cornes était tachée – par le sang de Konstantina, qui aurait pu très facilement être le mien. Je restai immobile, regardant l'animal. Je ne comprenais pas. Je ne pouvais comprendre pourquoi, après avoir attaqué et tué, il ne s'était pas tout simplement enfui. Qu'il soit resté là, m'ait surveillé pendant que je peinais à creuser le sol de la forêt, puis à enterrer Konstantina, sans s'approcher ni faire sentir sa présence – je ne le comprenais pas. J'avais à ce moment glissé dans cet état rêveur, détaché, qui suit un excès d'émotion. Cette petite bête luisante qui se tenait là, abaissant ses cornes élégantes, semblant attendre sans aucune raison, ne faisait qu'ajouter au flou aigu de cette scène.

Je me suis arrêté en face de l'animal et l'ai contemplé. J'étais à une quinzaine de mètres. Cette fois j'ai vu que l'animal était une biche. Et qu'elle avait un air chancelant et défait – épuisé. J'ai vu qu'elle avait récemment mis bas. Et puis j'ai vu le faon.

La petite créature était couchée près des rochers face au soleil couchant. Sa robe rayonnait doucement, pleine de santé. Au-dessus d'elle, comme une sentinelle, se dressait une grande plante aux feuilles claires et brillantes qui se déployaient en éventail tout autour du faon si bien qu'il reposait sous une fontaine. Le faon était parfait, un triomphe, trop éblouissant même, comme si ces vastes montagnes et forêts avaient élu ce bébé animal dans cette clairière ensoleillée pour les représenter, mais la scène était surchargée de sens et de beauté.

Puis j'ai vu qu'il restait sur son pelage des traînées séchées du fluide de naissance, et que pendait sur son ventre crémeux le cordon rouge et gras de naissance, neuf et luisant. Trois ou quatre jours plus tard, le cordon desséché aurait disparu, la robe du faon serait léchée, nettoyée, et le faon, comme un enfant humain, ou comme les plants de maïs que j'avais vus ce matin, serait au faîte de sa promesse et de sa perfection. Mais assister à une naissance c'est être admis dans l'atelier de la nature, où la vie et la mort travaillent ensemble. La vue du cordon, du pelage pas encore léché, sauvait la créature du pathos, la rendait à son immense vulnérabilité, à sa terrible faiblesse. Pourtant, ses yeux me regardaient calmement, sans peur. Car entre elle et moi se tenait sa mère. Je pense que le faon ne s'était pas encore juché sur ses pattes. Les deux soldats entrés dans la clairière avaient probablement interrompu la scène de la naissance, avaient d'une certaine façon dérangé la mère et le bébé dans le rituel qu'ils devaient accomplir, avaient détruit l'équilibre des choses. Et la biche était là devant moi, et c'est seulement alors que j'ai vu qu'elle chancelait, car ses pattes de derrière tremblaient de faiblesse quand elles se plantaient dans l'herbe douce.

J'ai contourné à distance, prudemment, la mère et son bébé, ne quittant pas des yeux l'animal épuisé qui bougeait lentement pour garder ses cornes pointées vers moi. Derrière, le faon couché s'offrait à la lueur du couchant sous la plante, qui était probablement un fenouil officinal ou odorant.

Je ne pouvais pas aller vite. Je transportais quelque chose comme deux cents livres de vivres et de médicaments. Quand je fus au bas de la clairière, je regardai en arrière et vis que le faon était en train de s'efforcer de se dresser sur ses longues pattes minces, fragiles comme des tiges. La biche me surveillait toujours. Et c'est ainsi que je quittai la clairière et sa tombe fraîche, tandis que la biche pointait vers moi une corne ternie par le sang et que le petit faon se tenait tout droit sous sa fontaine verte et lumineuse.

Cher docteur Y.,

Non, je suis tout à fait sûr que Charles Watkins n'était à aucun moment en Yougoslavie. Je suis incapable de m'expliquer l'insistance qu'il met à y avoir séjourné pendant la guerre. Quand je suis rentré de la guerre, j'étais en assez mauvais état. C'est ce que Charles et moi avions en commun. Nous avons passé quelques mois ensemble dans un pavillon que j'avais dans les Cornouailles. Nous avons tous les deux pas mal parlé de nos expériences. Ce qui nous a probablement guéris. Même après tout ce temps je pourrais vous faire un récit assez détaillé de la guerre de Charles, qui est presque aussi nette à mes yeux que « ma » guerre. Je trouve que les souvenirs de mes deux largages en Yougoslavie sont les plus vivaces de toute mon existence. Si je devais oublier ces quelques mois, j'oublierais des événements et des gens qui m'ont formé plus fondamentalement que n'importe quels autres. Je suppose qu'on a pu penser que j'avais eu de la chance. Je sais que Charles le pense – ou le pensait.

« Ma » guerre a été très différente de la sienne. Je ne peux pas dire que j'ai pris plaisir à « ma » guerre, mais c'était en tout cas comme d'être dans un rêve haut en couleur, alors que la guerre de Charles, je le crains, a dû lui sembler un long et pénible cauchemar. Il a eu beaucoup plus que sa juste part de boulot pénible et routinier, si vous pouvez admettre que le danger puisse être ennuyeux.

Si je puis introduire une note personnelle qui va probablement au-delà de ce que vous m'avez demandé, je trouve le climat actuel effrayant parce que là encore un grand nombre de jeunes gens, qu'ils soient pour ou contre la guerre, qu'ils se réjouissent ou non de la conscription, ignorent que le pire dans la guerre c'est qu'elle peut être si ennuyeuse. Je n'aurais jamais cru qu'un si court laps de temps – vingt-cinq ans – aurait à nouveau rendu possible de considérer la guerre comme prestigieuse. Le fait est, voyez-vous, que « ma » guerre l'a été, du moins une partie du temps. Alors que Charles avait coutume de dire que le destin de « sa » guerre avait été un maximum de travail pénible et routinier, un maximum d'inconfort physique, un maximum d'ennui, et des doses assez régulières de danger et de mort. Ce n'est pas nécessairement vrai pour tous ceux qui ont tiré la même donne que lui – Dunkerque, l'Afrique du Nord, l'Italie, le deuxième front. Certains ont eu d'assez longues périodes de répit et même de plaisir. Mais Charles n'a pas eu cette chance. En fait, c'était un peu une blague entre nous, quand nous retracions sa propre série d'événements, de voir qu'il avait chaque fois paru manquer de peu une permission possible, ou la chance d'un transfert dans un secteur plus facile. Nous avions coutume de dire qu'il avait mené une guerre moderne pendant cinq ans – je veux dire, bien sûr, moderne pour l'époque, il combattait dans la Seconde Guerre mondiale – alors que j'avais régressé jusqu'à un style de guerre beaucoup plus ancien. C'est bien sûr une généralisation fort peu satisfaisante quand on pense à la contribution que les guérillas ont apportée à notre victoire.

Si Charles croit que je suis mort, cela pourrait peut-être l'aider de voir que je ne le suis pas ?

Simplement,

MILES BOVEY

Cher docteur X.,

Je ne serais que trop heureuse de venir voir Charles chaque fois que cela l'aidera. Mais je ne veux pas amener James et Philip voir leur père. Je ne pense pas que cela doive leur être infligé. Je dois dire que je m'étonne que vous l'ayez même suggéré. Je sais que Charles est malade, mais d'autres personnes de la famille sont aussi importantes que lui. Bien sûr il importe peu que cela me fasse mal de voir Charles tel qu'il est actuellement, mais les garçons ont quinze et quatorze ans et à leur âge on doit leur épargner ce genre de choses. Je crains donc d'avoir à refuser de les amener.

Sincèrement vôtre,

FELICITY WATKINS

Cher docteur Y.,

Bien sûr je suis prête à tout moment à reprendre mon mari à la maison. Ce sera très douloureux pour nous tous, mais je ferais n'importe quoi pour l'aider à se rétablir si vous pensez que cela peut servir. Je suis sûre que dès qu'il sera dans sa propre maison avec sa famille et ses propres objets autour de lui il se souviendra de qui il est.

Sincèrement vôtre,

FELICITY WATKINS

Il était dix heures du matin. Dans une grande salle commune du premier étage surplombant un arrangement conventionnel de plates-bandes actuellement retournées et laissées découvertes pour qu'elles prennent les premières gelées, un couple de hêtres dans leur couleur de fin d'année et quelques roses à l'épanouissement tardif, étaient assises, ou flânaient, environ quarante ou cinquante personnes. Aucune ne regardait par la fenêtre. Elles étaient de tous âges, tailles et types et des deux sexes. Mais les personnes d'un certain âge prédominaient, et en particulier les femmes d'un certain âge. Certaines regardaient la télévision, ou plutôt, puisque les émissions n'avaient pas commencé, regardaient la mire, une eau qui courait sur des rochers, sous des arbres fleuris comme au printemps. Certaines tricotaient. Certaines bavardaient. Il eût été facile de penser qu'on était entré dans le salon d'un hôtel de second ordre ou de province, à part l'odeur caractéristique de médicaments.

Il y avait des tables ainsi que des chaises longues disséminées dans la salle, et à une table en plein milieu, entièrement couverte d'une sorte particulièrement compliquée de réussite, une jeune fille était assise, seule. C'était une brune, de type méditerranéen.

Elle avait des cheveux noirs et lisses, de grands yeux noirs, un teint olivâtre. Elle était mince, mais avec des courbes, cela sans excès, conforme ainsi à la fois aux idées courantes sur la beauté des femmes et à la mode du moment. Elle portait une robe en crêpe de Chine noir, bien ajustée sur ses seins et ses hanches. Les manches en étaient longues et collantes. Le col montant était fermé. La robe avait de simples poignets de toile blanche et un col rond et blanc. Lesquels étaient un peu malpropres. Cette robe aurait convenu à une gouvernante, à une parfaite secrétaire, ou à une jeune fille victorienne passant la matinée à faire ses comptes, si elle ne s'était arrêtée dix centimètres plus bas que le haut des cuisses. En d'autres termes, c'était une mini-robe singulièrement écourtée. Il aurait été difficile d'imaginer un style plus surprenant pour une mini-robe. Le contraste entre ce style sévère, cérémonieux, et les longues jambes nues était particulièrement choquant : il choquait. Les jambes de la fille n'étaient pas vraiment nues. Elle portait un collant gris pâle extrêmement fin. Mais elle n'avait pas de culotte. Elle était assise jambes largement écartées, si bien qu'on pouvait croire qu'elle les avait oubliées ou qu'elle avait assez à faire pour contrôler et diriger la moitié supérieure de son corps sans avoir en plus à prendre la peine de se souvenir de ses jambes et de son sexe. Ses parties intimes étaient visibles, une tache sombre et frisée, humide, et leur étalage donnait à la fille un air naïf, touchant, émouvant.

Il y avait deux infirmières assises parmi les patients. Toutes deux étaient de pauvres femmes, mal payées, des ouvrières, et n'étaient là que parce que leurs maris n'étaient pas assez bien payés pour entretenir une famille d'après les critères qu'on était en droit d'attendre, selon les promesses faites à la nation par la télévision. Ces femmes regardaient la jeune fille plus souvent qu'aucun autre patient. Avec un ressentiment que n'aurait pu adoucir un salaire dix fois plus élevé que celui qu'elles recevaient.

Toutes les deux avaient des filles, des adolescentes, et avaient l'habitude des disputes au sujet du maquillage et des vêtements. Une des femmes aimait que sa fille se maquille et s'habille très court, l'autre non, mais cette différence disparaissait sous la pression d'une inquiétude plus profonde. Et cela, en raison des violentes querelles qu'elles avaient avec cette fille, Violet, dont les minirobes étaient encore plus courtes que ne l'exigeait la mode, ce qu'elles trouvaient toutes les deux répugnant, sans même parler du fait qu'elle refusait de mettre une culotte. Et les accusations qu'elle leur lançait, à ces infirmières (images maternelles et autoritaires, ce qu'elles avaient été dressées à très bien comprendre) comme quoi elles étaient démodées, anti-filles, anti-sexe, *vieilles*, et tout ça, étaient exactement les mêmes, exactement mot pour mot, que celles qu'elles entendaient pendant les bagarres avec leurs filles. Le fait que Violet était folle et qu'elle se servait des arguments de leurs filles pour ne pas porter de culotte, si bien qu'elle était une provocation permanente et provoquait des ennuis avec les patients mâles déjà instables, était subversif dans le cadre de la morale ordinaire. Bien sûr, le cadre d'une des infirmières était beaucoup plus libéral – celle qui se plaisait à laisser sa fille mettre des minijupes et se faire les yeux avec des faux cils et des tas de fards multicolores – que celui de l'autre ; mais toutes les deux avaient à se dire plusieurs fois par jour que ces attitudes, libérale et à l'ancienne, attitudes dont chacune se faisait un honneur, étaient rendues apparemment hors de propos et même ridicules par Mlle Violet Stoke assise là les jambes écartées montrant toute sa boutique. Et par principe. Au nom de la liberté, des droits de la jeunesse et de l'avancement de la cause des femmes. Les deux femmes s'étaient avoué l'une à l'autre, et aux docteurs, que de tous les patients dont elles avaient la charge, c'était avec Violet qu'elles avaient le plus de mal à garder leur sang-froid. Elles étaient prêtes à dire qu'elles la haïssaient, une attitude que certains des médecins responsables déploraient, comme étant dépourvue de clairvoyance et de contrôle de soi, et à laquelle d'autres applaudissaient, comme si elle démontrait une honnêteté et une franchise libératrices – libératrices pour le patient autant que pour elles-mêmes. Toutes deux savaient très bien que sa façon de s'asseoir, vêtue d'une caricature de robe de gouvernante et exhibant son sexe, était un défi à leur santé mentale. De plus, elle ne se lavait pas aussi souvent qu'elle aurait dû (symptôme très courant de sa maladie) et elle sentait, sans compter l'odeur malsaine causée par les drogues.

De plus, elle était belle, d'une beauté exotique et pas anglaise.

Elle était seule, car elle savait qu'elle avait toujours été seule. Elle faisait des réussites parce que c'est un jeu qui se joue seul. Tout autour d'elle, si seulement les gens avaient des yeux pour le voir, l'espace crépitait de flèches brûlantes de haine, d'un feu maléfique.

Cette aura de haine, connue d'elle seule, l'isolait. Elle se rendait compte que ces deux femmes d'un certain âge l'observaient plus souvent que les autres, mais elle ne les voyait pas pour ce qu'elles étaient, de pauvres femmes faisant un travail désagréable parce qu'elles n'étaient pas qualifiées pour occuper un emploi mieux payé. Elle les voyait trois fois grandeur nature, avec un pouvoir arbitraire, dangereux, terrifiant. Elle les haïssait de tout son cœur parce qu'elles étaient vieilles, mal fagotées, fatiguées, banlieusardes, pauvres, et parce que ce matin et tous les matins de la semaine elles lui avaient dit qu'elle devait mettre une culotte en plus des collants, et qu'elle avait l'air dégoûtant, et que leur tâche était déjà suffisamment dure sans avoir en plus des hommes excités à cause d'elle, et qu'elle était égoïste, antisociale, désobéissante.

Quand elle les regardait, elle était possédée de la terreur des jeunes êtres, celle de contempler son propre avenir, car il se trouvait que la vie lui avait appris très tôt qu'il était facile, et même très commun, d'être jeune et jolie et gaie, puis très vite d'être vieille et lasse et négligée.

Dans certains des premiers tableaux de Goya, pas ceux qui dépeignent la guerre ou la folie, mais dans ses œuvres joyeuses et galantes, il y a quelque chose de dérangeant, sans qu'on sache quoi. Pas à première vue. C'est parce que dans tous ces groupes de gens, charmants ou cérémonieux ou champêtres, essentiellement civilisés, il y a toujours une personne du groupe qui regarde hors de la toile, droit vers vous, dans les yeux de celui qui regarde le tableau. Cette personne qui refuse de se plier aux conventions picturales imposées par l'artiste interroge et en fait détruit ces conventions. C'est comme si l'artiste se disait : je suppose qu'il faut que je peigne cette sorte de tableau, c'est ce qu'on me demande – *mais je vais leur montrer*. Si vous restez à le contempler, tout le reste du tableau s'évanouit, les charmeurs avec leurs sourires et leurs falbalas, les jeunes héros, la civilisation, tout se dissout à cause de ce long regard venu droit de celui qui vous observe à son tour depuis la toile et dit silencieusement qu'il ou elle sait que ce n'est qu'un tas de vieilles guenilles. Ce personnage est là pour vous dire que c'est ce qu'il pense.

Les yeux de Violet Stoke avaient le même effet, celui de nier le reste de son apparence – et peut-être de dire la même chose.

Comme si ce défi ne suffisait pas, ce contraste choquant entre la sévère robe noire et la nudité par-dessous, la coiffure serrée d'une danseuse et la triste tache humide plus bas, la position sociale de la joueuse de cartes et l'isolement que sa peur et sa haine répandaient autour d'elle, comme si tout cela ne suffisait pas (à quoi il faut ajouter le commentaire social et peut-être moins important apporté par l'aspect coûteux de sa robe, de ses chaussures, de son sac, n'importe lequel représentant une semaine de salaire des pauvres infirmières), il y avait cet autre contraste. Les yeux noirs de la fille vous fixaient de l'intérieur du tableau, et si vous suiviez ce regard, si vous vous laissiez entraîner dedans, de façon à glisser dans sa tête, vous ne vous retrouviez pas mêlé à la violence de la haine, mais à une flaque de larmes, qui plus est à des larmes de petite fille : Oh, aime-moi, tiens-moi, pardonne-moi, ne me lâche pas jamais, ne me laisse pas grandir. Ce qu'elle ressentait derrière cette façade tout en contrastes dérangeants, c'était ce que ressent une très petite fille quand elle a été battue ou maltraitée par un parent tout-puissant, et qu'elle sait très bien que cela recommencera la prochaine fois que ce parent sera en colère ou ivre ou lui-même effrayé – ou elle-même. Elle était entièrement victime, trahie, tourmentée, vulnérable et assoiffée d'amour.

Elle était donc assise, faisant une réussite comme pour hurler : *Pourquoi me forcez-vous tous à rester seule ainsi ?* quand entra dans la salle commune un homme de belle apparence, de haute taille et d'environ cinquante ans. Il avait des cheveux ondulés poivre et sel qui avaient été noirs, des yeux bleus, et un bon sourire.

Au contraire de ceux qui étaient entrés alors qu'elle était assise là, à dire silencieusement : *Je vous défie de venir vous asseoir avec moi*, et qui étaient allés s'asseoir ailleurs, il alla droit vers elle, s'assit, sortit immédiatement une pipe de sa poche et s'occupa à la bourrer et à l'allumer. Il portait une veste banale, avec dessous un chandail bleu marine. A le voir, on aurait dit un athlète amateur.

C'était le Pr Charles Watkins, lui et Violet étaient amis.

Alors, sans rien lui demander, elle ramassa les cartes et les distribua pour une partie de poker, leur jeu favori, ce qui voulait dire qu'ils avaient chacun trois jeux, avec sept cartes par donne, quatre à la demande, et l'annonce obligée. Elle gagnait presque toujours, non qu'elle fût plus intelligente que le professeur, mais parce qu'elle y tenait davantage.

« Trois, cinq, sept, valets demandés », annonça-t-elle d'un ton de jeune fille sociable.

Ils jouèrent. Elle gagna.

Elle battit et dit : « L'avez-vous vu aujourd'hui ?

— Oui, le Dr X. n'est pas là.

— Qu'est-ce qu'il a dit ?

— Il a dit qu'on doit m'emmener quelque part. Je ne peux pas continuer comme ça.

— Pourquoi ? Pourquoi pas ? Oh, c'est trop !

— Il répète seulement que c'est un hôpital d'admission et qu'il ne peut plus tourner le règlement.

— Ne les laissez pas vous envoyer au Lazaret Nord, n'importe où mais pas là.

— N'ayez crainte, je n'irai pas. »

Elle donna.

« Deux et six et des reines demandées », dit-elle.

Ils jouèrent en silence. Elle gagna.

« N'avez-vous pas d'argent du tout ? » s'écria-t-elle comme une enfant énervée, entêtée qui exigerait une poupée ou une robe neuve.

« Le professeur est bourré de fric, m'a-t-on dit. Mais cela ne me sert pas à grand-chose, n'est-ce pas ?

— Je pourrais trouver un travail et en gagner, j'ai déjà travaillé. Jamais longtemps, c'est sûr.

— Je suis sûr que je pourrais aussi. Je leur suis très utile dans cette baraque, après tout. Je pourrais faire la plonge dans un restaurant ou travailler dans un bar ?

— Aurions-nous assez pour vivre ?

— On peut essayer.

— Oh, faisons-le. Oh, je vous en prie.

— Oui… on ne se forcerait pas l'un l'autre. On ne s'imposerait pas.

— Non. Nous nous aiderions, j'en suis sûre. »

Elle donna. C'était pour cinq cartes.

« On la joue directe, classique, à la loyale », dit-elle.

Ils jouèrent. Elle gagna.

« Vous ne trichez pas du tout ? » demanda-t-il.

Autrement dit, s'identifiait-elle plus qu'il n'était inévitable avec l'un ou l'autre des jeux qu'elle avait, puisque dans cette version personnelle de poker qu'ils avaient inventée, les différents jeux représentaient divers aspects d'eux-mêmes ? Ils pouvaient ou non savoir ce que signifiait tel ou tel jeu de l'autre. Mais il savait que lorsqu'elle distribuait pour une partie classique, cela voulait dire qu'elle se sentait plus calme et contrôlait mieux ses diverses identités que lorsqu'elle leur distribuait à chacun trois jeux avec tellement de cartes à la demande. Et ainsi de suite. Hier matin elle l'avait laissé gagner la première main, montrant clairement que c'était parce qu'elle savait qu'il avait passé une mauvaise nuit.

« Ai-je triché ? Est-ce que j'en ai eu l'air ? J'essayais de ne pas le faire.

— Eh bien, moi aussi peut-être, un peu.

— Mais j'ai *gagné*, affirma-t-elle âprement. C'est *moi* qui ai gagné, n'est-ce pas ?

— Oui, c'est vous, Violet. Vous gagnez toujours.

— Oui, c'est vrai, c'est moi. »

Elle donna encore, trois jeux chacun, de cinq cartes.

Ils jouèrent, elle gagna.

« Vos fils viennent-ils vous voir ?

— Non. Elle ne veut pas les amener.

— N'y pensez pas. Oh, je vous en prie, surtout pas. Je vais vous faire du thé. En voulez-vous ?

— J'aimerais bien un peu de thé, oui, mais cela m'est égal qu'ils ne viennent pas. Ce qui ne m'est pas égal, c'est que cela me soit égal, alors qu'*ils* sont tellement sûrs que je devrais m'en inquiéter. Mais qui sont ces *ils* ? Je vous connais. Je suppose que vous êtes ma fille. Ils disent que je n'ai pas de fille.

— Oh, j'aimerais être votre fille. Oh, comme je voudrais l'être. Mais vous seriez comme les autres, je suppose.

— Peut-être bien. Comment saurais-je si je suis un bon père pour mes fils ? Mais c'était *avant*. Vous êtes maintenant. Je suis bien avec vous, Vi ? Le suis-je ?

— Oui. Mais vous m'aimez bien, voyez-vous. Mes familles pas.

— Oui, je vous aime bien, vraiment, Violet. Beaucoup. »

Elle alla dans la petite cuisine où les patients pouvaient se faire du thé, du chocolat, des tartines, des sandwiches. Quand elle revint avec deux tasses de thé, une patiente s'était assise près du beau et distingué professeur, mais elle se retira prestement sous le regard noir et meurtrier de Violet.

« J'ai entendu le Dr X. dire que le Dr Y. vous favorisait injustement.

— Oui, le Dr Y. m'a dit cela lui aussi.

— Et le Dr X. a dit à l'infirmière Black qu'il croyait que vous étiez peut-être un simulateur.

— Que je me souviens ?

— Que vous vous souvenez plus que vous ne l'admettez.

— Ce dont je me souviens, ils n'en veulent à aucun prix, c'est cela mon problème.

— Le Dr X. dit qu'il y a eu l'année dernière le cas d'un homme qui prétendait ne pas se souvenir de sa femme, mais le Dr X. l'a démasqué et il a dû rentrer chez lui.

— Je ne me souviens pas de ma femme ni de ma maîtresse. Les femmes me trouvent très attirant, c'est assez clair. Elles me haïssent toutes les deux comme la peste.

— Je ne trouve pas cela très drôle, si c'est votre idée.

— Excusez-moi.

— Je ne vous déteste pas.

— Non, mais vous n'êtes pas une femme.

— Non. Oh non, je ne le suis pas. Oh non, non.

— Vous ressemblez beaucoup à mon amie, celle qui a été tuée en Yougoslavie.

— Vous n'êtes jamais allé en Yougoslavie.

— Mais je – oh, très bien. Je ne vois pas pourquoi vous donnez de l'importance à ça.

— Mais c'*est* important. *Ils* savent que vous n'étiez pas en Yougoslavie.

— Tout de même, vous lui ressemblez.

— Peut-être suis-je la première personne qui fasse partie de votre nouvelle mémoire. Je veux dire, les gens du service et moi et le Dr X. et le Dr Y., nous sommes ce avec quoi vous avez fabriqué votre nouvelle mémoire ?

— Pas le Dr X.

— Oh, je ne sais pas, je crois qu'il n'est pas si méchant que ça. Je veux dire, pourquoi le détestons-nous tous ? Ils ne sont pas tellement différents, n'est-ce pas ?

— Si. Oh si, ils le sont.

— Bon, très bien, je m'excuse, oh, je vous en prie, ne vous énervez pas.

— D'accord.

— Mais quand vous commencerez à vous rappeler tous les gens qu'il y a dans votre vie, qu'est-ce que je vais devenir ? Je veux dire, j'y pensais la nuit dernière, maintenant je suis quelqu'un d'important dans votre tête…

— Vous l'êtes, vous l'êtes, je vous le promets, Violet.

— Mais quand tout vous reviendra, je serai une parmi des centaines ?

— Rien ne reviendra, peut-être.

— Mais si cela arrive, voudrez-vous encore être mon ami ?

— Je suis sûr que oui.

— Mais *elle* ne voudra pas.

— Vous êtes sûre de ça ?

— Oui. Je l'ai vue les deux fois qu'elle est venue vous voir. C'est moi qui l'ai conduite vers vous, qui lui ai montré le chemin et tout. C'était quand j'étais coopérative et docile.

— Elle est très attirante. Il a bon goût, ce professeur.

— C'est elle que vous choisiriez maintenant, croyez-vous ?

— Je ne serais pas contre, je ne serais pas contre si je pouvais simplement partir avec elle comme si je venais de la rencontrer.

— Mais vous venez de la rencontrer.

— Je sais, quand je suis avec elle, qu'elle me dit la vérité. Elle me déteste, comprenez-vous.

— Oui, c'est vrai. Mais ce n'est pas tant vous qu'elle déteste. Elle déteste sa vie.

— Vous en êtes sûre ?

— Oui. J'ai vu son visage. Je l'ai bien regardée de près, les deux fois. Je sais ce qu'elle ressentait.

— Alors, dites-le-moi.

— Elle est comme ma mère.

— Mais tout le monde, peut-être ?

— Non. Parce que si c'était vrai cela voudrait dire que vous êtes comme mon père, et vous ne l'êtes pas, vous ne l'êtes pas, vous ne l'êtes pas.

— Alors, ne pleurez pas.

— Je ne pleure pas. *Jamais*. Ou si je le fais, ce n'est pas moi qui pleure. Je peux me regarder pleurer – cela ne veut rien dire, pas comme un vrai chagrin… *elle* pleurait tant et plus la dernière fois.

— Ils disent que j'ai perdu la mémoire parce que je me sens coupable.

— C'est vrai ?

— Je pense que je me sens coupable d'avoir perdu la mémoire. Je crois vraiment très profondément que c'est irresponsable de perdre sa mémoire.

— Si vous croyez ça, vous n'avez pas perdu la mémoire, vous avez seulement perdu certains faits, certains événements.

— Oh oui, c'est ce que je me dis. Mais il y a autre chose. Oui. Il y a quelque chose dont je *dois* me souvenir. Il le *faut*.

— Mais ne vous excitez pas, c'est pire.

— Il y a plus de deux mois que je suis là, Violet.

— Ne les laissez pas vous envoyer là-bas. Surtout pas.

— Mais si je refuse d'y aller, ils disent qu'ils doivent me faire des électrochocs. »

Tous les deux, l'homme de cinquante ans et la jolie fille, se retournèrent pour regarder une personne, une femme, assise dans un fauteuil à quelques pas de là, qui regardait la télévision. L'émission avait enfin commencé.

Puis ils regardèrent une autre personne, un homme d'âge moyen, puis une autre, et ainsi de suite, tout autour de la pièce. Les gens qu'ils isolaient du regard avaient subi des électrochocs, ou étaient encore en cours de traitement.

Aucun traitement ne provoquait une telle émotion dans l'hôpital, une telle crainte. Pourtant, parmi ceux qui étaient là, plus de la moitié avaient eu du courant électrique envoyé dans leur cerveau. Même si certains des nouveaux médicaments employés étaient aussi puissants que les électrochocs et qu'on en savait aussi peu sur leurs effets que sur ceux des traitements de choc, ces nouveaux médicaments ne provoquaient pas, de loin, des commentaires et des spéculations aussi terrifiés.

« Brian Smith dit qu'il sait à une semaine près quand il devra revenir et avoir une autre série de chocs, dit-elle.

— Mme Jones m'a dit qu'elle ne supportait pas l'idée de vivre sans », acquiesça-t-il.

Il y eut un silence considérable.

« Roger sort la semaine prochaine, dit-elle enfin. Il dit qu'il va chercher un appartement à partager. Il dit que nous pouvons aller vivre avec lui si on veut, jusqu'à ce qu'on trouve un endroit à nous.

— Oh bien. C'est très gentil. Oui, je suis sûr que ce serait le mieux que nous puissions faire. »

Eh bien, maintenant, professeur ?

Eh bien, maintenant, docteur Y. ?

Je vous ai obtenu deux semaines de plus. Mais cela n'a pas été facile et j'ai peur que ce ne soit la dernière prolongation possible. Ce serait tellement plus simple si vous ne montriez pas si fort votre aversion pour le Dr X. C'est tout à fait irrationnel, vous savez. Je me suis rendu compte que pour les patients je serais le bon et lui le méchant. On croirait des écoliers.

Je ne le déteste pas.

Mais vous ne lui dites jamais un mot.

Il n'y a rien que je puisse dire. Il n'est pas là.

Bien, bien.

Docteur Y., avez-vous par hasard pensé à ce que j'ai suggéré ?

Oh, allons donc, professeur !

Je m'occuperais d'elle. Vous n'imaginez pas… Je la comprends. Tout ce qu'il lui faut c'est qu'on lui permette de se conduire comme une petite fille.

Vous vous voyez devenir sa bonne d'enfant ?

Ou son père.

Peu importe ce que j'en pense, de toute façon. Ce ne serait pas possible. Elle a deux pères, deux mères, trois sœurs et un frère. Je ne le sais que trop, pour mon malheur.

Mais ce n'est pas illégal ?

Non. Mais vous auriez toute la bande à bourdonner autour de vous jour et nuit. Non, il vaut mieux qu'elle reste ici où on lui permet d'être une petite fille sans les bienfaits de ses parents.

Pour moi, docteur Y., c'est très étrange. Vous dites que vous seriez ravi si j'allais habiter avec Miles Bovey. Ou avec Rosemary Baines.

Tous deux ont dit qu'ils seraient heureux de vous avoir chez eux tant que ce pourrait être utile. M. Bovey a un pavillon dans les Cornouailles, dit-il. Pour vous ce serait tranquille. Et Mlle Baines me paraît une femme raisonnable.

Et pourtant, je ne connais ni l'un ni l'autre.

Vous avez dit ne pas vous souvenir de votre vagabondage le soir où vous êtes allé chez Mlle Baines ?

Un peu. Pas beaucoup. Ce n'est pas le vagabondage qui est en question. Non. La question c'est : il y avait quelque chose dont il fallait que je me souvienne. Faut que je me souvienne. Cela je le sais. Je cherchais quelque chose. Quelqu'un.

Vous-même ?

Des mots. Ce n'est qu'un mot. Pour vous il a un sens, mais pour moi c'est différent.

Vous pensez que vous vous souviendrez si vous partagez un appartement avec Violet ?

Je ne sais pas. Mais, voyez-vous, elle est maintenant – comprenez-vous ? Elle n'est pas comme un personnage de rêve. Elle ne peut pas brusquement se transformer en quelque chose d'autre – *et fabriquer un passé pour moi.*

Je ne crois pas que Miles Bovey ni Mlle Baines vous fabriqueraient un passé. Et avant tout il n'y aurait pas de pression émotionnelle, comme si vous rentriez trop tôt chez vous.

Je ne sais pas pourquoi je ne peux jamais vous faire comprendre. Je peux faire comprendre à Violet tout ce que je dis.

Êtes-vous sûr qu'elle ne fait pas comme une petite fille – qu'elle ne joue pas à l'adulte ?

J'en suis sûr quelquefois, oui. Mais elle n'est pas seulement une petite fille, docteur Y. Émotionnellement oui, bien sûr. Mais sur d'autres plans, elle comprend des choses que vous ne comprenez pas.

Eh bien, je regrette. Que voulez-vous que je fasse ? Je peux vous dire qu'effectivement cela pourrait vous aider, vous et Violet, de passer ensemble une période de convalescence. Je pourrais dire ça. Mais je suis sûr qu'il y aurait d'autres avis. Non les moindres : ceux de ses parents. Tous les quatre.

Elle a vingt et un ans.

Légalement.

Donc, c'est comme ça.

Si vous et Violet partiez demain et vous mettiez en ménage, on ne vous en empêcherait pas physiquement. Mais je vous garantis qu'elle nous reviendrait en courant d'ici une semaine.

Pour se protéger de moi ?

De ses sentiments envers vous, d'abord. Et surtout à cause de sa famille.

Mais pourquoi devraient-ils le savoir ?

Il est extrêmement facile de savoir où sont les gens à notre époque. Il y a une industrie qui ne fait que ça.

Très bien, docteur. Alors, j'ai un choix de moins. Et celui qui me restera c'est ma femme et ma famille.

En fin de compte, oui. Parce que c'est votre place.

Dites-moi, y a-t-il eu un moment de votre vie qui a été un véritable tournant ? Vous auriez pu choisir de faire autre chose ?

Non, je pense que ma vie a été dans l'ensemble dictée par les circonstances.

Mais quand vous pensez à vous, vous ne pensez pas à vous comme à des circonstances, sûrement pas ?

J'aurais pu faire d'autres choses, certainement. Mais je serais resté le même.

Alors pourquoi *faut-il* que je sois le Pr Machin-chose ? Et je ne suis pas le mari de Felicity ni le père de James et de Philip. Supposez que je sois retourné après la guerre en Yougoslavie et que j'aie épousé Vera ? Elle était l'amie intime de Konstantina ?

Écoutez, professeur, que je vous comprenne ou non ne fait aucune différence. Il y a certains chemins qui vous sont ouverts. Je veux en faire encore une fois la liste – d'accord ?

Pourquoi ne *voyez*-vous pas ?

Vous pouvez rentrer chez vous. Votre femme dit qu'elle sera heureuse de vous voir rentrer n'importe quand. Nous pensons que ce serait une erreur tel que vous êtes actuellement. Nous n'en sommes pas certains, mais nous pensons qu'il est possible qu'au départ ce soit votre foyer ou votre femme ou vos enfants qui vous ont fait décompenser.

Cela n'avait rien à voir avec Felicity. C'était à cause de…

Allez-y, retenez ça – à cause de quoi ?

C'est parti. Comment puis-je ne pas me souvenir ? Comment ? C'est juste là, toujours. Je sens que je pourrais l'attraper en tournant la tête, c'est tout, tellement c'est près. Comme une ombre au coin de l'œil.

Et ce n'est pas votre femme ni votre foyer ?

Non. J'en connais très bien la nature. Je n'arrête pas de vous le dire. Le genre de choses que c'est – je le sais. Mais pas exactement quoi. Il y a quelque chose d'autre que je devrais faire. Quelque chose de différent. Je le sais, et il faut que je…

Je continue avec les possibilités. La seconde c'est que vous pourriez habiter chez des amis, soit Miles Bovey soit Rosemary Baines, puisqu'ils l'ont offert tous les deux…

Mais vous dites que je ne connais pas Rosemary Baines. Je l'ai rencontrée une fois dans une réunion publique, et elle m'a écrit cette lettre que vous m'avez montrée. Parfois je pense qu'il y a vraiment là quelque chose pour moi. La dernière fois que j'ai lu sa lettre, oui, je l'ai effectivement pensé – mais comment en être sûr ? C'est si facile d'être piégé. Je suis piégé ici. Je pourrais découvrir que c'est un autre piège et…

Je continue. Mais voici mon conseil – essayez un ami pour quelque temps. Ils sont moins exigeants que les familles et…

Des amis. Des amis, oui. De vrais amis. Les amis ne sont pas faits pour se consoler et se lécher réciproquement le museau et dire : comme tu es gentil, comme tu es bon. Les amis sont faits pour se battre, ils sont pour…

Je continue. Si vous décidez de ne pas rentrer chez vous, et de ne pas habiter chez des amis, il y a le Lazaret Nord à Higginhill d'ici quinze jours. Et vous y trouverez les mêmes conditions qu'ici…

Tout le monde dit bien pires.

Les mêmes, je veux dire, quant à vos choix. Parce que lorsque vous voudrez en partir, vous serez exactement dans la même position que maintenant. Devant les mêmes choix.

Ce n'est pas une question de choix. C'est une question de se souvenir.

Je continue. Ou bien vous pouvez accepter un traitement de choc. J'ai déjà passé en revue le pour et le contre. Il faut que ce soit les électrochocs, parce que vous n'avez pas réagi aux autres médicaments.

Dites-moi.

En définitive mon opinion c'est que je ne pense pas que cela vous ferait le moindre mal, et cela pourrait avoir l'effet de vous rendre la mémoire.

La mémoire de quoi, c'est la question !

Ou cela peut vous laisser exactement tel que vous êtes maintenant.

Quand vous donnez aux gens des électrochocs vous ne savez pas, pas vraiment, ce que cela fait.

Non. Mais nous savons qu'il y a des milliers, probablement des millions à l'heure actuelle, de gens qui seraient trop déprimés pour continuer à vivre sans eux.

Je ne suis pas déprimé, docteur. Je ne le suis pas.

Bien, bien.

Et si vous étiez à ma place, vous accepteriez les électrochocs ?

Oui, je le ferais. Vous y viendrez probablement en fin de compte. C'est mon opinion. C'est aussi celle du Dr X. Vous avez eu les médicaments que nous donnons à la place du traitement de choc. Aucun n'a agi sur vous. Rien n'a agi. Vous aviez perdu la mémoire quand vous êtes entré, et vous ne l'avez toujours pas retrouvée. Alors qu'allons-nous faire ?

Mais j'ai deux semaines de plus ici ?

Oui.

Naturellement, je pourrais me souvenir, pendant ce temps-là.

Oui, vous pourriez. Voulez-vous encore essayer d'écrire ? Un magnétophone ?

Au collège ma chambre donne sur une petite cour. La cour est carrée et a des murs blancs. Il y a diverses plantes dans des bacs et des pots. Le mur en face de ma porte est le mur de retenue du jardin qui est au-dessus. Il pend sur le mur du chèvrefeuille de ce jardin. L'été dernier, le chèvrefeuille a laissé descendre deux longues vrilles côte à côte, mais distantes d'un mètre environ. Ces deux ramilles vertes sont plaisantes à voir sur le mur blanc. C'est la nature du chèvrefeuille de chercher un support, un mur ou un treillis ou une autre plante. Il n'y a rien sur ce mur à quoi il puisse s'attacher. Mais il y a un camélia en pot dans un coin. J'ai remarqué que le brin de chèvrefeuille le plus proche du camélia se balançait en oscillations plus larges que le brin le plus éloigné. Au début j'ai pensé que pour quelque raison le vent ou un courant d'air poussait cette vrille et la faisait bouger plus que l'autre. Mais cela paraissait peu probable parce que c'était le brin extérieur près de l'entrée qui était le plus exposé au vent ou aux courants d'air. Ou du moins eût-il été raisonnable de le penser. Mais c'était sans aucun doute la vrille intérieure qui bougeait le plus vite et en oscillations plus larges, dans ses efforts pour atteindre le camélia et s'y attacher. J'ai passé de longs moments assis à cet endroit l'été dernier, pour observer. C'était vraiment un remarquable spectacle. Au bout de quelques minutes d'observation, le brin le plus rapide commençait à ressembler à un bras ou à l'organe de quelque animal marin, se balançant de côté et d'autre, essayant d'atteindre le camélia. Alors, j'ai déplacé de quelques centimètres vers l'intérieur le pot du camélia, et je me suis assis pour regarder le chèvrefeuille qui a fini par réussir à se fixer, aidé par une légère brise.

Puis j'ai repoussé le camélia en arrière, dans son coin, et pourtant à ce moment j'étais tellement concerné par les efforts du chèvrefeuille pour trouver un support que c'était comme de retirer sa nourriture à une créature. J'ai marqué à la craie la longueur du chèvrefeuille sur le mur. Mais c'était devenu l'automne, et la plante avait cessé de s'allonger pour cette année-là.

Un après-midi, j'ai levé les yeux de mon bureau et j'ai vu que le chèvrefeuille s'était balancé assez loin pour enrouler fermement une vrille autour d'une branche du camélia. La nuit avait été orageuse. Et la vrille ou tentacule de chèvrefeuille la plus éloignée avait été lancée par le vent au-delà du brin pro-camélia et s'était prise à un treillis en haut du mur. Maintenant les deux vrilles étaient donc attachées et faisaient de jolies boucles de verdure sur le mur. Mais quelques jours plus tard, il y eut à nouveau grand vent et la vrille extérieure perdit sa prise sur le treillis et retomba. Alors, pendant seule à nouveau, elle entreprit un balancement lent mais décidé pour atteindre la vrille sœur qui pendait aussi contre le mur, mais dans une courbe qui l'éloignait de l'autre, puisqu'elle était toujours accrochée au camélia. Un après-midi que je regardais, je vis une petite brise prendre ce brin extérieur pour l'accrocher à l'autre, mais le poids combiné des deux fut trop lourd pour la prise encore mal assurée du brin sur le camélia, et les deux vrilles alors retombèrent, ballantes, le long du mur.

Nous étions tous revenus à notre point de départ.

Toutes deux recommencèrent leur oscillation lente en va-et-vient, va-et-vient, plus ou moins selon qu'il y avait ou non du vent. Mais elles n'étaient jamais complètement immobiles. Même lors d'un jour sans vent, les vrilles avaient un léger mouvement perpétuel, la plus proche du camélia bougeant plus que l'autre.

J'étais habitué à m'asseoir et à observer et je me demandais si les vrilles de chèvrefeuille se « souvenaient » qu'une d'elles avait pu atteindre le treillis là-haut pendant une nuit de grand vent et que l'autre avait trouvé asile auprès du camélia. Après tout, le genre chèvrefeuille se « souvient » qu'il doit s'accrocher à une chose ou une autre, et sait comment il doit se balancer de côté et d'autre sous l'attraction d'une plante qui deviendra son hôte. Et qu'en est-il du camélia ? Se penche-t-il autant qu'il le peut pour aider le chèvrefeuille à l'atteindre ? Le camélia ne peut sûrement pas être indifférent aux efforts du chèvrefeuille ?

Quand l'automne prit fin, la vrille de chèvrefeuille avait atteint plusieurs fois le camélia, aidée par des brises légères, et en avait plusieurs fois été arrachée, soit par une brise trop forte, soit par sa vrille sœur ajoutant son poids au sien.

Et entre-temps, chaque fois que le brin intérieur n'était pas fixé au camélia, il pendait là, frémissant à peine, toujours animé d'un mouvement subtil, attendant de se balancer dans le vent, comme un surfeur ajuste l'équilibre de son corps à la vague qu'il attend.

Quelquefois, en regardant, je ressentais ce qui se déroulait sur ce mur comme un tout : le mouvement de la vrille de chèvrefeuille, le camélia en attente, et la brise qui n'était pas du tout visible, sauf quand elle faisait remonter la vrille de chèvrefeuille et l'approchait du camélia.

Ce n'était pas : La vrille de chèvrefeuille se balance et atteint le camélia.

Ce n'était pas : Le vent pousse la vrille vers son hôte.

Les deux choses sont identiques.

Ce ne fut pas avant le printemps, quand la vrille du chèvrefeuille allongea sa tige et put élargir son balancement, qu'elle fut assurée d'une prise vraiment solide sur le camélia.

Maintenant je vois un troisième élément du processus.

Non seulement : Le mouvement de la vrille lui fait atteindre le camélia.

Ou : Le vent l'a poussée pour qu'elle puisse atteindre le camélia.

Mais : La croissance ultérieure du chèvrefeuille lui a permis d'atteindre le camélia.

Or l'élément où existe ce processus c'est – le Temps.

Le Temps est toute la question. Le moment.

Le surfeur sur la vague. La plante se balançant sous le vent. Et c'est exactement pareil pour – eh bien, tout, et c'est cela que j'ai à dire, docteur. Pourquoi ne le voyez-vous pas ?

Il était dix heures du soir dans une salle ou chambre partagée par le professeur et trois autres hommes. La pièce était douillette, les rideaux roses étaient tirés. Le professeur lisait le *Times* du jour. Dehors la nuit était agitée par un vent bruyant.

Des trois autres patients, deux dormaient déjà, leurs lampes de chevet éteintes, et un écoutait la radio avec un casque.

Une fille entra dans la pièce. Elle portait un pyjama fleuri de petite fille et un peignoir blanc pelucheux. Sa chevelure de senorita était libérée du chignon strict, mais elle l'avait tirée en arrière et attachée sur la nuque, ce qui donnait un buisson brun noué proprement d'une boucle de ruban rose. Elle était on ne peut plus correcte et convenable mais, la pauvre, elle ne pouvait pas s'en empêcher, et cette fois le choc inhérent à la présence de Mlle Violet Stoke venait de ce que cette petite fille avait un visage triste de femme avertie. Elle s'assit sur le lit du professeur et baissa la voix pour dire d'un ton furieux : « C'est vrai ?

— Oui, je suppose.

— Mais *pourquoi* ? Ne le faites pas. Je vous en prie, non. Oh, je vous prie, non, ne le faites pas. »

Ce jour-là, la rumeur avait couru que le Pr Charles Watkins avait accepté volontairement un traitement par électrochocs. Quelques patients étaient restés indifférents, mais pas beaucoup. La plupart en étaient remués. Il était un peu devenu un symbole. Parce que le professeur, au contraire de la plupart d'entre eux, avait eu le choix. On ne lui avait pas fait d'électrochocs, alors que beaucoup y auraient eu droit, parce que le Dr Y. s'y était opposé, dans son cas. Mais maintenant qu'il était redevenu lui-même (sauf pour le fait qu'il ne pouvait pas encore admettre que son passé était celui qu'ils disaient être), il avait dit au Dr Y. et au Dr X. qu'il essaierait.

Il devait subir son premier choc le lendemain matin.

Certains patients réagirent comme s'ils étaient dans une prison et qu'un des leurs avait proposé de se faire électrocuter.

Le professeur, un homme d'âge moyen aimable, souriant, avec un grisonnement distingué et des yeux bleus bienveillants, prit la main de la fille et dit : « Je suis désolé que vous soyez bouleversée. Mais je me sens un peu désemparé. D'un autre côté, ils ne veulent pas entendre parler de notre partage d'appartement. Mais je crois que ce n'était pas très réaliste.

— C'est uniquement parce que nous n'avons pas insisté que ce n'était pas réaliste. Qu'est-ce que je vais faire maintenant ? Où irai-je ? Je n'ai plus personne.

— Eh bien, si, comme je l'espère, je me souviens, alors je serai guéri et vous pourrez venir habiter quelque temps avec Felicity et moi et les enfants. »

Il y eut un furieux silence.

Puis il dit : « Je regrette. Je sais que c'est malhonnête. Ou que cela pourrait l'être. Mais je suppose que si je suis le Pr Machinchose et que j'ai une maison, alors je peux inviter des gens chez moi ?

— Vous vous êtes décidé pour ça. Pourquoi, pourquoi, pourquoi ? »

Le professeur examina les deux hommes endormis dans leurs lits en face de lui, puis l'homme de son côté qui était assis droit sur son lit, souriant de plaisir et parfois riant tout fort en écoutant son émission.

Le professeur dit : « Il n'y a qu'une chose sur laquelle ils semblent tous d'accord. C'est que le choc électrique peut me rendre la mémoire.

— Oui, ou peut-être que non. Vous savez aussi bien que moi à quoi certains d'entre eux finissent par ressembler. On dirait des fantômes. On dirait des zombies. Ce n'est pas comme si vous n'aviez pas vu ce qui arrive.

— Mais il y en a qui vont parfaitement bien et qui s'améliorent.

— Mais vous prenez ce risque-là. »

Des pieds venaient dans le couloir de la chambre, et une voix enjouée disait : « Bonne nuit, bonne nuit, bonne nuit », et les lumières s'éteignaient dans les chambres à son passage.

« Mais en supposant que je me rappelle ce que je veux me rappeler ? Ils tiennent pour acquis que je vais me rappeler ce qu'ils veulent que je me rappelle. Et il est désespérément urgent que je me rappelle, cela je le sais. Tout est dans le moment, voyez-vous. Cela aussi je le sais. Ce sont les étoiles dans leur course. Le temps et le lieu. J'ai réfléchi et réfléchi… Je suis resté éveillé la nuit dernière et la nuit d'avant et la nuit d'encore avant… J'élaborais quelque chose. Pourquoi ai-je ce sentiment d'urgence ? C'est familier. Ce n'est pas quelque chose que j'aurais seulement depuis que j'ai perdu la mémoire. Non. Je l'avais avant. Maintenant je crois que je sais ce que c'est. Et pas seulement cela. Il y a des tas de choses dans notre vie ordinaire qui sont des ombres. Comme les coïncidences, ou les rêves, le genre de choses qui divergent de la vie ordinaire, vous me suivez, Violet ? »

Elle approuva de la tête. Ses yeux tristes de femme regardaient la porte, vers l'endroit où se tiendrait l'infirmière quelques instants plus tard. C'était la dernière de cette série de chambres.

« L'important c'est ceci : se souvenir que certaines choses montent jusqu'à nous depuis ce niveau d'existence jusqu'à celui-ci. L'angoisse en est une. Le sentiment d'urgence. Oh, ils en font une maladie, ils le charment avec leurs drogues magiques. Mais ce n'est pas là pour rien. Ce n'est pas déconnecté. *Ils* disent un "état d'angoisse", comme ils disent paranoïa, mais toutes ces choses, elles ont un sens, elles sont des reflets de cette autre part de nous, et cette part de nous sait des choses que nous ne savons pas.

— Allons, maintenant, dit l'infirmière en arrivant et en voyant l'homme et la fille en conversation nocturne. Il est temps d'aller vous coucher pour dormir, mademoiselle Stoke.

— J'y vais tout de suite », dit Violet, instantanément transformée en petite boudeuse de trois ans.

L'infirmière éteignit l'éclairage principal de la pièce.

« Mon sentiment d'urgence est très simple, dit le professeur. Je me suis souvenu de cela en tout cas. C'est parce que ce qu'il faut que je me rappelle est en rapport avec le temps qui va manquer. Et c'est cela l'angoisse, chez plein de gens. Ils savent qu'ils ont quelque chose à faire, qu'ils devraient être en train de faire autre chose, pas seulement de vivre au jour le jour, de se peindre le visage et de décorer leurs cavernes et de jouer de méchants tours à leur rivaux. Non. Ils ont autre chose à faire avant de mourir – et alors les hôpitaux psychiatriques sont pleins et les pharmaciens prospèrent.

— Voulez-vous un cachet pour dormir, professeur ?

— Non merci, infirmière.

— Et je dois vous rappeler de ne rien manger demain matin, s'il vous plaît. Vous aurez votre déjeuner après le traitement.

— J'éteindrai la lumière dans une minute pile. Je peux ? » demanda la fille, péremptoire, des éclairs dans les yeux et la moue sur les lèvres, essayant le pouvoir de ses trois ans.

« Entendu, mademoiselle Stoke. Mais je vous en prie, le professeur a besoin de dormir cette nuit, et vous aussi, ma chère. »

Elle s'en alla. « Chère toi-même », marmonna la fille.

Ils étaient maintenant assis tout près, dans une demi-obscurité. L'homme assis qui écoutait sa radio rit tout haut, retint son souffle en attendant la prochaine blague, et rit encore.

« Voilà donc pourquoi, vous voyez, Violet. Le choc peut me faire souvenir d'un coup de ce que je sais être là, de l'ombre que j'aperçois du coin de l'œil.

— Mais il pourrait juste arriver que vous *soyez* le Pr Charles Watkins ?

— Je sais que je prends un risque. Je le sais très bien. Le choc me fera peut-être oublier le peu que je sais déjà. Que je devrais vivre une vie très différente.

— Oui, mais comment, nous disons tous ça, nous n'arrêtons pas de le dire, je sais que tout tourne autour de ça, mais comment ?

— Il y a quelque chose que je dois atteindre. Il faut que je le dise aux gens. Les gens ne le savent pas mais c'est comme s'ils vivaient dans un air empoisonné. Ils ne sont pas éveillés. Ils ont reçu un coup sur la tête, il y a longtemps, et ils ne savent pas pourquoi ils vivent comme des zombies et se tuent entre eux.

— Comme Eliza Frensham après un choc.

— Ou comme moi demain après le mien. Oui, je sais.

— Mais comment serions-nous différents ? Comment en sortir ? Si vous le trouvez, viendrez-vous me prendre avec vous ?

— Tout est dans le moment, voyez-vous. A certains moments il nous est plus facile d'en sortir qu'à d'autres…

— Mademoiselle Stoke ! dit l'infirmière de la porte.

— J'arrive, dit la fille. J'ai dit que je venais et je viens. Ça va ? »

Elle glissa au bas du lit et resta debout au chevet de l'homme plus âgé.

« Il y a tout le temps dans le monde des gens qui savent, dit le professeur. Mais ils se taisent. Ils agissent sans faire de bruit et sauvent ceux qui savent qu'ils sont dans un piège. Et alors, pour ceux qui en sortent, c'est comme de sortir d'une anesthésie. Ils comprennent qu'ils ont passé toute leur vie à dormir et à rêver. Et ensuite c'est à leur tour d'apprendre les règles et le choix du moment. Et ils deviennent ceux qui vivent tranquillement dans ce monde, comme le feraient des êtres humains s'il n'y en avait que quelques-uns sur une planète peuplée par des singes, mais des singes ayant la faculté d'apprendre à penser comme des êtres humains. Mais, à moitié enfoui dans les pauvres et tristes cerveaux abîmés des singes, il se trouve un savoir. Ils pensent parfois que si seulement ils savaient, si seulement ils pouvaient se souvenir vraiment, alors ils pourraient sortir du piège, ils pourraient arrêter d'être des zombies. C'est quelque chose comme ça, Violet. Et il faut que je prenne le risque.

— Je penserai à vous demain matin.
— Bonne nuit, ma chère.
— Bonne nuit, Charles.
— Bonne nuit, professeur.
— Bonne nuit, infirmière. »

Oh, mon cher cher Charles,

Le Dr Y. m'a téléphoné pour me dire que tu es redevenu toi-même. Je viens te chercher jeudi. Oh mon cher cher cher très cher Charles. Et les garçons sont si heureux et se font une fête. Je n'arrive pas à écrire… c'est juste pour dire que je serai là jeudi à quatre heures avec la voiture.

FELICITY

Cher Charles,

Felicity me dit que vous êtes rendu à vous-même. Il va sans dire que je suis ravi. J'avais prévu de faire la série de cours que vous aviez promis pour ce trimestre – en même temps que d'assurer pour vous la permanence sur divers autres plans. Mais je ne suis que trop heureux de vous en remettre la responsabilité. La première est L'épithète homérique, première partie, l'*Iliade*. C'est lundi en huit. Si vous ne vous sentez pas à la hauteur, ne vous en faites pas. Prévenez-moi, je vous en prie.

JEREMY

Cher Jeremy,

Merci pour tout. Je suis désolé d'avoir fait de tels ennuis. Il semble que je sois de nouveau en pleine possession de mes facultés. Je me souviens très bien de la série de cours. Je me sens tout à fait en état de l'assurer.

Votre,

CHARLES

Cher Miles,

Je tiens à te remercier de ton aimable sollicitude lorsque j'étais malade. Mais je suis rétabli. Penses-tu venir au moins une fois à Londres cet hiver ? Si oui, nous pourrions dîner ensemble ? Préviens-moi si tu viens. Ou passer un week-end en famille à Cambridge ?

A toi,

CHARLES

Chère mademoiselle Baines,

Je suis sûr que vous serez contente de savoir que je suis complètement rétabli, et que j'espère donc ne plus être un fardeau pour votre sollicitude qui ne s'est pas démentie. Incidemment, je tiens à vous remercier pour votre patience la nuit où je me suis imposé chez vous d'une façon impardonnable. Je vous prie de m'excuser auprès de M. Larson.

Comme je dois retourner à Cambridge où je serais extrêmement occupé je crains de ne pouvoir accepter votre très aimable invitation à dîner.

Sincèrement vôtre,

CHARLES WATKINS

Avril 1970

ÉPILOGUE, OU DERNIÈRE PAGE DE GARDE

Petite réminiscence pertinente

Il y a quelques années, j'ai écrit une histoire pour le cinéma. Cette histoire provenait d'une amitié étroite avec un homme dont les sens étaient différents de ceux des gens normaux.

Blake demande :

Comment savez-vous pourtant que chaque oiseau coupant la voie de l'air,
Est un monde immense de délice, fermé à vos cinq sens ?

Très bien connaître, et pendant longtemps, une personne qui ressent tout différemment des gens « normaux », pose la même question.

Le sens de ce film était que la sensibilité ou perception autre du héros ou protagoniste doit être un handicap dans une société organisée comme la nôtre, qui favorise le conformiste, le moyen, l'obéissant.

Le scénario a été montré à divers cinéastes, dont

plusieurs ont longuement joué avec l'idée de le réaliser – selon la coutume de cette industrie – mais ils ont tous posé la même question : qu'est-ce qui ne va pas chez cet homme du film ?

Or, il ne m'était pas venu à l'esprit jusque-là d'y réfléchir, en partie parce que pour moi la manière dont j'avais écrit la chose rendait la question hors de propos, et en partie parce que dans la vie, l'original du héros, ou personnage principal, a reçu du corps médical des diagnostics si différents et contradictoires au fil des ans qu'une telle forme de pensée me semblait vaine.

De plus, il faut une formation très particulière pour croire que d'apposer une étiquette sur un sentiment, un état d'esprit, une chose, trouver une série de mots ou une phrase, en bref le décrire, est la même chose que de le comprendre ou de le ressentir. Cette formation vient de l'éducation obligatoire dans nos écoles, dont la plus grande part se consacre à apprendre aux enfants à utiliser des étiquettes, à choisir des mots, à définir.

J'ai eu l'idée de faire quelque chose. J'ai envoyé le scénario à deux médecins. L'un était psychiatre consultant d'un hôpital universitaire rattaché à une grande université – un homme qui forme les futurs médecins et traite des patients. L'autre était un neurologue travaillant dans un grand hôpital universitaire de Londres et ayant un cabinet dans Harley Street.

En bref, deux hommes au sommet de leur profession.

Je leur ai demandé de lire le scénario et de me dire ce qui n'allait pas chez cet homme, aussi objectivement que si c'était un patient amené à leur consultation ou venu comme client.

Ils ont eu l'amabilité de le faire, d'y consacrer leur attention et leur temps.

Mais leurs diagnostics, pleins d'habileté et de compréhension, et formulés avec autorité, différaient grandement l'un de l'autre. Ils n'étaient d'accord sur absolument rien.

Doris Lessing
dans Le Livre de Poche

Le Carnet d'or n° 5452

Une jeune romancière, Anna Wulf, hantée par le syndrome de la page blanche a le sentiment que sa vie s'effondre. Par peur de devenir folle, elle note ses expériences dans quatre carnets de couleur. Mais c'est un cinquième, couleur d'or, qui sera la clé de sa guérison, de sa renaissance. *Le Carnet d'or* est le portrait puissant d'une femme en quête de sa propre identité, personnelle et politique.

LES CARNETS DE JANE SOMERS

1. *Journal d'une voisine* n° 6324

Doris Lessing a défrayé la chronique en 1984 en révélant avoir écrit deux romans sous le pseudonyme de Jane Somers, piège tendu aux éditeurs et à la critique anglo-saxonne. *Journal d'une voisine* évoque la rencontre de deux femmes: Jane Somers, rédactrice en chef d'un magazine féminin londonien, et Maudie, une vieille dame seule et malade.

2. *Si vieillesse pouvait* n° 6452

La vie de Jane tourne autour du magazine féminin qu'elle a créé et qu'elle dirige. Mais un jour, tout se détraque: elle tombe amoureuse pour la première fois. Négligeant son travail, se consacrant à l'homme qu'elle aime et avec lequel elle arpente les rues et les parcs de Londres, Jane se rend compte qu'elle est passée à côté de la vie.

Le Cinquième Enfant n° 9703

Fruit d'une grossesse difficile, anormalement grand, vorace et agressif, le cinquième enfant d'Harriet et David, Ben, suscite bientôt le rejet de ses frères et sœurs, tandis que les parents plongent dans la spirale de l'impuissance et de la culpabilité.

NOUVELLES AFRICAINES

Noirs asservis et humiliés, Afrikaners et Anglais, colons opulents, « petits Blancs » paupérisés redoutant de tomber au niveau des Noirs : à travers des personnages parfois dérisoires, campés en quelques pages avec un art parfait, Doris Lessing donne un tableau saisissant de l'Afrique australe des années 1970.

1. *Le soleil de lève sur le veld* n° 3403

« Le vieux chef Mshlanga », « Le soleil se lève sur le veld », « Pas de sorcellerie à vendre », « La seconde hutte », « Le fléau », « L'arrivée des De Wet à Kloof Grange », « Le petit Tembi », « La ferme du Vieux John », « George le Léopard ».

2. *L'Hiver en juillet* n° 3404

« L'hiver en juillet », « Un toit pour le bétail des Hautes Terres », « L'Eldorado, « La fourmilière ».

3. *La Madone noire* n° 3405

Ce troisième volume des *Nouvelles africaines* réunit dix-neuf nouvelles.

Du même auteur
aux Éditions Albin Michel :

LE CARNET D'OR

LES ENFANTS DE LA VIOLENCE
(tomes I, II, III)

NOUVELLES AFRICAINES
(tomes I et II)

L'ÉTÉ AVANT LA NUIT

LES CHATS EN PARTICULIER

LES CARNETS DE JANE SOMERS
(tomes I et II)

LA TERRORISTE

LE VENT EMPORTE NOS PAROLES...

NOUVELLES DE LONDRES

L'AMOUR, ENCORE

AUTOBIOGRAPHIE
(tomes I et II)

NOTRE AMIE JUDITH

L'HABITUDE D'AIMER

LE CINQUIÈME ENFANT

MÉMOIRES D'UNE SURVIVANTE

Le Livre de Poche

www.livredepoche.com

- le **catalogue** en ligne et les dernières parutions
- des **suggestions de lecture** par des libraires
- une **actualité éditoriale permanente** : interviews d'auteurs, extraits audio et vidéo, dépêches…
- **votre carnet de lecture** personnalisable
- des **espaces professionnels** dédiés aux journalistes, aux enseignants et aux documentalistes

Composition réalisée par Chesteroc Ltd

Achevé d'imprimer en décembre 2008, en France sur Presse Offset par
Maury-Imprimeur - 45330 Malesherbes
N° d'imprimeur : 143083
Dépôt légal 1re publication : janvier 2009
LIBRAIRIE GÉNÉRALE FRANÇAISE - 31, rue de Fleurus - 75278 Paris Cedex 06

30/6966/3